Hermann Weinhauer

Imperium Germanicum – Alternativweltgeschichte Zweiter Weltkrieg Band 5

Die zweite Front

EK-2 Militär

Verpassen Sie keine Neuerscheinung mehr!

Tragen Sie sich in den Newsletter von *EK-2 Militär* ein, um über aktuelle Angebote und Neuerscheinungen informiert zu werden und an exklusiven Leser-Aktionen teilzunehmen.

Link zum Newsletter:
https://ek2-publishing.aweb.page

Über unsere Homepage:
www.ek2-publishing.com
Klick auf *Newsletter*

Via Google: *EK-2 Verlag*

Als besonderes Dankeschön erhalten Sie **kostenlos** das E-Book »Die Weltenkrieg Saga« von Tom Zola.

Deutsche Panzertechnik trifft außerirdischen Zorn in diesem fesselnden Action-Spektakel!

Ihre Zufriedenheit ist unser Ziel!

Liebe Leser, liebe Leserinnen,

zunächst möchten wir uns herzlich bei Ihnen dafür bedanken, dass Sie dieses Buch erworben haben. Wir sind ein kleines Familienunternehmen aus Duisburg und freuen uns riesig über jeden einzelnen Verkauf!

Mit unserem Label *EK-2 Militär* möchten wir militärische und militärgeschichtliche Themen sichtbarer machen und Leserinnen und Leser begeistern.

Vor allem aber möchten wir, dass jedes unserer Bücher **Ihnen ein einzigartiges und erfreuliches Leseerlebnis** bietet. Daher liegt uns Ihre Meinung ganz besonders am Herzen!

Wir freuen uns über Ihr Feedback zu unserem Buch. Haben Sie Anmerkungen? Kritik? Bitte lassen Sie es uns wissen. Ihre Rückmeldung ist wertvoll für uns, damit wir in Zukunft noch bessere Bücher für Sie machen können.

Schreiben Sie uns: info@ek2-publishing.com

Nun wünschen wir Ihnen ein angenehmes Leseerlebnis!

Heiko, Jill & Moni
von
EK-2 Publishing

Grußwort des Autors

Liebe Leser,

ich möchte die Gelegenheit nutzen und Ihnen meinen aufrichtigen Dank dafür aussprechen, dass Sie meine Alternativweltserie in so großer Zahl kaufen und lesen. Auch berühren mich die vielen positiven Rückmeldungen von Ihnen, die der Verlag und ich per E-Mail erhalten oder die in Form von Rezensionen online zu finden sind.

Am häufigsten lese ich in Ihren Rückmeldungen, dass Sie sich mehr Umfang für die einzelnen Imperium Germanicum-Bände wünschen. Da ich mich nicht nur in Worten bei Ihnen für Ihre Treue bedanken möchte, sondern auch in Taten, habe ich mich dieses Mal noch mehr ins Zeug gelegt. Band 5 ist somit rund zehn Prozent umfangreicher geworden als die letzten Bände und insgesamt das Buch aus der Reihe mit dem größten Umfang – bisher. Nun wünsche ich Ihnen viel Freude mit der Lektüre.

Ihr Hermann Weinhauer

Das Oberkommando der Wehrmacht gibt bekannt

… aus dem Raum der Heeresgruppe Nordland wurden keine nennenswerten Kampfhandlungen gemeldet. Die Vereinigung mit den Truppen der Heeresgruppe Nord wurde auf gesamter Frontbreite der karelischen Landenge abgeschlossen. Übriggebliebene Trümmerverbände der Roten Armee wurden aufgerieben. Erneut gelang es, Feindverbände in unterschiedlichster Größe einzukesseln und zahlreiche Gefangene einzubringen.

In den übrigen Frontabschnitten der Ostfront kam es zu keinen Kampfhandlungen von taktischer Bedeutung, da die Gelände- und Witterungsverhältnisse jegliche Truppenbewegung massiv behindern.

Die Bomberoffensive gegen das strategische Hinterland der Sowjetunion wurde fortgesetzt. Erneut konnten durch Kampfverbände, ausgestattet mit He 111 und He 177, Industrieanlagen bei Twer, Tula, Podolsk und Odinzowo beschädigt und zum Teil zerstört werden. Ju 88-

Verbände griffen die Bahnanlagen von Stalino, Woroschilowgrad und Schachty an. Es konnten acht Lokomotiven und 32 Waggons vernichtet werden. Mehrere Weichenstellen und Eisenbahnbrücken wurden zerstört.

An der Westfront griffen britische Terrorbomber erneut Duisburg mit 455 Bombern an. Die deutsche und französische Nachtjagd konnte 13 Feindbomber, größtenteils Wellingtons und Lancaster, sowie 7 Mosquito-Schnellbomber abschießen, welche als Führungsflugzeuge dienten. Der Flak-Waffe gelang der Abschuss von vier weiteren Bombern sowie die Beschädigung von zahlreichen anderen. Die eigenen Nachtjäger verloren 5 Flugzeuge.

Die Angloamerikaner führten einen Tagangriff auf Amiens und Rouen durch. Dabei büßten sie 11 schwere Bomber vom Typ B-17 und sechs Jagdflugzeuge des Typs P-38 ein. Unsere eigenen Jagdkräfte verloren acht Flugzeuge.

In der Atlantikschlacht gelang es unseren Unterseebooten feindliche Handelsschiffe mit insgesamt 95.000 Bruttoregistertonnen zu versenken.

Der Kaiser hat, um den harten und opferreichen Kampf unserer Truppen zur Befreiung Leningrads aus dem bolschewistischen Joch zu würdigen, das »Ärmelschild Leningrad« gestiftet. Dieses Ärmelschild kann allen deutschen und verbündeten Soldaten verliehen werden, welche sich beim Kampf um Leningrad verdient gemacht haben. Genaue Bestimmungen werden noch bekanntgegeben.

27. März 1943

Morgens, Neue Reichskanzlei, Reichskabinettsaal

Louis Ferdinand I. sitzt still am Ende des langen Tisches, so als würde er diese Sitzung überhaupt nicht leiten. Goerdeler, Speer und von Neurath sind die einzigen Zivilisten unter den Anwesenden. Daneben befinden sich Generaloberst Joseph Dietrich und Generalfeldmarschall Rommel in geschmückter Uniform im Raum. Der Feldmarschall erwartet eine Entscheidung über seinen Plan zur Ausschaltung der faschistischen Verbände in Italien, um die dortige Monarchie zu stützen. Dietrich als nomineller Generalinspekteur der Garde erwartet Zusagen für die Aufstellung der Gardedivisionen und damit verbunden die Versetzungen ehemaliger Waffen-SS-Soldaten. Eigentlich sollte auch der

Reichsmarschall anwesend sein, doch wieder einmal lässt er sich kurzfristig entschuldigen und hat stattdessen seinen Adjutanten geschickt. Als weitere Punkte stehen mögliche Chancen für eine nächste Offensive sowie die politische Lage in den Feindstaaten auf der Agenda.

Generalfeldmarschall Rommel erläutert seinen in Absprache mit dem italienischen Oberkommando ausgearbeiteten Plan, um die faschistischen Milizen und den Parteiapparat Mussolinis auszuschalten. Darüber hinaus wollen die Italiener wichtige Führer der Faschisten inhaftieren, um sie später abzuurteilen. Neben Mussolini selbst nennt Rommel Ettore Muti, Achille Starace, Dino Grandi, Filippo Tommaso Marinetti und einige andere Namen. Sie stehen auf einer Liste, die ihm von Marschall Cavallero überreicht wurde.

Generalfeldmarschall von Witzleben nickt zustimmend.

»Das klingt alles ganz vortrefflich, mein lieber Rommel. Doch können Sie diese Operation mit den zur Verfügung stehenden Kräften bewältigen?«

Rommel angelt ein weiteres Schriftstück aus seiner Aktentasche. Jede seiner Bewegungen zeugt von seiner Selbstsicherheit.

»Die Italiener haben einen sehr genaueren Überblick über den Zustand ihrer Einheiten - welche der Monarchie loyal ergeben sind und welche eher nicht. In der Zwischenzeit haben Badoglio und Cavallero dafür gesorgt, dass fragliche Einheiten in Regionen verschoben wurden, welche für die Umsetzung des Vorhabens von geringer Bedeutung sind. Auch konnten sie einige fragliche Einheitsführer versetzen.

Unsere Einheiten sollen ohnehin nur sekundär eingesetzt werden. Es soll in der Bevölkerung keinesfalls der Eindruck entstehen, dass es sich um einen deutschen Putsch handelt!«

Schweigen herrscht im Raum.

Der Monarch spürt die Blicke der anderen Männer auf sich ruhen. Auch Dietrich und Speer sind nun still, nachdem sie lange miteinander flüsterten.

»Gut, Feldmarschall Rommel, Sie haben die Freigabe.«

27. März 1943

Mittags, Südabschnitt der Ostfront

Der scheinbar ewige Regen hat endlich aufgehört. Die Landser in ihren verschlammten Deckungslöchern atmen einigermaßen auf. Die Uniformen sind zwar völlig durchnässt, aber sie müssen wenigsten nicht ständig das Regenwasser aus dem Gesicht wischen. Vor dem Regimentsgefechtsstand des Jäger-Regiment 207 hält ein VW-Schwimmwagen. Der Fahrer ist zugleich auch der einzige Insasse.

Noch bevor der Landser aussteigen kann, kommt ihm ein aufgeregt gestikulierender Obergefreiter mit umgehängter Mpi entgegen: »Mensch, hau bloß ab hier! Du kannst doch dein stinkendes Vehikel nicht vor dem Palast unseres Alten abstellen. Na los! Verschwinde mit deinem Boot auf Rädern!«

Unbekümmert ob der guten Ratschläge schwingt sich der Fahrer aus dem VW Typ 166.

Groß und breit steht er nun vor dem kleinen, untersetzten Obergefreiten, den er mit gelassener Miene mustert.

»Na, du denkst aber auch, nur weil du 'ne Mpi um den Hals hängen hast, kannst du mir Vorschriften machen, oder was? Na, Freundchen, da jeht nix.«

In diesem Augenblick tritt ein Hauptmann aus dem Haus. Er hört die letzten Worte und bewegt sich auf die beiden Männer zu.

»Was gibt es denn hier? Wer sind Sie?«, wendet er sich an den Neuankömmling.

Dieser nimmt Haltung an.

»Feldwebel Klaus Riedel – wurde hierher kommandiert, Herr Hauptmann!«

»Ah, Sie sind dann wohl der Scharfschütze!«

»Jawohl, Herr Hauptmann!«

»Na, dann kommen Sie gleich mit zum Kommandeur. Dort werden Sie schon mit Sehnsucht erwartet.«

Besagter Kommandeur, ein Oberst, befindet sich im Kartenraum. Feldwebel Riedel macht nochmals Meldung. Der Regimentskommandeur mustert ihn von oben bis unten.

»Sie sind also der gute Schütze. Dann erzählen Sie mal!«

Der Feldwebel tut, wie ihm geheißen, und der Kommandeur hört aufmerksam zu.

»Mensch, Sie sind für uns der richtige Mann. Sie kommen in die Stellung der zwoten Kompanie vom II. Bataillon. Dort haben wir in den letzten Tagen eine Menge Verluste durch Scharfschützen gehabt. Übrigens, wie haben Sie es überhaupt hierher geschafft?«

»Ich fahre einen Schwimmwagen, Herr Oberst. Da ich dauerhaft zur besonderen Verwendung abgestellt bin, muss ich beweglich sein!«

»Sehr vornehm! Ich bin Regimentskommandeur und fahre ein Krad! Wollen Sie nicht mit mir tauschen?«

»Nein, Herr Oberst. Im Wagen muss ich meine Gewehre, Tarnanzüge und sonstiges Tarngerät mitführen. Dazu ist ein Krad nicht geeignet.«

Der Oberst macht große Augen.

»Schau mal einer an. Wie viele Gewehre haben Sie denn bei sich?«

»Momentan sind es wieder vier Stück, Herr Oberst. Alles Sonderanfertigungen!«

»Das ist ja ein ansehnliches Waffenarsenal. Aber jetzt zur Sache. Fahren Sie vor bis zum Gefechtsstand des II. Bataillons. Hier, diese Karte sagt Ihnen alles über das Gelände und den Frontabschnitt. Der Weg ist genau eingezeichnet. Sie können sich nicht verfranzen. Und dann schaffen Sie mir die gegnerischen Scharfschützen vom Hals.«

Riedel verabschiedet sich und als er nach wenigen Minuten das II. Bataillon erreicht, wissen die Männer dort bereits Bescheid. Er stellt seinen Wagen unter einem breiten Baum ab und wird gleich zur 2. Kompanie weitergeleitet.

Der Weg ist beschwerlich. Riedel hat zwei Gewehre mitgenommen. Allmählich wird ihm trotz der kühlen Temperaturen heiß, zumal der ihm als Führer mitgegebene Gefreite ein straffes Tempo vorlegt.

Dann ist auch dieser Marsch geschafft. Die letzten Meter müssen jedoch kriechend zurückgelegt werden, denn es besteht *Feindeinsicht*. In einem Erdloch hinter einer dicken Fichte kauert der Kompanieführer Oberleutnant Wingert.

Als sich Riedel auch hier melden will, winkt der Offizier ab.

»Geschenkt, mein Lieber. Ich weiß bereits Bescheid. Suchen Sie sich ein freies Erdloch, es sind schon genügend frei geworden, und richten Sie sich häuslich ein. Wenn sie sich tagsüber sehen lassen, bekommen Sie mit Sicherheit eine Kugel verpasst. Die

Sowjets sind hier auf Zack. Aber wem sag' ich das? Übrigens – Ihrer Tätigkeit sind keine Grenzen gesetzt – Sie haben vollkommen freie Hand.

Wünsche und Anträge sind direkt an mich zu richten – keine Unterhändler einschalten.

Das wäre alles, Riedel.«

Der Feldwebel springt von Baum zu Baum. So gelangt er bis in den vordersten MG-Stand, der sich hinter einem natürlichen Erdhügel befindet.

Der Platz ist gut gewählt. Riedel erkennt mit einem Blick die Sicherheit des Kampfstandes. Der über einen Meter hohe Erdhügel, der die Form eines spitz zulaufenden Hutes hat, wurde auf der rückwärtigen Seite zur Hälfte abgegraben. Die dadurch gewonnene Erde haben die Landser zur Erhöhung des Hügels genutzt.

Ein Laufgraben führt zu den Erdlöchern, in denen sich die Landser allein oder zu zweit aufhalten. Zwei Obergefreite und ein Jäger blicken dem Ankommenden fragend entgegen.

»Jungs«, sagt Riedel, »ich bin neu hier. Bin Scharfschütze und soll euch den ein- oder anderen Iwan vom Leib halten. Lasst mich mal ein wenig zu denen hinüberschauen, damit ich mir einen Überblick verschaffen kann.«

Wortlos machen ihm die drei Landser Platz.

Lange und schweigend beobachtet der Feldwebel das vor ihm liegende Gelände. Nichts, aber auch gar nichts entgeht seinen scharfen Augen. Er nimmt jede Kleinigkeit des Geländes in sich auf. Vor allen Dingen ein etwa 30 Meter vor der HKL stehender, dichter Strauch hat seine Aufmerksamkeit erregt. Von dort aus hätte Riedel freies Schussfeld nach allen Seiten. Und wie er vermutet auch einen guten Einblick in die feindliche Stellung.

»Du, Oberschnapser, sind da in dem Busch noch Leute von euch drin?«, erkundigt er sich.

»Nein! Wir haben unsere Löcher in Abstand von 20 Meter gegraben. Zu wenig Leute, verstehst du? Und so weit nach vorn zu gehen, dazu hatte keiner Lust.«

27. März 1943

Nachmittags, Neue Reichskanzlei

»Setzen Sie sich, Herr von Neurath. Was gibt es Neues zu berichten?«

Noch ehe sich der Reichsaußenminister in dem bequemen Sessel neben dem Kamin Platz genommen hat, beginnt er: »Eure Majestät, unsere diplomatische Arbeit wird mehr und mehr zur geheimdienstlichen Tätigkeit, aber sie wird belohnt. Es ist uns gelungen, über einen Mittelsmann Kontakt zur polnischen Untergrundbewegung aufzunehmen.«

»Und? Was spricht man so im Untergrund?«

Von Neurath räuspert sich: »Nun, zuallererst hat man auch dort die Prager Erklärung sehr wohlwollend zur Kenntnis genommen – vor allem natürlich den Plan zur Wiederherstellung eines polnischen Nationalstaates.«

»Aber?«

»Die Generale Bor-Komorowski und Okulicki wollen verbindliche Zusagen – Sicherheiten!«

Der Monarch kratzt sich nachdenklich am Kinn.

»Zusagen? Sicherheiten?«, widerholt er. »Welcher Art?«

»Über die polnische Staatlichkeit und darüber, dass es keine weiteren Verhaftungen und vor allem Freilassungen gibt!«

»Was sagen Sie dazu, von Neurath?«

Nun ist es der Reichsaußenminister, der nachdenklich wirkt.

»Wir sollten Bereitschaft zu Verhandlungen signalisieren. Aus rein diplomatischen Gründen, denn Polen war der angebliche Grund für die britische Kriegserklärung. Durch eine diplomatische Einigung mit den Polen nehmen wir ihnen diesen Grund und können sie so vielleicht an den Verhandlungstisch zwingen. Sollte das nicht klappen, dann haben wir aber wenigstens einen moralischen Sieg errungen.«

27. März 1943

Nachmittags, Kampfraum Leningrad

Leningrad liegt bereits wieder hinter ihm. Mit Volllast dröhnt Dengls Messerschmitt in die Höhe. Die dunklen Punkte am Horizont werden deutlicher. An der Art und Weise, wie sie vor dem blauen Himmel dahinziehen, ist zu erkennen, dass dort ein Luftkampf im Gange ist.

Dengls Blick kreist fast pausenlos durch den Luftraum. Nichts ist mehr zu spüren vom inneren Durcheinander während der ersten Feindflüge des Unterfeldwebels vor Jahren. Die nüchterne Kaltblütigkeit hat sich schon lange eingestellt, gepaart mit jener, aus schwerwiegenden Erfahrungen resultierenden Vorsicht, ohne die selbst virtuoses fliegerisches Können ebenso zum Scheitern verurteilt ist wie die Entschlossenheit zum letzten Wagnis.

Vor der Frontscheibe zuckt ein Feuerball auf. Eine getroffene Maschine zieht wie ein Komet erdwärts und zerschellt irgendwo. Noch eine oder zwei Minuten, dann gibt es keinen Zweifel mehr darüber, dass Maschinen des russischen Geschwaders mit zahlreichen MiG-3-Jägern im Kampf stehen.

Plötzlich löst sich ein Flugzeug aus dem Kurvenkreis und geht in einem weiten Bogen nach unten weg. Es ist eine sowjetische MiG. Sekunden später jagt sie einige 100 Meter vor der Motorpartie der Me Dengls vorbei.

Fast im gleichen Augenblick zieht der Unterfeldwebel die Jagdmaschine in eine Messerkurve und lässt sie über die Tragflächenspitze in die Tiefe scheren. Der Luftschraubenkreis ruckt gegen die Leitwerkspartie des Gegners. Ein Blick auf die Leuchten der Waffenkontrolle und dann einer nach hinten. Außer der Maschine vom Obergefreiten Steiner ist dort nichts zu sehen.

Keine Gefahr, denkt sich Dengl.

Der sowjetische Flugzeugführer behält seine Sturzrichtung bei und die Distanz verringert sich. Immer größer wachsen die Umrisse des Feindjägers in den Kreis des Leuchtvisiers hinein.

Noch 200 Meter, noch 150, noch 100 …

Bei 50 Meter drückt Dengl die Auslöseknöpfe der Bordwaffen. Die Leuchtspuren jagen der Maschine entgegen und zerfetzen das Leitwerk und die rechte Tragfläche.

In einem hellen, orange-gelben Feuerball wird die Maschine samt Flugzeugführer zerrissen.

Sofort lässt Dengl seine Jagdmaschine in eine scharfe Linkskurve gehen, um nicht durch die Trümmer zu fliegen. Danach zieht er den Steuerknüppel zu sich heran, um den Fahrtüberschuss auszunutzen und wieder in die Höhe zu schießen. Um ihn herum zischen getroffene Maschinen – deutsche und sowjetische – in die Tiefe und hinterlassen hässliche Aufschlagbrände in der braunen Landschaft.

Schon hat Dengl eine weitere Feindmaschine vor sich. Der sowjetische Flugzeugführer hat ihn anscheinend im letzten Augenblick gesehen und zwingt seine MiG in eine enge Kurve, um seinem Ende zu entkommen.

Dengl lässt den Kopf herumschießen und versucht den Gegner im Auge zu behalten. Gerade, als er den Steuerknüppel bewegen und dadurch seine Messerschmitt hinter der sowjetischen Maschine hinterherjagen lassen will, scheint die bereits wieder im Untergang begriffene Frühjahrssonne einen dunklen Klumpen auszuspeien. Ein Flugzeug rast im Widerschein des grellen Lichts wie ein Schema heran, genau auf Gegenkurs.

Entsetzt reißt Unterfeldwebel Helmut Dengl den Knüppel nach hinten und lässt seine Me in die Höhe schießen. Er spürt noch den Hauch des Todes, als die Maschine wieder nach unten kippt und der Schock sich in Bächen von Schweiß einen Ausweg bahnt.

Die P-39 *Airacobra* der Roten Armee, die soeben beinahe zusammen mit Dengls Messerschmitt in einem Feuerpilz verschwunden wäre, hat noch vier gleichartige Gefährten neben sich. Sie ziehen nun rund 400 Meter unterhalb der deutschen Maschinen einer Gruppe weiterer Messerschmitt entgegen, die sich im Luftkampf mit einigen MiG-3 befinden.

Dengl ist nun wieder voll da und auch sein Rottenflieger befindet sich dicht hinter ihm.

Ein schneller Druck auf den Knüppel.

Auch Steiner schaltet sofort und kommt mit.

Doch noch ehe sich die erste Jagdmaschine mit dem roten Sowjetstern ins Reflexvisier schiebt, eröffnet die Führungsmaschine der Roten das Feuer, gleich darauf auch die übrigen Maschinen.

Unter den vernichtenden 37-mm-Granaten der P-39 zerplatzen zwei Me 109.

Doch dann sind Dengl und Steiner nahe genug heran, um ebenfalls das Feuer zu eröffnen. In genau dem Augenblick, als die sowjetischen *Airacobras* aus dem Leih- und Pachtabkommen mit den Vereinigten Staaten wieder das Feuer eröffnen, hämmern auch die Bordwaffen der beiden deutschen Maschinen hinter ihnen los.

27. März 1943

Abends, Südabschnitt der Ostfront

Nach Einbruch der Dunkelheit wird das Essen gebracht. Es gibt Hirsebrei mit Trockenobst und für jeden der Männer ein Stück gepökeltes Fleisch. Nach dem Essen drehen sich die Soldaten aus erbeutetem Tabak ihre Glimmstängel. Auch Riedel hockt bei den beiden Landsern und pafft genüsslich mit.

Kurz vor Mitternacht, als in der Dunkelheit kaum mehr etwas zu erkennen ist, steht Riedel vorne bei dem tagsüber beobachteten Strauch. Den scharf geschliffenen Klappspaten hält er in der rechten Hand. Er umrundet kriechend das Gewächs mehrmals und merkt dabei, dass es sich um ein breitgefächertes Gebüsch handelt - für seine Zwecke bestens geeignet.

Stundenlang schaufelt er unverdrossen vor sich hin.

Auf der Westseite des Strauches treibt er einen unter das Wurzelwerk führenden Stollen in die Erde, Die dabei herausgeschaufelte Erde verteilt er so gut es geht. Das durchnässte Erdreich macht dieses Unterfangen jedoch nicht einfacher. Die weiter unten befindliche trockenere Erde lässt er zwischen die Äste des Strauches rieseln, und zwar so, dass sie nicht an den Sträuchern hängenbleibt, sondern zu Boden hinabrieselt. Dort saugt sie sich schnell mit Flüssigkeit der übrigen Erde voll.

Bis zum Morgengrauen ist er an der Arbeit. Dann eilt er zu dem hinter ihm befindlichen MG-Stand zurück.

Das Oberkommando der Wehrmacht gibt bekannt

... Aus dem gesamten Bereich der Ostfront werden nur verhaltene Kampftätigkeiten gemeldet. Die Witterungs- und Wegeverhältnisse erschweren noch immer die Truppenbewegungen auf beiden Seiten.

Über dem Raum Leningrad kam es zu einem schweren Luftkampf.

Den Flugzeugführern der Luftwaffe der Russischen Volksarmee, unterstützt von deutschen Jagdfliegerkräften, gelang es, zahlreiche sowjetische Jagdflugzeuge abzuschießen. Nach vorläufigen Meldungen verlor der Feind 14 Flugzeuge bei einem eigenen Verlust von 6 Maschinen.

Anglo-amerikanische Terrorbomber unternahmen einen Tagangriff auf den Verschiebebahnhof von Hamm. Dabei setzte der Feind 80 schwere Bomber vom Typ B-17 ein. Durch den konzentrierten Einsatz deutscher und französischer Jagdfliegerkräfte gelang es, die Masse der Feindbomber bereits über der Nordsee abzufangen und abzudrängen. Nur 19 Bombenflugzeugen des Gegners gelang es, ihr Ziel zu erreichen. Der angerichtete Schaden ist überschaubar, allerdings wurden bei dem heimtückischen Angriff mehrere Zivilisten verletzt, unter ihnen ein Kind.

Die Amerikaner mussten den Angriff mit dem Verlust von 13 schweren Bombern und der teils schweren Beschädigung weiterer B-17 bezahlen. Unsere Jagdfliegerkräfte verloren selbst nur fünf Flugzeuge, wobei sich vier der tapferen Piloten per Fallschirm zu retten vermochten.

In der Atlantikschlacht gelang es unseren Unterseebooten erneut ...

28. März 1943

Morgens, Neue Reichskanzlei

Kaiser Louis Ferdinand I. und Carl Friedrich Goerdeler sehen auf, als der Chef der Abwehr, Wilhelm Canaris, eintritt. Auch die übrigen Kabinettsmitglieder, die sich im Saal eingefunden haben, stellen ihr Gemurmel ein. Der Admiral grüßt und tritt an den leeren Stuhl, der ihm angeboten wird.

»Nun, mein Lieber Herr Canaris, was haben Sie Neues zu berichten?«, beginnt der Kaiser und nickt seinem Abwehrchef freundlich zu.

Wilhelm Canaris, obwohl nur rund 1,60 m groß, versteht es, sich durch seine bloße Ausstrahlung Gehör zu verschaffen, so auch dieses Mal.

»Unser Informant in Stockholm, der weiterhin sehr bemüht ist, weitere Kontakte zu Vertretern und Verbindungsleuten der Sowjets herzustellen, berichtet von einem massiven Ausbau der britischen und vor allem amerikanischen Gesandtschaften und somit des alliierten Informations- und Nachrichtennetzes. Dies kann allerdings vielerlei Gründe haben. Dennoch sollten wir durch das Auswärtige Amt«, dabei nickt er dem Reichsaußenminister von Neurath kurz zu, »Druck auf das schwedische Außenministerium ausüben, um es zur Einschränkung der alliierten Nachrichtentätigkeiten in Schweden zu bewegen, da diese starke alliierte Präsenz unsere Bemühungen naturgemäß erschwert.«

Eine kurze Pause tritt ein, bevor Canaris weiter ausführt: »Nichtsdestotrotz scheint Stalins Stuhl in Moskau zu wackeln. Berichten zufolge habe Molotow während eines Besuchs in London mit einem Separatfrieden mit uns gedroht, sollte nicht schnellstmöglich eine zweite Front zustande kommen. Dieser Bericht wurde auch von unseren japanischen Verbündeten bestätigt. Laut noch unbestätigten Gerüchten habe Stalin höchstselbst vor wenigen Tagen nochmals ein Schreiben an den britischen und amerikanischen Botschafter gesandt, in welchem er in ultimativer Form erklärt, dass er mit Deutschland Frieden schließen werde, wenn nicht sofort eine zweite Front eröffnet würde.«

Ein unterdrücktes Raunen geht durch den Kabinettssaal.

»Nun, meine Herren. Diese Neuigkeiten sind in vielerlei Hinsicht sehr interessant«, sagt der Regent zum Abschluss der Ausführungen des Admirals. »Aber was bedeutet das für uns? Ich bitte um Ihre wie immer ungeschönte Meinung.«

»Auf jeden Fall sollten wir den Druck auf die Sowjets beibehalten. Sowohl politisch als auch militärisch!«

Bei dieser Äußerung nickt Außenminister von Neurath kurz in Richtung des Generalfeldmarschalls von Witzleben, welcher diese Geste kaum wahrnehmbar erwidert.

»Wenn Stalin an Macht und Einfluss verliert, kann das nur gut für uns sein. Wenn das zu einer Revolte führt – umso besser, denn das wird sich dann sicher auch auf die Fronttruppen auswirken.

Was wir jedoch nicht außer Acht lassen dürfen, ist die politische Gemengelage bei den westlichen Alliierten! Nächstes Jahr stehen

Präsidentschaftswahlen in den Vereinigten Staaten an und dort gibt es eine sehr große und einflussreiche polnischstämmige Bürgerschaft. Das heißt, je erfolgreicher wir mit den Polen agieren, desto stärker können wir den Wahlkampf in den USA beeinflussen. Auch eine gezielte Politik des Ausgleichs und der Entschädigung der Juden kann uns in die Hände spielen. Der nächste Faktor ist Churchill. Wenn wir uns mit den Polen weiter verständigen und ein Übereinkommen mit den Tschechen finden, wäre der moralische Eckpfeiler für den Kriegseintritt Großbritanniens weggebrochen. Churchill ist peinlichst darauf bedacht, den Erhalt des Empires und dadurch die Einflussnahme der Weltpolitik durch das Vereinigte Königreich sicherzustellen. Je länger der Krieg dauert, desto bedeutsamer wird der Einfluss der Vereinigten Staaten werden und desto weiter wird Churchills Empire in die zweite Reihe gedrängt. Ohne die massive Unterstützung der USA wäre Großbritannien jetzt bereits kaum mehr kriegsfähig.«

Nach dieser Ausführung des Reichsaußenministers herrscht in der Runde breite Zustimmung.

»Dennoch, oder gerade deswegen dürfen wir die Briten nicht unterschätzen! Churchill will sein Gesicht wahren und wird dafür wohl auch bereit sein, Risiken einzugehen. Stalins Drohung wird ebenfalls nicht ohne Folgen bleiben. Die Westalliierten wissen genau, das sie Probleme bekommen werden, wenn wir alle unsere Ressourcen auf sie konzentrieren können.«

Es ist der Kaiser, der diese warnenden Worte ausspricht.

»Und genau deshalb wird sich Churchill für eine zweite Front stark machen!«, stimmt Feldmarschall von Witzleben zu.

»Die Frage lautet nur: wann und wo?«

Nachdenklich reibt sich der Stabschef des OKW das glattrasierte Kinn.

»Aus logistischer Sicht wäre Frankreich der geeignete Ort. Entweder am Pas-de-Calais oder in der Normandie, da die Verbindungslinien zum britischen Mutterland am kürzesten sind und die Versorgung der Truppen somit am einfachsten wäre. Unsere dort vorhandenen Marinekräfte könnten der Invasionsflotte kaum gefährlich werden. Auch die Deckung der Invasionsstreitkräfte aus der Luft durch alliierte Flieger wäre in Frankreich am einfachsten zu bewerkstelligen.

Sizilien als Sprungbrett auf das italienische Festland würde ebenfalls infrage kommen, ferner der Balkan oder Griechenland.

Die Alliierten verfügen über die dafür notwendige Truppenstärke in Afrika und auch über die entsprechenden Basen dort. Sie können ihre materielle und personelle Überlegenheit auf See sowie in der Luft ausspielen, um die Invasionskräfte zu decken.«

»Sollten wir dann nicht tunlichst sämtliche infrage kommenden Landungsstellen mit Truppen besetzen, jedenfalls dergestalt, dass ein eventuelles Invasionsheer innerhalb kürzester Zeit zerschlagen werden kann?«

Von Witzleben schaut Theodor Duesterberg, den Reichsinnenminister, verwundert an. »Wer alles verteidigen will, der verteidigt am Ende gar nichts!«, lautet seine lapidare Antwort.

»Aber wir können doch nicht einfach abwarten und Tee trinken. Damit haben die Alliierten die Initiative!«

»Die haben sie ohnehin. Wir haben nicht genügend Kräfte, um die Sowjets an der Ostfront in Schach zu halten, den Balkan zu befrieden, die gesamte Mittelmeerküste zu schützen und den Atlantikwall von der französisch-spanischen Grenze bis hinauf nach Skandinavien zu verteidigen!«

»Die Rüstungsindustrie des Reiches läuft so effektiv wie noch nie, doch wir können trotzdem nicht beliebig viel produzieren«, pflichtet Albert Speer dem Generalfeldmarschall bei.

»Dann müssen wir unsere Truppen eben aus einigen Regionen abziehen!«, beharrt der Reichsinnenminister auf seinem Standpunkt.

Nun schaltet sich der politische Ratgeber des Kaisers, Carl Friedrich Goerdeler, ein: »Mein lieber Herr Duesterberg, ich denke, jedem von uns ist auch ohne erweiterte militärische Expertise klar, dass ein vollständiger Rückzug unserer Truppen aus Skandinavien oder Dänemark einer Einladung an die Alliierten gleichkommt. Auch die Franzosen sind noch lange nicht imstande, Frankreich und vor allem Frankreichs Küsten allein zu verteidigen. Ob der Balkan nur durch unsere Verbündeten zu halten ist, das vermag ich hier nicht einzuschätzen, aber dies weiß Feldmarschall von Witzleben wohl abzuwägen.«

»Nun, wie Herr Goerdeler bereits so richtig ausgeführt hat, kommt eine Räumung von Regionen in Nord- und Westeuropa nicht infrage. Die Heeresgruppe E aus dem Balkan abzuziehen, ist eine Option, die durchaus überdacht werden kann, doch ist das ohne eine genaue Abstimmung mit den Verbündeten – hier vor allem mit den Italienern und den Rumänen – nicht zu empfehlen.

Die Division *Prinz Eugen* wurde im Rahmen der Umgliederung ehemaliger SS-Divisionen bereits abgezogen und formal aufgelöst. Das deutsche Rahmenpersonal wurde der 6. Armee und der Garde zugeführt, die Volksdeutschen den rumänischen Legionen. Somit bleiben der Heeresgruppe noch drei deutsche Divisionen, welche wir abziehen könnten – den *Festungsbereich Kreta* würde ich allerdings nur allzu ungern aufgeben wollen.«

28. März 1943

Vormittags, Fliegerhorst Schossejnaja bei Sankt Petersburg

Unteroffizier Ludwig Bauer sitzt, in seine dicke Fliegerjacke gehüllt, vor einem Gebäude, welches früher einmal dem technischen Personal der Sowjets als Unterkunft diente. Überall auf dem Gelände laufen Arbeiter und Hilfswillige umher und setzen die Gebäude, die Technik und die Piste instand, denn der Flugplatz hat unter den Kämpfen um Leningrad stark gelitten.

Noch immer sind die Gedanken des jungen Luftwaffensoldaten bei seinen beiden Kameraden Voigt und Bauerfeind, die *im Kampf für Deutschland vor dem Feind geblieben sind*, wie es so heroisch heißt.

Bereits ein paar Mal hat er damit begonnen, den Hinterbliebenen seiner beiden Kameraden einige persönliche Zeilen zu schreiben, doch jedes Blatt flog in den Müll, da er immer wieder in einen widerlichen Pathos abgeglitten war.

Auch dieses Mal hatte er es nach dem Feindflug wieder versucht und wieder fielen ihm die richtigen Worte nicht ein. Daher entschied er sich, die kühle und feuchte Luft des russischen Nordens zu genießen. Immerhin hat er sich nun fest vorgenommen, dass er die Eltern von Voigt und Bauerfeind bei seinem nächsten Heimaturlaub besuchen wird.

»Ach, hier sind Sie, Bauer!«

Die Worte seines Staffelführers Leutnant Krüger reißen den Unteroffizier aus seinen düsteren Gedanken.

»Ja, ich wollte einfach mal allein für mich sein«, lautet die lapidare Antwort Bauers.

»Schon gut, will Sie auch gar nicht lange belästigen. Ich wollte ihnen eigentlich nur mitteilen, dass ich Sie für das *Ärmelschild Leningrad* eingereicht habe.«

Bauer nickt seinem Vorgesetzten zu, erwidert aber nichts darauf.

»Nun gut, Bauer. Wenn Sie mal jemanden zum Reden brauchen - ich meine auch außerhalb des Dienstes - melden Sie sich einfach. Ich kenne Ihre Gefühle allzu gut. Stirbt ein Kamerad, dann stirbt immer auch ein Teil von einem selbst.«

28. März 1943

Nachmittags, ehemaliges Führerhauptquartier Wolfschanze, nun Hauptquartier der Garde

Das Büro in einem der Betonbauten der Wolfschanze ist blitzblank aufgeräumt. Es ist still. Die weißgetünchten Wände und das Fehlen jeglicher SS-Abzeichen wirken auf Dietrich trostlos. Auch wenn es nicht mehr gern gesehen wird, so hat er es sich nicht nehmen lassen, eine kleine schwarze Tischfahne mit weißen SS-Runen auf seinem Schreibtisch zu platzieren, auf dem sich Berge von Schriftstücken, Ordnern und Akten stapeln.

Wenn der Generalinspekteur der Kaiserlichen Garde etwas hasst, dann ist es Schreibtischarbeit.

Normalerweise hat er auch Stabsoffiziere, die ihm die lästigste Arbeit abnehmen, aber die sind momentan auf Heimaturlaub, oder sind unterwegs, um den Fortschritt der Aufstellung der Gardedivisionen vor Ort zu begutachten. Und das ist für diesen Tag auch so von ihm geplant worden.

Sepp Dietrich hält kurz inne. Wieder einmal schweifen seine Gedanken ab zu seiner Meinung nach ruhmreicheren Zeiten mit seiner Leibstandarte. Er reibt sich mit seiner Hand durch das Gesicht - die Wangen sind glattrasiert, die Frisur gepflegt. Nicht zu Vergleichen mit den Jahren an der Front. Der Luxus im Gardehauptquartier ist durchaus vorzeigbar.

Gewöhn di ja net dran, du sentimentaler Narr, denkt er sich, *wir san Soldaten einer Idee.*

Es klopft an die Tür.

»Herein!«, ruft er.

»Panzer-Meyer«, der eine schwarze Panzeruniform mit den Abzeichen der Garde trägt, tritt mit *Deutschem Gruß* in das Büro. Für einen Augenblick registriert Dietrich diese Geste nicht. Doch bevor er irgendetwas sagen kann, tritt Meyer zur Seite und ein kurzer, leicht dicklicher Mann in Zivilkleidung betritt schweigend den Raum.

»Das ist der Mann, über den wir gesprochen haben, Oberst-Grupp… ich meine HERR Generaloberst.«

Sepp Dietrich blinzelt in Richtung des unscheinbaren Mannes, der zwei weitere Schritte auf ihn zugeht und als die Tür laut ins Schloss knallt, schießt sein rechter Arm in die Höhe.

»Heil Hitler, Oberst-Gruppenführer!«

Dietrich ist instinktiv vorsichtig und nickt dem unbekannten Mann nur freundlich zu.

Ohne weitere Worte lässt sich der Mann in Zivil auf einem Stuhl auf der anderen Seite von Dietrichs Schreibtisch nieder. Er greift in seine Tasche und holt ein kleines Objekt heraus, das er dem Generaloberst reicht. Es handelt sich um ein kleines Hakenkreuz, eingefasst in ein Band aus Rot und Gold. Die Medaille wurde an Parteimitglieder verleihen, welche bereits vor dem Putsch von 1923 der Partei beigetreten waren. Sie wurden *Alte Kämpfer* genannt.

»Standartenführer Meyer sagte Ihnen zwar, dass er für mich bürgen könne, aber ich dachte mir, dass Sie dies erst sehen sollten, weil Sie selbst ja ebenfalls eine solche Auszeichnung besitzen, Oberst-Gruppenführer!«

Dietrichs Blick bleibt weiterhin auf eine Personalanforderungsliste der Division *Kaiserstandarte* gerichtet. Doch aus einem Impuls heraus greift er sich dorthin, wo bis vor kurzer Zeit noch das goldene Parteiabzeichen gewesen war. Er hatte es irgendwann in den vergangenen Wochen abgenommen. In diesem Augenblick weiß er nicht einmal genau, wo er es überhaupt hingelegt hat. Es macht ihn unruhig, dass das Abzeichen, welches für seine Loyalität zu Deutschland und zu Adolf Hitler steht, nichts mehr gilt.

Lange haderte er mit seinem Gewissen und seinen Entscheidungen.

Nichts und niemand steht über Deutschland, ging und geht es ihm beinahe ununterbrochen durch den Kopf, um seine getroffenen Entscheidungen vor sich und seinem Gewissen zu rechtfertigen.

Ohne auch nur auf eine Antwort zu warten oder das Fehlen von Dietrichs goldenem Parteiabzeichen zu hinterfragen, beginnt der kleine, dickliche Mann vom Verrat an Deutschland und an Adolf Hitler zu fabulieren. Nun stünden Verräter, Reaktionäre und Kommunistenfreunde der Regierung voran und würden tapfere SS-Männer, die sich mit ihrem Leben dem Bolschewismus und dem Judentum entgegenstellten, wie Kriminelle behandeln und damit belohnt, im Feuer der Front verheizt zu werden.

Er führt weiter aus, dass es noch genügend Männer gebe, die ihren Eid nicht vergessen hätten. Viele wären bereit, das Reich wieder auf den Idealen aufzubauen, für die der Führer gestanden hatte.

Doch dafür wäre die Loyalität der Waffen-SS nötig.

Dietrich hört dem Mann zu, ist sich jedoch unsicher, was ihn diese Ausführungen angehen. Immer wieder erwischt er sich dabei, wie seine Gedanken dahingehend abschweifen, wo er wohl sein Parteiabzeichen hingelegt haben könnte.

Selbstredend tut ihm die Inhaftierung einiger SS-Leute des Reichssicherheitshauptamtes oder des SD leid, aber nur, weil er sie persönlich kennt und weil er den Luxus hat, nicht an der Front zu stehen. Würde er mit seinen Männern im Osten gegen den Bolschewismus kämpfen, keine Sekunde würde er an diese Gedanken verschwenden. Wieder andere Männer würde er zu gern am Galgen baumeln sehen.

Die Stimme des Mannes dröhnt noch immer irgendetwas über Patriotismus und Partei, nennt Namen einiger ehemaliger Divisionskommandeure, doch Dietrich hat längst den Faden verloren.

Es ist keine Kraft in der Stimme, kein Charisma wie bei Hitler. Ohne dieses Charisma, diese Leidenschaft und tiefe Überzeugung klingen dieselben Phrasen wenig beeindruckend und leer.

Dieser Mann ist eine Lehrernatur, ein Dozent, der hofft, über den Klang der Vergangenheit seine Floskeln überzeugen zu lassen.

Auf einmal herrscht Stille im Raum.

Der Mann sieht den ehemaligen Oberst-Gruppenführer über den Tisch hinweg an.

»Werden Sie über das nachdenken, was ich Ihnen soeben gesagt habe, Oberst-Gruppenführer?«

Dietrich hat eigentlich keine rechte Ahnung, was soeben geredet wurde, doch er hat eine wage Vermutung, wohin das alles wohl führen soll. Meyer war um einiges deutlicher, als er dieses Gespräch anregte.

»Ja«, erwidert Sepp Dietrich trocken. Und um eventuelle Missverständnisse vorzubeugen, hängt er noch ein »ich werde darüber nachdenken« hintenan.

»Danke, Oberst-Gruppenführer. Ich werde Sie jetzt verlassen und auf Ihre gut abgewogene Antwort warten. Danke, dass Sie mich empfangen haben. Heil Hitler!«

Der Mann steckt sein Parteiabzeichen wieder ein und verlässt den Raum.

Dietrich nickt ihm mehr automatisch als gewollt zu. Seine Augen sind auf den zerknitterten Anzug seines Gastes gerichtet.

Dös is an Zivilist und koan Soldat, manifestiert es sich in Dietrichs Geist. Tausend Gedanken kreisen durch seinen Kopf.

Macht ist nicht ohne einen gewissen Preis zu haben. Diese Macht haben wir auf dem Traum Adolf Hitlers errichtet. Aber Hitler hat all das weggeworfen, als er es mit jedem einzelnen Volk auf der Welt auf einmal aufnehmen wollte. Und dann hatte er auch noch die Treue und Ehre seiner Soldaten in Zweifel gezogen. Es waren zahllose Momente, an denen ich voller Zorn aus dem Führerhauptquartier stapfte, weil mr die Hände durch unsinnige Befehle gebunden waren. Die Tage der bedingungslosen Loyalität zum Führer, als er noch auf den Straßen Münchens um jede Wählerstimme kämpfte, liegen weit zurück.

Der letzte Funken Loyalität erlosch, als er ohne Gewissen eine ganze Armee und damit wahrscheinlich ganz Deutschland seinem falschverstandenen Stolz opfern wollte.

Als Panzer-Meyer sich nun ebenfalls aus dem Raum begeben will, sagt der General: »Meyer, bleiben Sie bitte, es gibt noch andere Dinge, um die wir uns jetzt kümmern müssen.«

»Jawohl, Herr Generaloberst.«

Dietrich mustert den verdienten Frontoffizier für einen Moment.

»Glauben etwa solche Bürokraten wie dieser, sie könnten ein neuer Führer werden, Meyer?«

Der Panzerkommandant sieht seinen Vorgesetzten etwas erstaunt an, erwidert aber nichts.

Nach ein paar Sekunden fährt Dietrich fort: »Wir haben einen Eid geschworen, sagten Sie, und Erinnerungen haben Sie bewogen, ihn hierher zu bringen. Wir hatten eine ähnliche Diskussion, damals bei Rostow. Das, was die wolle, isch Bürgerkrieg! Aber unser Volk braucht Frieden und Schutz vor den bolschewistischen Horden!«

»Wir sind Soldaten, Generaloberst – politische Soldaten!«

Also deine Stärke liegt nun wirklich nicht in der politischen Argumentation, denkt sich Dietrich bei dieser Äußerung des ehemaligen Standartenführers.

»Unser Eid galt dem Führer!«, versucht es Meyer erneut.

Der Bayer sieht den jungen Kommandeur an.

Er wiegt seine Worte genau ab.

»Ja, der Führer, als Führer Deutschlands. Doch Hitler isch tot – aber Deutschland lebt noch! Wir stehen geeint und loyal zu Deutschland, oder? Wenn der Krieg vorbei isch, kann a jeder, der esch will, wieder zum Politiker werden. Einverstanden?«

Stille, während derer sich die beiden Männer gegenseitig mustern.

Meyer salutiert, ein militärischer Gruß.

»Einverstanden, Herr Generaloberst, für Deutschland.«

Einen Moment später setzt er noch hinzu: »Ich werde dem Zivilisten mitteilen, dass er bis zum Frieden warten soll, ehe er wieder Politik machen kann.«

Sepp Dietrich sieht seinen Waffengefährten für einige Augenblicke an. Seine Stimme wird weicher: »Danke, Meyer, wir alle müssen jetzt Entscheidungen treffen. Das Wichtigste für einen Soldaten ist es, nach seinen Männern und nach seinem Volk zu sehen. Wenn wir jetzt zu Hause einen Ärger anfangen, werden die Bolschewisten bis Weihnachten in Berlin sein. Danke, dass Sie dies auch so sehen.«

In seinem Inneren entspannt sich Dietrich. Er weiß, dass Panzer-Meyer zu seinem Wort stehen wird. Trotzdem setzt er hinzu: »Wer weiß, vielleicht werde ich Ihnen eines Tages nach dem Krieg meine Stimme geben.«

Meyer grinst und deutet einen weiteren militärischen Gruß an, diesmal jedoch nicht so schneidig wie zuvor, und gerade, als er schon im Türrahmen steht, meint Dietrich beinahe beiläufig: »Machen Sie sich übrigens fertig. Ich habe Sie nach Berlin zum Divisionsführerlehrgang versetzen lassen. Sie werden Kommandeur der Division *Fredericus Rex*!«

Das Oberkommando der Wehrmacht gibt bekannt

… An der Ostfront kam es in den Bereichen der Heeresgruppe Nordland bis zur Heeresgruppe Mitte zu keinen größeren Kampfhandlungen.

Im Bereich der Heeresgruppe Süd gelang es im Kampfraum der 17. Armee, eine feindliche Bereitstellung größtenteils durch Artilleriefeuer zu zerschlagen. Ein Angriff auf eine Höhenstellung schlug durch starke feindliche Gegenwehr nicht durch. Fernerhin sind im Heeresgruppenbereich nur örtliche Abwehrkämpfe zu vermelden.

Die deutsche Bomberoffensive gegen das sowjetische Hinterland wurde unvermindert fortgesetzt. Wieder griffen deutsche Kampfverbände mit Ju 88, He 111 und He 177 Industrieanlagen um Tula und Boksitogorsk an und konnten teils schwerste Beschädigungen erzielen.

Einzelne Ju 88 griffen Bahnanlagen bei Potanino, Shum und Bor an. Es konnten mehrere Gleisanlagen, Rangierwerke, drei Lokomotiven und 15 Waggons vernichtet werden.

Focke-Wulf 200 des Kampfgeschwaders 40 konnten drei Handelsschiffe mit zusammen 45.000 Bruttoregistertonnen in der Biskaya versenken.

Unserer U-Boot-Waffe gelang es, dem Feind Verluste von …

31. März 1943

Früher Morgen, Biskaya

Kapitänleutnant Friedrichsberger sitzt in seiner Kommandantenkajüte, setzt einen Funkspruch auf und verschlüsselt ihn danach. Fahrig wischt er sich mit der Hand den Schweiß von der Stirn.

Danach eilt er zum Funker.

»Los!«, sagt Friedrichsberger zum Funkgasten. »Jagen Sie den raus und bleiben Sie auf Empfang! Ich bin in der Zentrale.«

Der Kommandant von U 523 ist nervös. Sobald es hell wird, ist jederzeit mit britischen Flugzeugen zu rechnen. Der Marineoffizier springt durch das Mannloch und knöpft sich die Seekarte vor.

Der LI tritt mit sorgenvoller Miene zum Kaleu an den Kartentisch.

»Sollten wir nicht trimmen, bevor es hell wird, Herr Kaleu? Ich meine, viel Zeit bleibt uns ja nicht mehr bis dahin.«

»Das werden wir, sobald ich die Antwort von der Flottille habe, Fischer. Sehen Sie hier«, der Kommandant tippt auf die Karte, »diese Tiefe sollte wohl ausreichen, um das einfache Trimmprogramm durchzuspielen. Mehr lässt die Tiefe hier nicht zu. Den Rest erledigen wir weiter draußen. Noch 27 Seemeilen, rund zwei Stunden etwa, dann sind wir weit genug raus.«

Während der Kommandant das sagt, geht er noch einmal die Ladung durch, die Sie in Bergen an Bord genommen und in Lorient nochmals erweitert haben. Kisten und Kästen, Säcke voll mit Akten und Ordnern und dazu noch Passagiere. Dafür konnten sie nur eine sehr geringe Anzahl an Torpedos und Granaten für die 10,5-cm-, 3,7-cm- und 2-cm-Geschütze mitnehmen.

Sauer stößt Friedrichsberger auf, dass einer der in Lorient hinzugestiegenen Passagiere eine Frau ist – und dazu noch eine sehr attraktive Frau.

Der Kapitänleutnant versuchte vor dem Auslaufen Himmel und Hölle in Bewegung zu setzen, um sie von seinem Boot zu bekommen, es war aber nichts zu machen. Diese Dame scheint für die Mission unentbehrlich zu sein.

Ein paar Minuten später kommt die Antwort des Funkspruchs herein. Kurz und knapp, nun haben sie ihr endgültiges Ziel.

Er reicht dem I. WO das Formular und wendet sich danach an den Leitenden Ingenieur: »Auf Tauchstation, Fischer! Klar zum Trimmen!«

Kurz Darauf schrillt es ohrenbetäubend durch das Boot. Die Alarmklingel wirft die Freiwachen aus den Kojen und scheucht sie auf ihre Tauchstationen. Dies verhilft den Passagieren zu einer beeindruckenden Erfahrung. Sie erleben zum ersten Mal hautnah mit, wie es bei einem Alarmtauchen in einem engen Unterseeboot zugeht.

Während sie noch schlaftrunken die ungewohnte Situation zu erfassen und sich zu orientieren versuchen, geraten sie plötzlich allen und jedem zwischen die Beine. Wer von ihnen sich nicht schnell genug in die für diesen Fall zugewiesene Koje in Sicherheit bringen kann, wird angebrüllt und ohne Ansehen der Person rücksichtslos zur Seite geschubst. Eine sehr lehrreiche, allerdings nicht so handgreifliche Erfahrung auch für die Frau Ingenieurin Helene Eberth. Durch den Tauchalarm ebenfalls aufgeschreckt, steht sie am Schott der Kapitänskajüte und starrt mit weit aufgerissenen Augen verblüfft auf die durch den Gang an ihr vorbeieilenden Männer. Höchst erstaunt ist sie vermutlich auch darüber, dass die Matrosen nicht die geringste Notiz von ihr als Frau und ihrem blutdrucksteigernden, attraktiven Äußeren nehmen. Das ist für sie sicher ungewöhnlich.

Ein Gedanke, der dem Kaleu eine gewisse Genugtuung bereitet.

Als wieder Ruhe einkehrt, wendet Frau Eberth sich kopfschüttelnd ab. Dabei entdeckt sie den Kommandanten am Kugelschott und prompt kehrt ihr Selbstbewusstsein zurück.

»Ein wenig ungewöhnlich, meinen Sie nicht? Oder geht das bei Ihnen hier nachts immer so lautstark zu, Herr Friedrichsberger?«

Dieser grinst ebenso selbstsicher.

»Im Allgemeinen nicht, Fräulein Eberth, nur in besonderen Fällen, beispielsweise dann, wenn wir Damenbesuch an Bord haben. Ich hoffe, Sie wissen das zu schätzen.«

Sie rümpft die Nase.

»Sie machen sich über mich lustig; das ist aber keine charmante Art, Herr Kapitänleutnant! Was hat das denn nun wirklich zu bedeuten?«

»Wir tauchen, um das Boot zu trimmen. Das heißt, wir gleichen die Gewichtsverteilung mit Hilfe von Regelzellen aus und bringen so das Boot auf ebenen Kiel. Das ist am Beginn einer Feindfahrt unerlässlich.«

Noch ehe die junge Ingenieurin etwas entgegnen kann, wird sie von einem Lautsprecher unterbrochen: »Kommandant in die Zentrale. Ich wiederhole: Kommandant in die Zentrale!«, knarzt es blechern durch das Boot.

Friedrichsberger deutet auf den Lautsprecher: »Sie haben es gehört, mich ruft die Pflicht!«

31. März 1943

Morgens, Fliegerhorst Luigi Sella – Rom

Der Obergefreite Heinz Dombrowski ist mit seiner momentanen Situation alles andere als glücklich. Schließlich freute er sich bereits auf seinen wohlverdienten Heimaturlaub, nachdem er beinahe anderthalb Monate in Rom im Lazarett lag. Die Verwundungen an der rechten Schulter und dem Becken sind zwar gut verheilt, doch er fühlt sich alles andere als frontverwendungsfähig.

Gedanklich war der Obergefreite bereits bei seiner Verlobten, die er nun endlich auch ehelichen wollte, da schneite gestern tatsächlich ein junger Oberleutnant ins Lazarett herein und durchkämmte es nach Soldaten, die in nächster Zeit entlassen werden sollten. Natürlich war da auch er dabei.

Der Offizier übergab ihm ein Schriftstück, welches besagte, dass er sich noch am selben Abend in einer Kaserne südlich von Rom einzufinden habe.

Dort erfuhren die Landser erst, was auf sie zukommen sollte.

»Männer«, schallte die Stimme desselben Oberleutnants durch das Kasino der Kaserne, »morgen, in aller Frühe, beginnt eine Aktion, durch die die monarchistischen Kräfte Italiens unter der Führung des italienischen Königs und des großen Teils der italienischen Armee die Faschisten unter Mussolini entmachten werden. Im Gedanken der treuen Waffenbruderschaft hat unser Kaiser die Unterstützung der Wehrmacht angeboten. Diese Unterstützung wurde dankend angenommen und Generalfeldmarschall Rommel hat zusammen mit dem italienischen Oberkommando einen Plan zur Entfernung der faschistischen Kräfte ausgearbeitet.«

Der Offizier lässt diese Worte einen Augenblick lang wirken und begutachtet die erstaunten Gesichter.

Teil dieses Planes sei auch die Besetzung des Fliegerhorsts *Luigi Sella,* verkündet er dann. Dafür sei eine italienische Kampfgruppe abgestellt, welche sich mit dem Standortkommandanten und so weiter in Verbindung setzen solle. Die Aufgabe der Deutschen sei lediglich die Sicherung der Flugzeuge und der technischen Einrichtungen.

Und somit sitzt Dombrowski nun in einem italienischen Breda 52-LKW und rumpelt dem Ziel entgegen.

Nach circa einer halben Stunde hat der kleine Konvoi aus fünf italienischen Lastkraftwagen und zwei Lancia-Personenkraftwagen das Ziel erreicht.

Vor dem Wachhäschen bleiben die Fahrzeuge stehen und aus dem ersten PKW steigt ein italienischer Major aus. Zusammen mit zwei weiteren Soldaten spricht er kurz mit den Posten. Dort scheint man sich schnell einig zu sein. Die Posten geben ihre Waffen ab und es werden drei italienische Soldaten an ihrer Stelle zurückgelassen.

Schnell wird der Schlagbaum hochgezogen und der Konvoi fährt durch die Wache.

Als der Breda die Schranke passiert, sieht Dombrowski, wie die Italiener zusammenstehen und rauchen.

Die beiden PKW fahren nun zielstrebig zum Gebäude des Flugplatzkommandanten und stoppen ruckartig und mit quietschenden Reifen. Einer der LKW tut es ihnen gleich. Unter lauten Kommandos springen die italienischen Infanteristen von der Ladefläche und schon stürmen sie unter mächtigem Gebrüll in das Gebäude.

Dombrowskis Lastwagen hält vor mehreren großen Hangars. Kaum steht der LKW, schon ertönen die Kommandos zum Aussteigen und Sammeln. Dombrowski springt von der Ladefläche und muss seinen Karabiner neu greifen. Er kann noch nicht richtig fassen, dass er schon wieder mit Uniform und Waffe mittendrin ist.

Die deutschen Soldaten stürmen die Betonbauten, in denen einige Flugzeuge untergestellt sind. Zu ihrer Überraschung werkeln dort tatsächlich bereits mehrere Mechaniker an den Macchi M.C. 202 Folgore herum. Sie halten inne und schauen die Eindringlinge an, als handelte es sich um Geisterwesen. Die Landser nehmen sofort ihre Karabiner in Anschlag und ein Kamerad, der Italienisch spricht, gibt den Mechanikern zu verstehen, dass sie von den Flugzeugen weg- und aus dem Hangar heraustreten sollen. Verunsichert schauen sich die italienischen Mechaniker an, doch dann befiehlt ihnen ein Oberwerkmeister, der Order Folge zu leisten. Lautes Geklirr ist zu hören, als die Italiener ihre Werkzeuge auf den Betonboden fallen lassen und dann mit erhobenen Händen aus dem Hangar treten.

In den übrigen drei Hangars in Dombrowskis unmittelbarem Umfeld ergibt sich das gleiche Bild.

Der Obergefreite und drei weitere Männer durchsuchen nun das Gebäude, während der Italienisch sprechende Landser den sichtlich verunsicherten Verbündeten die Sachlage erklärt. Danach stehen auch hier die Soldaten friedlich zusammen und lassen eine Zigarettenschachtel durch die Reihen gehen. Von den Außenbereichen des weiträumigen Geländes sehen die Deutschen nun aufgeregt gestikulierende italienische Soldaten auf die Stabsgebäude und Hangars zulaufen. Auch aus den Unterkunftsgebäuden strömen Italiener in mehr oder weniger kompletter Kampfmontur. Die Wachsoldaten und Flieger werden jedoch sofort von den monarchietreuen italienischen Soldaten in Empfang genommen.

Soweit es der Obergefreite beobachten kann, kommt es zu keiner Gegenwehr der Fliegerhorstbesatzung. Doch irgendwoher schallen vereinzelte Gewehrschüsse über die großen, betonierten Start- und Landebahnen.

Doch auch im Stabsgebäude scheint alles so weit ohne größere Zwischenfälle vonstattengegangen zu sein, denn nach vielleicht 30 Minuten krächzt eine blecherne Stimme aus den Lautsprechern, dass der Fliegerhorst in der Hand der treuen Soldaten Vittorio Emanuele III. sei und sich alle Soldaten zum Stabsgebäude zu begeben hätten.

Zwischen den italienischen Mechanikern kommt es nun zu einer Diskussion, der Heinz Dombrowski jedoch nicht folgen kann. Jedoch wird sie auch Augenblicke später vom Italienisch kundigen Landser unterbrochen. Er wirft seine Zigarette auf den Boden, tritt sie betont selbstsicher aus und fordert die Italiener unmissverständlich auf, der Lautsprecherdurchsage Folge zu leisten.

31. März 1943

Morgens, Neue Reichskanzlei

Der Kaiser hat auch diese Nacht wieder einmal in der Reichskanzlei verbracht. Er tritt soeben aus der ehemaligen Privatwohnung Adolf Hitlers hinaus in den kleinen Innenhof, welcher an den großen Ehrenhof anschließt. Vor der Tür stehen zwei Gardesoldaten in tadelloser, schwarzer Gardeuniform. Das weiße Koppelzeug und die silbern glänzenden Kaiserkronen, welche in den Fängen des Wehrmachtsadlers ruhen, stechen ihm ebenso ins Auge wie das Ärmelband mit der Aufschrift *Großdeutschland.* Die beiden Soldaten präsentieren beim Anblick des Kaisers.

Auch Oberstleutnant Maximilian von Reichenbach steht dort und wartet auf den Monarchen. Sein Großkomturskreuz des Hausordens von Hohenzollern glänzt an seinem Hals. Als er den Regenten bemerkt, nimmt er sofort Haltung an und salutiert.

Louis Ferdinand I. nickt seinen beiden Wachsoldaten freundlich und anerkennend zu. Als er vor von Reichenbach steht, streckt er ihm die Hand entgegen.

»Ich grüße Sie, Oberstleutnant von Reichenbach. Ich hoffe, Ihre Nacht war ebenso angenehm wie die meine?«

»Kann mich nicht beschweren, Eure Majestät«, gibt der Offizier recht leger zurück. Seit dem Attentatsversuch auf den Kaiser pflegen die beiden Männer einen sehr freundschaftlichen Umgang miteinander.

»Gibt es was Neues? Sind von Witzleben und mein Vater bereits vor Ort?«

»Die Aktion der Italiener gegen die Faschisten ist angelaufen. Der Herr Generalfeldmarschall ist bereits eingetroffen, der Herr Reichsmarschall jedoch noch nicht.«

Gemeinsam schreiten die beiden Männer über den Ehrenhof und vorbei an die beiden Statuen *Die Partei* und *Die Wehrmacht*.

Nach wenigen Minuten sind sie bei Generalfeldmarschall Erwin von Witzeleben angelangt, welcher in diesem Augenblick von einer Ordonanz umsorgt wird.

Doch vom Reichsmarschall fehlt noch immer jede Spur.

Daher stehen die drei Männer locker beisammen und vertreiben sich die Zeit mit Smalltalk, wie der Engländer zu sagen pflegt, während sie auf das Erscheinen Wilhelm von Preußens warten, der eigentlich jeden Augenblick eintreten müsste.

Nach fünf Minuten taucht ein junger Nachrichten-Leutnant auf, sichtlich angespannt.

Nachdem er gegrüßt hat, teilt er mit, dass der Herr Reichsmarschall sich entschuldigen lasse, er sei derzeit unpässlich.

Sofort nach der überbrachten Meldung verschwindet der junge Offizier, so als ob er wüsste, was sich nun ankündigt.

Von Witzleben und von Reichenbach beobachten, wie der Monarch zum ersten Mal seine Fassung zu verlieren droht. Zornesröte steigt in seinem Gesicht auf.

Doch mit einer merkwürdig gefassten, jedoch eisig kalten Stimme wendet er sich an seine beiden Begleiter: »Von Reichenbach, sorgen Sie sofort dafür, dass mein Fahrzeug bereit gemacht wird, wir brechen sofort nach Carinhall auf! Feldmarschall von Witzleben, Sie werden uns nach Carinhall begleiten.«

Wenig später stehen der Stabschef des OKW und das Oberhaupt des Großdeutschen Kaiserreichs in der Nachrichtenzentrale der Reichskanzlei.

Zum Diensthabenden sagt der Regent kurz angebunden: »Sie stellen sofort eine Verbindung zur Potsdamer Garnison her; es ist unverzüglich eine Kompanie nach Carinhall in Marsch zu setzen! Sollte es Rückfragen geben, dann übergeben Sie umgehend an den Feldmarschall! Doch zuerst möchte ich schnellstmöglich eine Verbindung nach Carinhall!«

Nach wenigen Momenten steht die besagte Verbindung. Der Kaiser nimmt dem Nachrichtenmann den Hörer aus der Hand.

»Soldat, sie sorgen sofort dafür, dass der Reichsmarschall das Gelände nicht verlässt! Haben Sie das verstanden?«

Selbst der Feldmarschall scheint von dieser Lageentwicklung überrascht zu sein. Anscheinend ist der Soldat am anderen Ende der Leitung von diesem Befehl überfordert, denn von Witzleben hört nun, wie der Regent mit mühsam in Zaum gehaltener Stimme erklärt:« Dann holen Sie den Obersten sofort an den Apparat!«

Wieder scheint der unglücksselige Soldat etwas zu antworten, das dem Regenten nicht passt, denn erneut bebt die Stimme Louis Ferdinands: »Wissen Sie eigentlich, mit wem Sie sich hier unterhalten, Oberfeldwebel? Sollte der Reichmarschall sich aus dem Staub gemacht haben, während Sie sich hier in scheinbarer Inkompetenz suhlen, sind Sie bereits morgen an der Ostfront, um Minen zu entschärfen!«

Der arme Tropf, denkt sich von Witzleben, *zur falschen Zeit am falschen Ort.*

In der Zwischenzeit scheint nun der kommandierende Nachrichtenoffizier das Gespräch am anderen Ende der Leitung übernommen zu haben.

»Na endlich, Herr Oberst! Ich hoffe angenehm geruht zu haben! Hier spricht ihr oberster Befehlshaber, der Kaiser persönlich, und ich werde diesen Befehl nur noch ein einziges Mal erteilen! Sie sorgen sofort dafür, dass Carinhall abgeschottet wird! Niemand kommt rein, niemand verlässt den Ort! Eine Kompanie der *Großdeutschland* befindet sich bereits auf dem Weg. Bis dahin verlässt niemand, speziell nicht der Reichsmarschall, das Gelände. Notfalls kann von der Waffe gebraucht gemacht werden! Haben Sie das verstanden? Sie haften mit Ihrem Kopf dafür. Wenn der

Reichsmarschall nicht mehr da ist, wenn ich eintreffe, dann können Sie und Ihre Männer sich schon mal auf den Weg in Richtung Osten wähnen!«

Ohne eine Erwiderung abzuwarten, knallt der Kaiser den Hörer auf die Gabel und verlässt den Raum.

31. März 1943

Vormittags, östlich von Schlüsselburg

Liebe Eltern,

heute schreib ich Euch mal wieder einige Zeilen, damit Ihr Euch nicht allzu viel Sorgen machen müsst.

Immer kommt man hier halt nicht zum Schreiben, Vater wird das kennen.

Doch nun, nach der ausgefochtenen Schlacht, haben wir schon etwas mehr Zeit. Hier ging es ziemlich lustig rund, aber in unserem schönen Panzer hinter der dicken Panzerung sind zumindest wir Panzermänner gut sicher. Die armen Infanteristen tun mir da doch schon leid.

Selbst hier vor Leningrad ist das, was der Iwan Straßen nennt, bessere Feldwege. Bei uns zuhause ist jeder Wirtschaftsweg oft besser. Unser Fahrer, der Hans, hat es da oft sehr schwer.

Aber wir wollen uns nicht beklagen, denn zurzeit ist der Iwan wenigstens ruhig, vielleicht wird er jetzt endlich weich.

Wie geht es zuhause?

Ist der Müller Hannes noch daheim, oder haben sie ihn jetzt auch gezogen? Wir bräuchten hier eigentlich noch viel mehr Leute. Dann könnten wir hier vielleicht endlich Schluss machen, vielleicht ja im Sommer. Dann sind hoffentlich auch hier die Wege besser. Oder wir sind mit unseren schweren Panzern wieder ganz woanders.

Unser Quartier ist ganz gut, wir wohnen bei einer Russenfamilie. Die Babuschka sorgt für saubere Kleidung und kocht uns ab und an was Schönes, dafür versorgen wir die Kinder mit Bonbons und Schokolade. Aber auch mal ein Stück Seife oder anderen Sachen. Jede Besatzung wurde in ein eigenes Haus einquartiert.

Mit der Post ist es hier auch so eine Geschichte, denn auch die Kameraden in der Etappe haben mit den mageren Wegeverhältnissen zu kämpfen.

Nun will ich aber erstmal Schluss machen mit dem Schreiben.

Ich hoffe, der Krieg ist bald aus und wir können alle wieder in die Heimat.

Nun grüß ich Euch
Euer Franz!

Breitfelder hat gerade seinen Brief beendet, da kommt sein Kamerad, der Gefreite Otto Stolze, in die Stube. Sofort öffnet er den Mund und lässt verkünden: »Mensch Franz, hoch mit den müden Knochen. Der Alte meint, wir sollen uns um die Wartung unserer Untersätze kümmern!«

Breitfelder sieht ihn verwundert an.

»Welcher Alte? Der Hermanns? Welche Laus ist dem denn über die Leber gelaufen?«

Auflachend meint der Ladeschütze: »Nee, der ganz alte, der Johannsohn! Hermanns meint, du sollst dann halt nach der Optik schauen. Keine Ahnung, die hohen Herren denken anscheinend, wir rosten hier sonst ein bei dem Wetter!«

31. März 1943

Mittags, Waldhof Carinhall

Die circa 60 Kilometer bis zum ehemaligen Landsitz Hermann Görings sind schnell zurückgelegt.

Die große Kastanienallee, die als Zufahrtsstraße dient, führt den kleinen Konvoi zum Wachhäuschen. Bereits von Weitem sehen die Männer, dass dort mehrere Lastkraftwagen, Kräder und Panzerspähwagen stehen. Auch im näheren Umfeld sehen sie, dass Soldaten das weiträumige Gelände umstellt haben.

Der Mercedes-Benz 770 W wird von einem Oberleutnant in Tarnuniform angehalten. Ein kurzer Blick auf die Insassen und die beiden Personenkraftwagen können weiterfahren.

Nach kurzer Zeit erreichen sie den sogenannten *Hirschplatz*, benannt nach dem großen, bronzenen Kronenhirsch, welcher dort als Dekoration steht.

Auch hier befinden sich mehrere Militärfahrzeuge und Soldaten sichern den Platz. Neben einem VW-Kübelwagen steht der Kommandant der Einsatzkompanie.

Der Kaiser lässt halten und begibt sich zu dem Offizier.

Dieser, ebenso wie die umstehenden Soldaten, nimmt Haltung an, salutiert zackig und will soeben melden, da unterbricht ihn der Kaiser: »Schon gut, Hauptmann. Lassen Sie mal. Gab es irgendwelche Zwischenfälle?«

»Nein, Eure Majestät. Die Wachmannschaft war nur etwas erstaunt; der Sachverhalt konnte aber schnell geklärt werden – Garde schießt nicht auf Garde!«

Louis Ferdinand I. nickt anerkennend.

»Wo befindet sich der Reichsmarschall?«

»Folgen Sie mir bitte, Eure Majestät.«

»Von Witzleben, von Reichenbach, Sie kommen bitte mit«, sagt der Regent kurz und knapp.

Die vier Männer gehen über den Platz in Richtung eines der großen Hauptgebäude. Kurz, bevor die Gruppe das Haus betritt, wendet sich der Monarch an den Kompaniechef: »Sie bleiben bitte hier, Hauptmann Pless. Sollten wir nicht in spätestens einer halben Stunde zurück sein, so kommen Sie mit Ihren Männern nach!«

Entschlossen betreten die übrigen drei Männer das Haus und werden sogleich von der schieren Pracht der Ausstattung überwältigt. Zwar ist Louis Ferdinand sehr wohl Pomp und Prunk gewohnt, doch das an diesem Ort gebotene Ausmaß übertrifft alles bisher Gesehene.

Sofort werden der Kaiser und seine Begleiter von einer Ordonanz in Empfang genommen und zu einem prächtigen Saal geführt. Dort sitzt Wilhelm von Preußen und nippt ein einem kristallenen Glas.

»Sie beide bleiben bitte vorerst draußen«, meint der Regent, ohne sich nochmals umzudrehen. Als er den Raum betritt, schließt er unverzüglich die schwere Eichentür.

»Vater, hast du eine Erklärung für dein Verhalten?«

Der Reichsmarschall schwenkt ungerührt sein Glas, nimmt einen kräftigen Schluck und stellt es wieder ab. Danach erhebt er sich schlagartig und schaut seinen Sohn, den Kaiser, durchdringend an.

»Welches Verhalten meinst du? Wer hat mich denn hier quasi unter Hausarrest gestellt?«

»Das war nötig, um endlich klare Verhältnisse zu schaffen, Vater! Ich will vermeiden, dass du, wie so oft in letzter Zeit, wieder kurzfristig verhindert bist.« Der Spott in der Stimme des Regenten ist kaum zu überhören. Das Staatsoberhaupt des Großdeutschen Kaiserreichs stützt sich mit beiden Armen auf die Tischplatte.

»Du hast mich heute nun ein Mal zu viel öffentlich brüskiert! Wenn ich den Reichsmarschall der Großdeutschen Wehrmacht zu einer Besprechung bestelle, dann hat dieser auch zu erscheinen, ganz gleich, ob es sich bei dieser Person um meinen Vater handelt oder um eine andere Person!«

»Vorsicht, mein Sohn! Vergiss nicht, dass ich eigentlich Kronprinz des Deutschen Reiches und von Preußen bin! Du hast die Thronfolge nicht eingehalten – mich schlichtweg übergangen!«

Ein verächtliches Schnauben ist vom Regenten zu hören.

»Niemand in der Wehrmachtsführung, aber auch kein seriöser Politiker, wäre dir gefolgt! Ich erinnere nur an deine Mitgliedschaft in der Motor-SA, dem NSKK, oder auch nur an dein Auftreten beim *Tag von Potsdam!* Vielleicht hast du es vergessen, Vater. Die ausschlaggebenden Männer an der Spitze des Reiches jedoch nicht! Dies haben die Verantwortlichen in Politik und Wehrmacht ja mehr als oft genug zum Ausdruck gebracht. Du selbst warst mit meiner Thronbesteigung einverstanden.«

»Sehr richtig, ich WAR damit einverstanden! Da wusste ich ja auch noch nicht, dass du vorhast, dich mit allerlei Gevolk einzulassen, Polacken, den Tschechen, sämtlichen Sippen auf dem Balkan und nun auch noch mit den Itakern, denen du geholfen hast, den einzigen stabilen Faktor dort zu entfernen! Der Duce war derjenige, der für Ordnung im Stiefel gesorgt hat. Und als wäre das alles nicht schon genug, so verbündest du dich auch noch mit dem Erbfeind! Du als deutscher Kaiser hilfst dabei, die verfluchten Franzosen zu stärken.«

Der Monarch winkt ab. »Es geht hier nicht um mich, oder um dich, es geht um das Reich und unser Volk. Und wenn ich für dessen Rettung unliebsame Entscheidungen treffen muss, dann werde ich das tun!«

Nun ist es der Reichsmarschall, der verächtlich schnaubt.

»Welche Entscheidungen willst du denn noch treffen?«

»Nun, als Erstes werde ich dich weiterhin unter Hausarrest stellen, in der Hoffnung, dass du in naher Zukunft wieder vernünftig wirst und mir wieder als wertvoller Berater zur Seite stehen kannst. In der Öffentlichkeit werde ich verlautbaren lassen, dass du aus gesundheitlichen Gründen verhindert bist.«

Ohne seinen Vater auch nur noch ein einziges Mal anzuschauen, dreht Louis Ferdinand I. sich um und verlässt den Raum.

Kaum ist er draußen und die schwere Eichentür geschlossen, muss er tief durchatmen.

Welche schweren Entscheidungen wohl noch auf mich zukommen werden?

31. März 1943

Nachmittags, Südabschnitt der Ostfront

Riedel liegt auf der Lauer. Mit seinem Fernglas nimmt er sich die gegenüberliegenden sowjetischen Stellungen vor. Er muss sich im Stillen eingestehen, dass die Rotarmisten in Sachen Tarnung den Deutschen weit voraus sind. Meisterhaft sind die Erdlöcher und Verbindungsgräben angelegt und abgetarnt. Nur dem scharfen Auge eines geübten Beobachters fallen die künstlichen Veränderungen im Gelände auf. Da steht plötzlich ein Baumstumpf an einem Ort, an dem unmöglich ein Baum gewesen sein konnte. In einem reinen Fichtendickicht entdeckt Riedel die Äste einer Buche, die nicht hierhergehören können. Es sind noch viele andere Dinge, die sein scharfes Zeiss-Glas aus der natürlichen Umwelt herauslöst.

Nach langem Suchen entdeckt er in der abgefallenen Rinde des einzelnen Baumstumpfes ein kleines, viereckiges Loch. Nun weiß er auch, von wo in den letzten Tagen die tödlichen Schüsse auf die Kameraden gefallen sind.

Es wäre aber falsch, jetzt einfach ein Projektil in den sicher ausgehöhlten Baumstumpf zu schicken. Wenn schon, muss der Schuss auch den feindlichen Scharfschützen treffen, der wahrscheinlich in einem Erdloch unter dem Baumstumpf steht. Über eine Stunde lang löst sich Riedels Blick nicht von dem kleinen Loch im Baumstumpf. Und seine Ausdauer wird irgendwann belohnt. Im Fadenkreuz seines bereitgelegten Zielfernrohrgewehrs sieht er, wie sich plötzlich ein dunkel-brünierter Gewehrlauf aus der Öffnung schiebt – nicht weit, nur etwas über zwei Handspannen lang.

Das Gesicht des Feldwebels wird hart wie Stein. An der Haltung des Gewehrlaufs erkennt er, dass drüben ein Linkshänder hinter dem Gewehr steht. Ein solcher legt seine Wange aber auch links an das Gewehr. Dabei befindet sich die linke Kopfhälfte über dem Schloss der Waffe.

Das bedeutet für Riedel, dass er seinen Schuss rechts vom Gewehrlauf ansetzen muss. Da sich der Baumstumpf in etwa auf der gleichen Höhe wie sein eigener Standort befindet, visiert er rechts am gegnerischen Gewehrlauf vorbei in die dunkle Öffnung hinein, wo sich aller Voraussicht nach der Kopf des Schützen befinden muss.

Dann löst er den Schuss aus. Ein helles Peitschen zerreißt die sonst ziemlich ruhige Front. Ohne sich zu bewegen, bleibt Riedel mit dem Auge am Okular des Fernrohres liegen. Kurz darauf bemerkt er, wie der Baumstumpf ein ganzes Stück zur Seite geschoben wird und dahinter eine Hand sichtbar wird, deren Faust verkrampft ist.

Der Tod hat wieder einmal zugeschlagen, denkt sich Riedel.

Hinter dem Feldwebel werden nun Schritte laut.

Als er sich umdreht, steht ein Unteroffizier halbrechts unter ihm.

»Was ist los? Warum haben Sie geschossen, Herr Feldwebel?«

Riedel lässt sich zurückgleiten. Dann erklärt er es dem Mann.

»Mein lieber Mann, so was Raffiniertes! Da wären wir allesamt nicht dahintergekommen. Wie haben Sie denn die Sache herausbekommen?«

»Na ja, ich kenne die Tricks halt.«

Wieder beginnt die Suche nach möglichen Zielen und er kann tatsächlich in den Ästen einer ungefähr 20 Meter hohen Fichte einen vorzüglich getarnten Schützenstand entdecken.

Dort sitzen zwei Mann. Zuerst nimmt Riedel einen der Sowjets wahr. Als aber dann vom Stand aus geschossen wird und ein Stück weiter unten in der deutschen Stellung ein lauter Schrei zu hören ist, erkennt er den zweiten Mann. Die beiden Rotarmisten freuen sich offenbar über den erzielten Treffer und blicken ein wenig sorglos aus dem Geäst hervor, um in die deutsche Hauptkampflinie zu sehen. Und in diesem Augenblick feuert Riedel.

Lautlos sinkt der linksstehende Soldat zusammen. Bevor sich der andere von seinem Schrecken erholen kann, trifft auch ihn der tödliche Schuss.

Die beiden Sowjets müssen sich angeseilt haben, denn sie fallen nicht herab. Das ist durchaus üblich, wenn man sich im Geäst eines Baumes einen versteckten Stand baut. Dies wird auf beiden Seiten der Front so gehandhabt.

Das Oberkommando der Wehrmacht gibt bekannt

... Im Bereich der Heeresgruppe Nordland kam es in den Abschnitten Louhi und Kandalakscha zu beidseitigen Aufklärungstätigkeiten; am Fischerhals sprengte ein eigener Stoßtrupp einem feindlichen Kampfstand samt Besatzung.

Im Raum der Heeresgruppe Nord gelang es der Gruppe Generalleutnant Höhne, dem X. Armeekorps und der Gruppe Generalleutnant von Erdmannsdorff, mehrere Angriffe in Bataillonsstärke abzuwehren. Teilweise ist es gelungen, feindliche Bereitstellungen zu zerschlagen.

Im Raum der 18. Armee meldet die unter dem Dach des LIV. Armeekorps kämpfende 58. Infanteriedivision, zahlreiche bis zur Bataillonsstärke vorgetragene Angriffe unter hohen Feindverlusten abgewehrt zu haben. Die Heeresgruppenführung meldet, dass vorbeugend 74 Batterien aller Kaliber in den Raum Putilowo wirkten. Es wurden mehr als 4.000 Schuss abgegeben. Schlachtfliegern ist es in diesem Raum gelungen, Panzer, Artilleriestellungen und Kampfstände des bolschewistischen Gegners zu vernichten.

Im Bereich der Heeresgruppe Mitte gelang es der 262. Infanteriedivision, ein verlorengegangenes Dorf im schweren Häuserkampf zurückzugewinnen.

Im Raum der Heeresgruppe Süd kam es zu keinen schweren Kampfhandlungen.

Deutsche und französische Jagdfliegerkräfte konnten über der Nordsee und entlang der Deutschen Bucht einfliegende amerikanische Bomberformationen erfolgreich angreifen, die Emden und Rotterdam zum Ziel hatten. Es gelang der Abschuss von 14 Feindbombern des Typs B-24 und die Vernichtung von sechs Begleitjägern des Typs P-38.

Britische Terrorbomber griffen in der Nacht Essen an. Von 348 Flugzeugen verlor der Feind 15 Halifax, elf Lancaster und drei Mosquito durch französische und deutsche Nachtjäger. Zahlreiche weitere Feindbomber wurden durch die Flakwaffe abgeschossen oder teils schwer beschädigt.

In der Atlantikschlacht kam es erneut ...

05. April 1943

Morgens, Fallschirmschule 2 in Wittstock

Der Obergefreite Lothar Müller sitzt zusammen mit seinem Kameraden, dem Hauptgefreiten Max Stüwe, in einer Ju 52 und wartet darauf, dass das Rumpeln im Flugzeug nachlässt und die Transportmaschine endlich von der Piste abhebt.

Auch wenn Müller bereits eine Laufbahn als Flugzeugführer einer He 111 vorweisen kann, gibt es auch für ihn keine Ausnahme. Auch er muss sich dem strengen Auswahlverfahren der Fallschirmtruppe unterziehen und dazu gehört es, zuallererst zu überprüfen, ob die Männer überhaupt einen Flug in einer Transportmaschine überstehen würden.

Einige der Männer sehen alles andere als glücklich aus.

Endlich wird es ruhiger und die Maschine schwebt knapp über der Betonpiste des Fliegerhorsts. Der Obergefreite lässt seine Gedanken schweifen und die vergangenen Ereignisse noch einmal Revue passieren.

Nachdem die überlebenden Männer der 8. Luftwaffen-Felddivision aus der Hölle von Woroschilowgrad herausgekommen waren, wurde ihnen mitgeteilt, dass die Luftwaffen-Felddivisionen insgesamt aufgelöst würden und somit auch ihre Division. Dem betroffenen Personal wurde angeboten, sich für die Fallschirmjäger zu melden. Spezialisten wie zum Beispiel Flakartilleristen oder Funker würden hingegen zu entsprechenden Luftwaffeneinheiten versetzt, der Rest sollte vom Heer übernommen und dann auf einzelne Division aufgeteilt werden.

Für Müller und Stüwe war sofort klar, dass sie die Möglichkeit ergreifen würden, zu den Fallschirmjägern zu gehen.

Und somit sitzt der gute Müller nun in einer altersschwachen *Tante Ju*, zusammen mit Stüwe und Soldaten anderer Luftwaffen-Felddivisionen.

Der Flug dauert nur ungefähr eine Stunde, dennoch zeigt sich schon hier, dass einigen der 15 Passagieren speiübel ist. Der mitfliegende Ausbilder hat vor allem auf diese ein wachsames Auge.

Als sie wieder festen Boden unter den Füßen haben, atmen die Männer erst einmal tief durch. Müller und Stüwe, die beide bereits über Flugerfahrung verfügen, haben den Flug sehr genossen.

Andere entledigen sich ihres Mageninhalts auf dem Grünstreifen neben der Betonpiste.

Doch dieses Bild ergibt sich nicht nur bei den Insassen in Müllers *Ju*. Auch als die anderen Junkers landen und die Soldaten aussteigen, knien und hocken immer wieder einzelne Männer am Pistenrand und müssen sich übergeben. Nachdem diese sich wieder einigermaßen gesammelt haben, werden sie von den Ausbildern zum Stabsgebäude geschickt.

Der Rest der Soldaten formiert sich in Marschordnung und begibt sich ohne große Pause zu einem großen Schwimmbecken mit Zehn- und Fünfzehn-Meter-Sprungturm. Fragend stehen die Landser nun am Beckenrand und mustern den Turm.

Der Ausbilder baut sich vor ihnen auf und erklärt: »So, Herrschaften, sofort Koppel ablegen, Stiefel aus und in einer Reihe an der Leiter aufgestellt!«

Müller und Stüwe tun, wie ihnen befohlen wurde, und stellen sich zusammen mit den anderen Kameraden an der langen Leiter an. Der Ausbilder, ein Feldwebel, erläutert ihnen im Anschluss, was von ihnen erwartet werde: Die zukünftigen Fallschirmjäger sollen sich zum Fünfzehn-Meter-Brett begeben und von dort hinunterspringen. Währenddessen klettert ein weiterer Ausbilder bereits den Sprungturm hinauf.

Zwei der Soldaten treten wieder aus der Reihe aus und werden nun ebenfalls vom Ausbilder zum Stabsgebäude geschickt.

Verdammt, das Wasser im Becken wird mit Sicherheit noch arschkalt sein, überlegt Müller während er zuschaut, wie der erste Soldat die Leiter erklimmt.

Nach wenigen Minuten steht er oben beim zweiten Ausbilder.

Was dort gesprochen wird, kann der Obergefreite nicht hören.

Nach kurzem Zögern stellt sich der Mann jedoch an den Rand des Brettes und springt.

Mit lautem Platschen landet er im Wasser.

Nun geht es der Reihe nach, bis es plötzlich stockt.

Der Soldat, der nun oben steht und mit dem Sprung dran wäre, scheint Probleme zu haben.

Nach längerer Diskussion macht sich der Landser daran, tatsächlich wieder die Leiter herunterzusteigen. Als er unten ist, begibt er sich sofort zum Stab.

05. April 1943

Mittags, Südabschnitt der Ostfront

Feldwebel Riedel hat wieder einmal den Frontabschnitt gewechselt. Wieder war es seine vordringlichste Aufgabe, eine geeignete Stellung zu finden. Diesmal hat sich ein abgeschossenes Halbkettenfahrzeug angeboten, das mitten im Niemandsland der Front steht. Riedel hockt nun jedoch nicht allein in seinem Versteck, sondern er wird von einem Feldwebel der Kompanie begleitet.

Mehrere Einschusslöcher eignen sich hervorragend, um die sowjetische Front zu beobachten und um aus ihnen das Feuer zu eröffnen.

Relativ schnell entdeckt der Scharfschütze den Verbindungsgraben der Sowjets. Er beobachtet die Essenträger, wie sie nach vorn kommen und eine Stunde später wieder zurückgehen. Zwischen zwei Bäumen vollführt der Graben einen Knick nach rechts.

Wahrscheinlich muss man dort starkem Wurzelwerk ausweichen.

Und gerade an diesem Knick ist der Graben gut einsehbar.

Kopf und Schultern jedes Mannes, der dort durch den Graben schreitet, werden auf einer Strecke von ungefähr zwei Meter sichtbar. Es ist allerdings fraglich, ob man in der kurzen Zeit, während die drei Essenträger sichtbar werden, auch drei Schüsse abfeuern kann.

Sorgfältig mustert Riedel das Gelände. Zu seiner Belustigung entdeckt er tatsächlich einen Rotarmisten, der mitten auf freier Fläche seelenruhig seine Notdurft verrichtet.

»He, Kapuschinski, schau dir das mal an!«, flüstert Riedel dem Kameraden zu, der unten auf der Bodenplatte des Sonderkraftfahrzeugs hockt.

Der Angesprochene richtet sich vorsichtig auf und nimmt das ihm gereichte Zeiss-Glas entgegen.

Riedel erklärt ihm, wohin er schauen soll.

»Aufpassen!«, meint er dann. »Gleich hört er auf!«

Der Schuss peitscht aus dem Gewehr und trifft das, was der Rotarmist von sich gelassen hat.

Entsetzt springt der Soldat in die Höhe. Er will sofort losrennen, wird jedoch von seiner heruntergelassenen Hose an den Beinen behindert und stolpert mehrere Male. Mehr fallend als laufend taucht er schließlich in einem Gebüsch unter.

Über Riedels Gesicht huscht ein Grinsen.

»Riedel, warum hast du denn nicht auf den Mann geschossen?«, will der gleichrangige Kamerad wissen, der wohl fürchtet, der Scharfschütze habe durch seine Aktion ihre Position verraten.

»Na, hör mal,« erwidert Riedel und dabei breitet sich ein beinahe düsterer Ausdruck auf seinem Gesicht aus, »glaubst du vielleicht, nur weil ich ein Scharfschütze bin, bin ich gleich ein hinterhältiger Mörder? Da denkst du aber falsch, mein Freund.«

Er nimmt sich eine Zigarette aus seiner Schachtel, zündet sie an und beobachtet weiter das Gelände.

05. April 1943

Nachmittags, östlich von Schlüsselburg

Unterfeldwebel Helmut Dengl und der Obergefreite Hans-Joachim Steiner fliegen in 2.500 Meter im Horizontalflug über die russische Landschaft. Rings um die beiden Flieger hüllt sich der Himmel endlich einmal wieder in ein wunderschönes Blau. Der Luftraum jenseits der Front scheint für die beiden deutschen Jagdflieger frei zu sein.

Auch eine weitere Suche bringt nichts ein.

»Rabe Eins an Rabe Zwei - Carusso Südost - Hanni 3.000 - Frage Viktor?«

»Viktor!«, kommt es sofort aus dem Kopfhörer.

Dengl nimmt Kurs auf einen bekannten sowjetischen Flugplatz im Hinterland der Front.

Kaum sind sie über dem Platz, da erkennen sie ganz schwach, dass sich die *Konkurrenz* zum Start entschlossen hat. Es dauert nicht lange, bis vier LaGG-3 hinaufklettern, und das sogar ziemlich eilig. Ihre Bugpartie ist im spitzen Winkel himmelwärts gerichtet.

Die Art und Weise, wie sie einige Kilometer entfernt gekonnt herumziehen, verwandelt Dengls Angriffslust spontan in vorsichtiges Misstrauen.

Die vier dort drüben haben anscheinend allerhand auf dem Kasten, überlegt er.

Sie formieren sich jetzt zu einer Art Abwehrkreis und schieben sich mit bemerkenswerter Raffinesse näher und näher an die Deutschen heran. Der kurz darauf erfolgte erste Angriffsversuch der beiden Messerschmitts bringt sie jedenfalls weder aus der Formation noch aus der Ruhe.

Dengl erkennt sofort, dass auf diese Weise nichts zu gewinnen ist. Im Messerflug jagen die beiden deutschen Jagdmaschinen durch die Wolken.

Völlig unerwartet stößt nun die Maschine des Unterfeldwebels von oben in den Abwehrkreis der Gegner hinein. Die überraschende, beinahe selbstmörderisch anmutende Attacke entfaltet die beabsichtigte Wirkung. Fast gleichzeitig spritzen die vier LaGG-3 auseinander.

Wenige Augenblicke später hängt Dengl bereits hinter einer der sowjetischen Maschinen. Ein Feuerstoß aus den Bordwaffen besiegelt das Schicksal des gegnerischen Flugzeugführers in Sekundenschnelle. Während noch zerfetzte Wrackteile aus der Explosionswolke rieseln, schießt Steiner eine weitere Feindmaschine hinter dem Leitwerk seines Rottenführers weg.

In den folgenden Minuten zeigt es sich erneut, welche hervorragenden Flugzeugführer die Sowjets zu diesem Kampf heraufgeschickt haben. Trotzdem vergehen nur noch wenige Minuten, bis eine weitere feindliche Jagdmaschine sich nur durch ein blitzschnell erfolgtes Manöver aus dem Schussbereich von Dengls Me entfernen kann.

Schweißüberströmt stößt der Unterfeldwebel den Knüppel nach vorn und stürzt in die Tiefe. Schon nach wenigen hundert Metern zieht er wieder hoch und der erste Blick hinauf lässt ihn erkennen, dass die beiden letzten sowjetischen Flieger seinen Kaczmarek Steiner nicht mehr lange am Himmel lassen werden.

Er kommt gerade noch rechtzeitig, um eine der beiden LaGG-3 durch sein schnelles Eingreifen zum Abdrehen zu zwingen. Beinahe im gleichen Moment legt sich *Hajo* Steiners 109 auf den Rücken und geht zu einem gesteuerten Abschwung über. Der dahinter befindliche Russe zieht aus einem Looping so rasant nach, dass es ein wahres Vergnügen wäre, dieses Manöver zu beobachten, wenn es nicht um Leben und Tod gehen würde.

Doch auf einmal scheint der Gegner das Interesse an der weiterstürzenden Messerschmitt mit dem durchs FT fluchenden Steiner an Bord zu verlieren und dreht auf Dengls Me ein.

Es ist der Beginn eines Duells, das Helmut Dengl so noch nie erlebt hat.

Ein kurzer Blick auf die Umgebung. Der Unterfeldwebel erkennt, dass der zweite sowjetische Flugzeugführer anscheinend die Nerven verloren hat, denn er setzt sich einige Kilometer ab.

»*Hajo*, setz dich hinter den zweiten Iwan!«

Immer wieder jagen sich die beiden Kontrahenten. Sie geben das Äußerste, das Mensch und Maschine zu leisten imstande sind.

Immer wieder fliegen die Gegner Loopings unterschiedlichster Radien, Kehrtwenden und andere Flugmanöver. Dengl läuft der Schweiß am Körper hinunter.

Gedanklich zieht er den Hut vor dem Können seines Gegners. Ein ums andere Mal versucht der Feind den Unterfeldwebel zu überlisten.

Eine Kehrtwende folgt der nächsten, immer wieder begegnen sich die Jagdmaschinen Schnauze auf Schnauze. Jeder feuert und versucht den entscheidenden Treffer zu landen. Erst im letzten Augenblick springt der sowjetische Flugzeugführer über Dengls Maschine hinweg.

Mehr als einmal hätten sich die beiden Flugzeuge beinahe gerammt. Bei einem neuerlichen Turn sieht der Unterfeldwebel unter sich einen frischen Aufschlagbrand. Doch er hat keine Luft, um zu schauen, ob Steiner noch da ist, denn die LaGG hängt ihm schon wieder am Heck.

Dengl drückt seine Messerschmitt nach unten, der Staudruckmesser zeigt 600 Stundenkilometer. Der Boden kommt schnell näher. Dann geht es wieder hoch und 1.200 Meter sind schnell erreicht. Der Sowjet kommt mit seiner Maschine vorerst nicht über 1.000.

Doch der Aufschwung ist der Beginn eines *Kletterns um die Wette*.

Schnell sind die beiden Jagdmaschinen wieder auf 3.000 Meter angekommen.

Wenn die andere Feldpostnummer mehr solcher Kanonen hat, dann wird es für uns aber bald dunkel, jagt es dem deutschen Flugzeugführer durch den Kopf, *gut, dass ich jahrelang Übungszeit hatte, sonst wäre ich schon lange unten.*

Hajo Steiner meldet sich über FT ab – kein Sprit mehr.

Dengl nimmt es nur unterbewusst zu Kenntnis, auch die Tatsache, dass der frische Aufschlagbrand demnach nicht von seinem Rottenflieger stammen kann.

Nach wenigen Minuten beginnt nun auch Dengls Warnleuchte zu flackern.

Also nur noch für etwa 20 Minuten Sprit!

Da sich der Unterfeldwebel gut 50 Kilometer hinter der Front befindet, müsste er nun den Kampf abbrechen, doch dazu lässt der Gegner ihm keine Gelegenheit, denn er sitzt ihm schon wieder im Nacken.

Wieder wird eine Kurve nach der anderen geflogen und erneut fliegen die Gegner aufeinander zu.

Wieder wird gefeuert, wieder wird mit kleinsten Knüppelbewegungen den tödlichen Garben ausgewichen. Mit nur wenigen Metern Abstand jagen die Maschinen aneinander vorbei.

Nun passiert das Unglaubliche.

Anstatt, dass die LaGG-3 wieder auf ihn eindreht, fliegt sie weiter nach Osten.

Dengl nutzt die Gelegenheit, drückt an und fliegt schnellstmöglich nach Westen.

Mit buchstäblich dem letzten Tropfen Sprit erreicht er kurz darauf den Fliegerhorst. Beim Landen bleibt ihm sogar seine Luftschraube stehen.

Mit zitternden Knien steigt Dengl aus seiner Maschine.

Die Glückwünsche zu seinem Luftsieg dringen gar nicht zu ihm durch.

05. April 1943

Abends, Menschikow-Palais

Generalfeldmarschall Georg von Küchler schreitet zusammen mit Generalleutnant Eberhard Kinzel, Küchlers Chef des Stabes, durch die großen Gänge des Palais, welches für den ersten Generalgouverneur von Sankt Petersburg gebaut wurde.

»Herr Feldmarschall, sowohl Generaloberst Lindemann als auch Generalfeldmarschall Busch und Generaloberst Model plädieren dafür, dass wir eine begrenzte Offensive zur Wolchow-Lowat-Linie unternehmen.

Sie erhoffen sich dadurch, den gegnerischen Druck auf unsere Stellungen zu beenden und im Idealfall zwei sowjetische Armeen zu zerschlagen, die durch die zurückliegenden Angriffe bereits angeschlagen sind.«

Der Oberbefehlshaber der Heeresgruppe Nord bleibt vor einem großen Gemälde stehen und betrachtet es eingehend. Nach wenigen Minuten des Schweigens meint er: »Gut, lassen Sie einen Angriffsplan ausarbeiten, den ich dann Feldmarschall von Manstein vorlegen kann. Bis dahin aber gilt: Lassen Sie die sowjetischen Kräfte durch gezieltes Artilleriefeuer und Luftwaffenangriffe niederhalten. Lassen Sie vorsorglich und in Abstimmung mit Generaloberst Keller die Übergänge über den Wolchow und die Lowat angreifen. Idealerweise können wir die Sowjettruppen dann gegen diese Hindernisse drücken und vollständig aufreiben.«

Kinzel fertigt einige Notizen und Vermerke in einem kleinen Büchlein an, das er stets bei sich führt.

»Sorgen Sie aber in erster Linie dafür, dass es für das morgige Zeremoniell keine unerwarteten Zwischenfälle gibt. Weiträumige Absicherung des *Hauses der Sowjets* und des *Winterpalais*. Die Luftflotte hat eine lückenlose Luftsicherung zu garantieren. Sämtliche verfügbare Flakbatterien sind rund um Leningrad zu postieren, notfalls müssen andere Frontabschnitte zeitweise entblößt werden.

Alle verfügbaren Kräfte von Feldgendarmerie, Geheimer Feldpolizei und Truppen, die nicht an der unmittelbaren Front eingesetzt sind, werden zur Sicherung eingesetzt. Die Abwehr hat zugesichert, dass ihre Männer ebenfalls aktiviert werden.«

Wieder macht sich der Generalstabschef der Heeresgruppe seine Notizen, obwohl er sich natürlich der Wichtigkeit des morgigen Tages bewusst ist und schon seit geraumer Zeit entsprechende Vorbereitungen laufen.

»Der Kaiser, Generalfeldmarschall von Witzleben, General Wlassow und auch Herr Goerdeler sind bereits im Hauptquartier von Generalfeldmarschall von Manstein angekommen, um noch einige Einzelheiten zu besprechen. Morgen früh werden sie mit dem Flugzeug hier eintreffen«, sagt Kinzel abschließend.

Das Oberkommando der Wehrmacht gibt bekannt

... Aus dem Kampfraum der Heeresgruppe Nordland werden lebhafte feindliche Aufklärungstätigkeiten entlang der norwegischen West- und Südküste gemeldet. Nachtjägern gelang es, eine feindliche Kuriermaschine abzuschießen. Im Louhi-Abschnitt konnten mehrere feindliche Kampfstände durch eigene Artillerie vernichtet werden.

Bei der Heeresgruppe Nord kam es im Raum der 16. Armee zu zwei schwächeren Angriffen gegen den rechten Flügel des II. Armeekorps. Sie konnten unter schweren Verlusten für den Feind abgewehrt werden.

Aus dem Raum der Heeresgruppe Mitte wurden keine nennenswerten Kampfhandlungen gemeldet.

Bei der Heeresgruppe Süd wurden starke Aufklärungstätigkeiten des Gegners im Raum der 17. Armee beobachtet. Vereinzelt trat er erfolglos mit Panzerkräften gegen die deutschen Linien an, die sich als unüberwindbar erwiesen.

Im Abschnitt der 1. Panzerarmee kam es zu einzelnen Feindangriffen nördlich von Woroschilowgrad. Alle Angriffe konnten abgewiesen werden; die Bolschewisten beklagen 2.300 Tote unmittelbar vor der Hauptkampflinie. 13 Feindpanzer wurden vernichtet.

Anglo-amerikanische Bomberverbände griffe Schiedam und Antwerpen an. Es kam zu bedeutenden wehrwirtschaftlichen Schäden. Dabei wurden acht amerikanische B-17-Bomber abgeschossen.

In der Nacht griffen britische Terrorflieger Brest an und beschädigten die Werft. Französischen und deutschen Nachtjägern gelang der Abschuss von sieben Halifax-Bombern.

In der Schlacht im Atlantik konnte sich ein Unterseeboot unter Kapitänleutnant ...

06. April 1943

Morgens, Feldflugplatz Molodtsowo

Unteroffizier Bauer sieht weder nach links noch nach rechts, sondern stur geradeaus. Auf der gegenüberliegenden Seite des Platzes stehen drei große Birken, die ihm beim Start als Richtpunkt dienen. Ein kurzer Blick auf das Tachometer, dann zieht Bauer langsam den Steuerknüppel an. Die Henschel hebt ab. Kurz darauf steigen Oberleutnant Krüger und der Hauptgefreite Schirmer in den Himmel. Feuerketten wirbeln um sie herum.

Die herankommenden sowjetischen Schlächter befinden sich jetzt genau über dem Flugfeld. Sie schießen aus allen Rohren. Da und dort fallen Bomben - vor allem die am Rand des Flugplatzes kreisenden Maschinen werfen diese ab. Sie bepflastern damit die provisorischen Hallen, Bunker und Holzbaracken. Die Platzabwehr steigert ihr wütendes Feuer sekündlich. Eine Iljuschin stürzt brennend vom Himmel und schlägt an der Platzgrenze auf.

Bauer, Krüger und Schirmer huschen im Tiefflug über den Liegeplatz der Nachbarstaffel hinweg. Nur ein Gedanke beseelt sie: möglichst schnell und weit genug aus diesem Höllenkessel herauskommen!

Der Platz bleibt allmählich hinter ihnen zurück. Sie gehen auf Höhe und drehen nach Osten ein. Dabei sehen sie, wie deutsche Jäger herangeschossen kommen und sich hinter die noch immer stur angreifenden Il-2 hängen. Schnell gelingt es den Messerschmitt-Jägern, zwei Schturmowiks abzuschießen, die dann im Aufschlagbrand vergehen.

Bauer erkennt, dass anscheinend alle gestarteten Hs 129 heil vom Platz weggekommen sind. Die Maschinen der anderen Staffeln fliegen ebenfalls in östlicher Richtung im Tiefflug davon.

Bauer stößt den Gashebel nach vorn. Die Motoren dröhnen lauter. Innerhalb kurzer Zeit haben sie einige Kilometer zwischen sich und den angegriffenen Platz gebracht. Die übrigen Henschel fliegen auf gleicher Höhe, zusammen bilden sie einen beachtenswerten Schwarm stählerner Vögel.

Hinter ihnen wenden die sowjetischen Schlachtflugzeuge und fliegen trotz der heftigen Abwehr den Platz wieder und wieder an. Doch die deutsche Flak und die ohne Unterlass attackierenden Jäger zerschlagen den feindlichen Verband durch mehrere Abschüsse, so dass die Reste nach Norden hin flüchten.

Der Angriff der Il-2 hat erheblichen Schaden auf dem Feldflugplatz angerichtet und ist ein schmerzhaftes Zeichen dafür, dass die Sowjets in keiner Weise geschlagen sind.

Die Henschel Hs 129 drehen nach Osten ab und fliegen auf ihre Ziele zu. Sie passieren einen großen Wald und nähern sich mehr und mehr dem Wolchow. Dort gilt es, die vorhandenen Brücken zu zerstören. Als sie die Frontlinie überfliegen, greift hin und wieder feindliche Flak nach ihnen.

»Noch zwei Minuten«, gibt Krüger an seine in lockerer Formation fliegenden Flugzeugführer durch, »dann drehen wir bei und gehen auf den befohlenen Kurs.«

Die letzten Sekunden verstreichen. Bauer legt den Knüppel nach rechts und tritt ins Seitenruder. Die Henschel schwenkt in einer sanften Kurve herum. Die übrigen Maschinen führen das Manöver ebenfalls aus.

Als am Kompass die entsprechende Zahl einläuft, blickt Unteroffizier Bauer nach Süden hinunter. Er weiß von der Flugbesprechung her, dass die anderen Staffeln jetzt ebenfalls einschwenken werden.

Seine geübten Augen erblicken die eigenen Schlachtflugzeuge ziemlich schnell, zumal sie von leichten Flugabwehrgeschützen unter Feuer genommen werden. Doch die Hs-129 der Staffel drehen den Spieß nun um und stürzen sich ihrerseits auf die Flakbatterien.

Die Gruppe rund um Oberleutnant Krüger strebt indes weiter auf die Brücken über den Fluss Wolchow zu, welche sie vernichten sollen.

Schon nach kurzer Zeit haben sie das Angriffsziel erreicht und da drückt Oberleutnant Krüger seine Maschine nach unten weg. Die 3-cm-Bordkanone beginnt zu züngeln und Bauer beobachtet, wie die Granaten in eine MG-Stellung vor der Brücke einschlagen.

Noch im Sturz führt Krüger eine Kurskorrektur aus und wirft dann die mitgeführten Bomben ab. Die vier 50-Kilogramm-Bomben torkeln auf die Brücke zu, doch sie schlagen kurz davor in die Auffahrt ein.

Als der Staffelkapitän wegdreht, beginnt Bauer seinen Anflug. Er entscheidet sich dafür, die Brücke in Fahrtrichtung anzufliegen und beharkt sie in einem flachen Sturzwinkel mit der MK 103. Die 30-Millimeter-Geschosse fliegen auf die Brücke zu und zerfetzen den Bodenbelag der Brückenfahrbahn.

Als Bauer mit circa 300 Kilometer pro Stunde über die Brücke hinwegjagt, löst er seine Bomben aus. Die 50-Kilogramm-Koffer treffen und hinterlassen vier große Löcher im Beton.

Im Rückspiegel sieht Bauer, dass nun Schirmer anfliegt. Auch er beschießt die nun bereits arg in Mitleidenschaft gezogene Betonbrücke.

Wieder spritzen Betonsplitter in die Höhe und auch dem Hauptgefreiten gelingt es, die vier kleinen Bomben ins Ziel zu bringen.
Als Schirmer abfliegt, bricht die Konstruktion in sich zusammen.

06. April 1943

Mittags, Reichsministerium für Bewaffnung und Munition im Palais Wrangel, Berlin

Albert Speer sitzt in seinem Büro im Kreise seiner engsten Mitarbeiter, die vor seinem großen Schreibtisch Platz genommen haben. Dampf steigt aus ihren Tassen aus, der Duft von Kaffee breitet sich im Raum aus.

In der Vergangenheit war es gängige Praxis, »nicht-deutsche Arbeitskraftressourcen« in der Landwirtschaft und der Industrie einzusetzen, wenn der Bedarf an Arbeitskräften nicht durch deutsche Staatsbürger gedeckt werden konnte. Speers Generalbevollmächtigter in dieser Sache, Fritz Sauckel kannte bei der Wahl der Mittel keinerlei Skrupel. Oftmals wurden Zivilisten aus Griechenland, Frankreich, dem Balkan oder woher auch immer mit entsichertem Gewehr im Rücken nach Deutschland verschleppt. Doch zum größten Teil waren es Osteuropäer, die unter den Verschleppungen zu leiden hatten.

Natürlich wusste Speer insgeheim um die brutalen Methoden, mit denen Sauckel und sein Amt arbeiteten. Er billigte sie sogar.

Sauckel war sehr gut in seinem Job – effektiv.

Doch die Zeiten haben sich geändert. Gerade hält eben dieser Fritz Sauckel eine Direktive des persönlichen politischen Beraters des Kaisers, Carl Friedrich Goerdeler, in der Hand, die besagt, dass die meisten Zwangsarbeiter aus West- und Osteuropa wieder zurückzuführen seien. Der Rest müsse human behandelt werden, sprich: ausreichend Nahrung und Pausen, keine körperlichen Übergriffe … Die *Forderungsliste* ist lang.

Nun, da Hitler und seine Idee tot sind und das Reich die Fronten einigermaßen stabilisieren konnte, da erinnert man sich wieder, was Zwangsarbeit bedeutet. Den Regierenden ist klar geworden, dass man nicht einfach Staatsangehörige eines Staates, mit dem Berlin verbündet ist oder es gerne wäre, versklaven kann.

Fritz Sauckel jedoch ist noch nicht zu dieser Erkenntnis gelangt. Seine Moralvorstellungen und politischen Überzeugungen sind von gestern - wie auch er selbst.

Und dennoch bin ich noch immer Herr über tausende von unfreiwilligen Arbeitskräften, denkt sich Speer, während er seinen Intimus Sauckel beobachtet.

Was wird wohl passieren, wenn die Herrschaften auch mich eines Tages nicht mehr benötigen?

Noch brauchen sie ihn jedoch. Speer muss dafür Sorge tragen, dass die riesige Maschinerie läuft und immer mehr und bessere Waffen ausspuckt.

»Was soll dieser Blödsinn, Albert? Wie sollen wir produzieren, wenn wir nun auf jeden dahergelaufenen Balkanesen und Polacken Rücksicht nehmen sollen? So können wir diesen Krieg nicht gewinnen! Diese Völker müssen diszipliniert werden, sonst taugen die nicht mal zum Arbeiten!«

Speer sitzt seinem Mitarbeiter mit unbewegter Miene gegenüber und zuckt mit den Schultern.

»So ist es jetzt nun mal, Fritz.« Beinahe kraftlos und flüsternd fügt er hinzu: »Wäre es eigentlich so gut für uns, wenn die«, und dabei weist er mit dem Kopf in Richtung des neuen Adlers mit der Kaiserkrone in den Fängen, »den Krieg gewinnen?«

06. April 1943

Nachmittags, Winterpalais Leningrad

Im größten Raum des Palastes, dem 1.103 Quadratmeter großen, von Giacomo Quarenghi 1793 gestalteten Ball- oder Nikolaussaal, haben sich zahlreiche Würdenträger der verbündeten Achsenmächte versammelt.

Neben dem großdeutschen Kaiser, Reichsaußenminister von Neurath und dem Stabschef des Oberkommandos der deutschen Wehrmacht, Generalfeldmarschall von Witzleben, bewundern zum Beispiel der italienischen Außenminister Graf Ciano, der rumänische Staatsführer Ion Antonescu, der französische Regierungschef Pierre Laval und der ungarische Reichsverweser Admiral Horthy den opulenten Saal mit den glänzenden Marmorböden und den brillierenden Kristallkronleuchtern.

Soeben hat General Wlassow unter frenetischem Jubel verkündet, dass Leningrad nun offiziell wieder Sankt Petersburg heiße und die Hauptstadt des neuen russischen Reiches werde.

Unter den ausländischen Staatsgästen machen sich erstaunte Gesichter breit, doch die deutsche Delegation unter Führung des Kaisers zeigt sich vollkommen neutral. Dem Monarchen huscht beim überraschten Fragezeichen im Gesicht Graf Cianos sogar ein leichtes Lächeln über die Lippen, denn General Wlassow hat seine nächsten politischen Schritte selbstredend zuvor mit den Deutschen abgesprochen und seinen Plan von ihnen absegnen lassen, denn der Befehlshaber der russischen Volksarmee ist sich durchaus bewusst, dass er von Deutschland abhängig ist.

Wieder einmal wird dem Kaiser bewusst, das Wlassow ein sehr guter Redner ist. Seine tiefe, klangvolle Bassstimme füllt den großen Saal.

Er spricht in einfachen Worten, wählt treffende Vergleiche und findet sofort Kontakt zu den Gästen. Er strahlt Autorität, Sicherheit und Überzeugungskraft aus.

»… eine Regierung wird gebildet. Diese Regierung wird in den befreiten Gebieten die Verwaltung übernehmen und wir werden eine Armee schaffen, die Schulter an Schulter mit den deutschen Soldaten zur endgültigen Vernichtung des Bolschewismus eingesetzt wird. Diese russische Regierung ist der Grundstein, um das russische Volk zu überzeugen, dass die deutsche Armee nicht da ist, um ihr Land zu erobern, sondern, um es vom Bolschewismus zu befreien. Wir wollen uns daran erinnern, dass das russische Volk keinen Krieg mit den Deutschen will und dass zu Beginn des Krieges ganze Einheiten den Kampf einstellten. Wenn den russischen Soldaten nun bewiesen wird, dass sie als Waffenbrüder behandelt werden – dass es nun eine russische Regierung zu ihrem Schutz gibt – sie werden zu uns kommen, wie zuvor!«

Wieder tönt Applaus zum russischen General empor und auch Louis Ferdinand I. ist zufrieden, denn er verfolgt die Absicht, den Krieg im Osten langsam, aber sicher zu einem russischen Bürgerkrieg zu transformieren, damit er nach und nach die Truppen der Wehrmacht abziehen kann, um sie gegen die westlichen Alliierten einzusetzen. Nur so kann er eine endgültige Entscheidung in diesem Weltkrieg erzwingen, ob nun auf der politischen Bühne, durch militärische Kraftdemonstration oder eben mit einem letzten Waffengang.

06. April 1943

Nachmittags, Bunkeranlage Maybach II, Wünsdorf bei Zossen

Canaris' Adjutant führt den erwarteten Besuch in sein Büro.

Der glattrasierte Mann, dessen Hautfarbe den Abwehrchef an getrocknete Oliven erinnert und der einen dunklen, teuren Anzug trägt, setzt sich vor den deutschen Geheimdienstchef.

Admiral Canaris ist nun mit jedem Zentimeter seiner 1,60 Meter Körpergröße der undurchsichtige Geheimdienstmann, der er immer ist, wenn es darauf ankommt.

Der Mann im Anzug steht bereits seit Jahren auf der Gehaltsliste der Abwehr, doch das weiß Wilhelm Canaris erst seit kurzem. Zuvor fiel er in das Betätigungsfeld des SD unter Walther Schellenberg. Eben jener hat auch den Kontakt hergestellt.

»Herr Admiral, es ist mir ein Vergnügen, Sie endlich einmal leibhaftig treffen zu können.«

Der fremde Diplomat ist gewandt und er tauscht mit Canaris noch einige Freundlichkeiten aus, bevor sie endlich zur Sache kommen.

»Herr General, ich habe eine Nachricht von einem ehemaligen deutschen General für Sie. Ich soll Ihnen versichern, dass die bisherigen zwei Pakete in der Neuen Welt eingetroffen sind, dass ferner deren Inhalt erfolgreich verteilt wurde und die Spuren befehlsgemäß verwischt wurden.« Nach einem kurzen Moment des Schweigens fügt er hinzu: »Er bat mich auch, Ihnen zu versichern, dass er weiterhin zu Ihren Diensten und denen des Reiches stehen werde, wenn Sie dies wünschen.«

Canaris lächelt. Niemand in Maybach II außer Canaris selbst weiß, weshalb der Spanier eigentlich hier ist.

»Ich danke Ihnen, Herr Konsul, bitte leiten Sie auch meine Versicherung weiter, dass das dritte Paket wie besprochen geliefert wird. Ich nehme an, dass Sie und auch der General weiterhin Geschäftspartner bleiben werden?«

Ein kurzes Nicken folgt.

»Exzellent. Es kann durchaus sein, dass wir Ihre wunderbaren Geschäftsbeziehungen bereits in näherer Zukunft brauchen werden.«

Eigentlich ist Canaris der Konsul zuwider. Dieser spanische Faschist hatte mit Hitler und seinen Konsorten aus Überzeugung zusammengearbeitet, doch muss er seinen Gast in Sicherheit wiegen, damit auf dem spanischen Weg weiterhin Devisen und Waren und Waffen fließen können. Die Spanier zeigten sich ohnehin bereits äußerst beunruhigt, als die Entmachtung der italienischen Faschisten mit Hilfe deutscher Truppen bekannt geworden ist. Sofort wurde der spanische Botschafter beim Außenminister vorstellig und erkundigte sich, ob denn die »wohlwollende« Neutralität Spaniens und die wechselseitigen Handelsbeziehungen noch gewollt seien.

Canaris weiß zu gut, dass das Reich in gewisser Weise von den Spaniern abhängig ist, denn von dort aus fließen nicht nur die gefälschten Pfundnoten aus der *Bernhard*-Aktion in alle Welt, vor allem nach Argentinien, aber auch nach Brasilien, Mexiko und selbst in die USA. Nein, von Spanien aus werden auch Rohstoffe aus zum Beispiel Portugal, Argentinien, Chile, Peru und Uruguay angekauft.

Doch nun, da Frankreich auf der Seite der Achse steht, ist der Transport über die spanisch-französische Grenze oder die Entladung von Schiffen in französischen Häfen bedeutend einfacher geworden.

Wieder werden einige Nichtigkeiten ausgetauscht und nach circa eineinhalb Stunden verabschiedet sich der Spanier wieder. Dem Admiral ist etwas unbehaglich. Zwar ist er diese Art von geheimdienstlichen und diplomatischen Treffen durchaus gewohnt, doch sind manche Gesprächspartner eben angenehmer als andere.

Nachdenklich sitzt er hinter seinem Schreibtisch und schaut sich die Akten für die nächsten Aktionen an.

Was, wenn irgendetwas schiefläuft und die Operation aufgedeckt wird? Das kann katastrophale Folgen für das Reich haben.

Eigentlich wollte Canaris mit dem Spanier nichts zu tun haben. Dafür hat er normalerweise seine Männer, aber dieses persönliche Treffen war nach dem Putsch in Italien eine Bedingung Schellenbergs, um beiden Seiten zu demonstrieren, dass er solche Treffen auf höchster Ebene noch immer einfädeln kann – und auf Schellenberg samt seinen Kontakten und seiner Expertise kann und will Canaris noch nicht verzichten. Darüber hinaus pflegt Schellenberg Verbindungen zu Leuten, die Bankangestellte, Zollbeamte und andere Mittelsmänner schnell und vor allem in einer Weise aus dem Verkehr ziehen können, dass es zu keinen großen Ermittlungen in den betroffenen Ländern kommt.

Ohne etliche Todesfälle könnten die verdeckten Transaktionen nicht vonstattengehen, da der Umtausch solcher Mengen von Geld sich anders nicht bewerkstelligen lässt, ohne gefährlich viele Mitwisser zu generieren.

06. April 1943

Nachts, über der Nordsee

Die Engländer sind kaum von ihren Flugplätzen gestartet, da ergeht an die deutschen Fliegerhorste bereits der Befehl: »Sitzbereitschaft für alle Maschinen!«

Etwa eine halbe Stunde später erhalten die ersten Verbände den Startbefehl. Es ist für die Besatzung der Lucie II der erste Feindflug, nachdem Unterfeldwebel Helmut Schwarz von seinem Heimaturlaub zurückgekehrt ist. Doch dieser Urlaub war alles andere als eine Freude. Er hatte die traurige Pflicht, seinen Sohn Max zu Grabe zu tragen, der als Flakhelfer bei einem britischen Bombenangriff ums Leben kam.

Helmut wurde von seinen Kameraden beinahe führsorglich in Empfang genommen. Die Familienväter unter den Soldaten können sich vorstellen, wie es ihrem Staffelführer zumute sein muss.

Der Gruppenkommandeur nahm Schwarz zur Seite und bot ihm an, noch für zwei Wochen *technischen Dienst* zu machen.

Doch das lehnte Schwarz ab - er will fliegen.

Und so sind sie wieder in der alten Besetzung in der Luft auf der Suche nach englischen Bombern. Die Bodenleitstelle setzt die deutschen Nachtjäger auf 5.000 Meter an. Aus diesem Grund lässt Schwarz seine Ju 88 auf die befohlene Höhe steigen.

Stetig werden neue Meldungen durchgegeben. Schon gibt der Gefechtstand die ersten Kontakte bekannt und Schwarz schwenkt auf den angegebenen Kurs ein.

»Augen offenhalten! Eberhardt, wenn du auf deinen Röhren was erkennst, sag Bescheid!«

Vielleicht eine Viertelstunde später kommt auch schon der Ruf des Hauptgefreiten, dass er in 1.000 Meter, Kurs Südwest, einen Kontakt habe - gleiche Höhe.

Schwarz schiebt die Gashebel nach vorn, die beiden *Jumo 213* brüllen auf und der Junkers-Nachtjäger gewinnt an Geschwindigkeit. Schnell rückt die Feindmaschine näher. Der Nachtjäger befindet sich über der Nordsee. Das Meer spiegelt fahles Mondlicht wider, ansonsten liegt das Land in der Ferne in tiefster Dunkelheit.

Schon wird die Junkers durch die ersten Propellerböen durchgeschüttelt.

»Jetzt genau aufpassen!«, ruft Schwarz durch die Bordverständigung.

Leder gibt die letzte Meldung durch: »Feindmaschine 50 Meter voraus – gleiche Höhe!«

Da erkennt der Unterfeldwebel auch schon die glühenden Auspuffrohre des Briten. Es sind acht Reihen an der Zahl, also eine Viermotorige. Schwarz drückt seine Lucie II nach unten und setzt sich 50 Meter unter den Tommy. Leder hat bereits den Feindtypen erkannt, eine Handley Page Halifax.

Schwarz beginnt zu feuern und trifft die linke Tragfläche mit dem ersten Feuerstoß. Hell prasseln die Flammen aus den Tanks heraus, die britische Kokarde leuchtet auf. Wie ein Komet stürzt der brennende Bomber in die Tiefe.

Und schon geht die Jagd weiter.

Kurz darauf hat der Hauptgefreite Leder wieder einen Kontakt im Lichtenstein-Gerät. Er macht seine Arbeit gut. Schwarz ist es nicht anders gewohnt. Gelassen schleicht sich der Nachtjäger an den Gegner heran.

Regelmäßig gibt der Hauptgefreite die Entfernung durch: 1.000 Meter, 600 Meter, 200 Meter, 100 Meter. Und schon können sie den dunklen Schatten erkennen.

»Es ist wieder eine Halifax!«, ruft Liebemann.

Schwarz zielt genau. Zwei kurze Feuerstöße und wieder fängt der Feindbomber an zu brennen. Der Unterfeldwebel bleibt hinter dem waidwunden Gegner.

Plötzlich sehen sie, wie erst ein, dann zwei dunkle Gestalten, die sich gegen den ausbreitenden Feuerschein abheben, aus der Halifax taumeln.

»Alles klar, Helmut, die Tommys verlassen die Maschine, dreh ab, wir suchen …«

Weiter kommt Leder nicht, denn Schwarz eröffnet plötzlich wieder das Feuer. Eine lange Garbe frisst sich durch den Rumpf, verstärkt den Brand und lässt die Maschine schließlich explodieren.

Ruckartig lässt der Flugzeugführer nun den schweren Nachtjäger nach unten durchsacken und zwingt ihn in eine enge Kurve, um nicht von den Trümmerteilen getroffen zu werden.

»Verdammt, Helmut, was sollte das denn!«, ruft Leder geschockt.

»Was willst du denn, Eberhard?«

»Die Tommys wollten abspringen! Der Kampf war vorbei!«

»Was? Soll ich etwa Rücksicht nehmen? Haben diese Schweine Rücksicht auf meinen Sohn genommen? Diese Verbrecher waren mit Sicherheit beim Angriff auf Duisburg dabei! Keiner der Briten hat noch Gnade von mir zu erwarten!«

Das Oberkommando der Wehrmacht gibt bekannt

... Im Kampfraum der Heeresgruppe Nordland kam es in mehreren Abschnitten zu feindlichen Späh- und Stoßtrupptätigkeiten bis in Zugstärke. Alle Angriffe der Bolschewisten konnten unter starken gegnerischen Verlusten erfolgreich abgewiesen werden.

Im Operationsbereich der Heeresgruppe Nord kam es bei der 16. Armee zu Kampfhandlungen. Der dem X. Armeekorps unterstellten 8. Jägerdivision gelang es, feindliche Angriffe, teilweise vorgetragen in Regimentsstärke, abzuweisen und örtliche Einbrüche der Bolschewisten mit Gegenstößen zu bereinigen.

Im Bereich der Heeresgruppe Mitte kam es zu keinen nennenswerten Kampfhandlungen.

Bei der Heeresgruppe Süd unternahm die dem XXXX. Panzerkorps unterstellte 333. Infanteriedivision erfolgreiche örtliche Vorstöße, um taktische Verbesserungen der Hauptkampflinie zu erreichen.

Die 7. Panzerdivision unter dem Kommando von Generalleutnant Hans Freiherr von Funck brachte es fertig, feindliche Angriffe mit Panzer- und Artillerietruppen abzuweisen. Die Bolschewisten verloren 23 Panzer bei einem Verlust von vier eigenen Kampfwagen.

Die Verbände der Luftflotte 1 melden die Zerstörung von mehreren Brücken über den Wolchow und die Vernichtung von mehreren Flugabwehrbatterien durch deutsche Schlachtfliegerverbände.

Unsere Bomberoffensive wurde wieder aufgenommen. Heinkel 177-Verbände griffen Industrieanlagen im Raum Moskau und Tula an. Heinkel 111- und Ju 88-Formationen attackierten Verladehöfe, Gleisanlagen und Brücken im sowjetischen Hinterland. Es konnten fünf Verladehöfe zum Teil stark zerstört werden. Mindesten drei Lokomotiven und 21 Waggons wurden vernichtet.

Britische Terrorflieger griffen in der Nacht Antwerpen, Rotterdam und Bremen an. Es wurden 15 feindliche Bomber vom Typ Halifax, Blenheim und Lancaster von deutschen und französischen Nachtjägern abgeschossen. Der Flakwaffe gelang es, weitere zwölf Bomber abschießen oder zum Teil schwer zu beschädigen.

Feindliche Mosquito-Schnellbomber griffen den Flugplatz bei Saint Omer an. Der Feind konnte geringe Schäden anrichten, verlor jedoch zwei Schnellbomber.

Bei einem Tagangriff amerikanischer Terrorflieger auf Rouen und Paris tötete der Feind insgesamt 1.050 Zivilisten. Er büßte den Angriff mit dem Verlust von elf Bombern des Typs B-17 und drei P-38-Begleitjägern durch französische Jagdflieger und Flugabwehrfeuer.

In der Schlacht im Atlantik …

07. April 1943

Früher Morgen, Fliegerhorst Gilze Rijen

Die meisten Maschinen des Nachtjagdgeschwaders sind wieder sicher auf dem Platz gelandet. Zwar fehlen noch einige der Nachtjagdflugzeuge, doch steht bereits fest, dass auch diese Nacht wieder zu einigen Abschüssen geführt hat.

Auch Lucie II von Schwarz, Leder und Liebemann steht nun wieder in ihrer Box und die Männer verlassen die Junkers.

»Helmut! Bleib mal stehen!«, ruft Leder, als er die Kanzel verlassen hat.

»Lass mich in Ruhe, Eberhardt. Ich will nicht darüber reden!«

»Aber ich! Du weißt genau, dass es falsch war!«

Da dreht sich Schwarz ruckartig um.

»Was war falsch? Dass wir es diesen Schweinen mit gleicher Verachtung heimzahlen? Dass wir sie mit derselben Gleichgültigkeit töten, wie sie Nacht für Nacht den Tod zu Alten, Frauen und Kindern transportieren und herabregnen lassen?« Nach einer kurzen Pause fügt er hinzu: »Ich habe nichts Verwerfliches gesehen … Sie etwa, Gefreiter Liebemann?«

Dieser streckt seinen Rücken durch. »Nein, Herr Unterfeldwebel. Alles vorschriftsmäßige Abschüsse – keine besonderen Vermerke.«

Ein zufriedenes Grinsen ist auf dem erschöpften Gesicht des Flugzeugführers zu sehen.

»Sehr gut, Liebemann. Und Sie, Hauptgefreiter Leder? Haben Sie etwas Besonderes zu melden?«

Leder schaut seinen Freund und Kameraden ungläubig an – seine Gedanken kreisen in seinem Kopf.

Schließlich beißt er die Zähne zusammen und zwingt sich zu einem undeutlichen »nein, Herr Unterfeldwebel«.

Zufrieden dreht sich Schwarz um und bewegt sich weiter in Richtung Stabsgebäude. Da sieht er von rechts die Besatzung »Killiat« heranlaufen. Auch diese unterhält sich über den Feindflug.

»Unteroffizier Killiat, wie verlief der Feindflug?«, fragt Schwarz den jungen Flugzeugführer, und Leder meint einen bedrohlichen Unterton in der Stimme seines Kameraden zu erkennen.

Die drei Männer bleiben stehen und nehmen Haltung an.

»Keine besonderen Vorkommnisse, Herr Unterfeldwebel.«

»Konnten Sie einen Abschuss erzielen? Habe über FT nichts mitbekommen.«

»Nein, Herr Unterfeldwebel. Leider gelang uns kein Abschuss. Wir hatten Schwierigkeiten mit dem Lichtenstein-Gerät und wurden dann von Mosquitos abgedrängt.«

Schwarz wirft plötzlich seine FT-Haube auf den Boden. »Verdammt, Killiat, faule Ausreden! Laut Einsatzberichten der letzten Einsätze haben Sie auch dort keine Abschüsse erzielen können, nicht mal bestätigte Beschädigungen! Das ist nun der vierte Einsatz ohne irgendeinen Erfolg! Können Sie es tatsächlich nicht, oder wollen Sie nur nicht?«

Der Unteroffizier steht ob dieses Ausbruchs wie erstarrt vor seinem Staffelführer und noch bevor er sich verteidigen kann, fügt Schwarz hinzu: »Wenn Sie beim nächsten Einsatz keinen Abschuss vorweisen können, sorge ich dafür, dass Sie allesamt an die Ostfront versetzt werden!«

Er hebt seine Haube auf und stapft davon.

Nun bleibt sogar Liebemann kopfschüttelnd stehen.

07. April 1943

Morgens, Südabschnitt der Ostfront

Feldwebel Riedel steht im Türrahmen einer alten Kate, in welcher ein Regimentsgefechtsstand untergebracht ist. Nachdem er seine Meldung heruntergerasselt hat, sagt der Regimentskommandeur: »Aha, Sie sind also der Mann, der den Bolschewisten Einhalt gebieten soll. Na, wenn das kein Witz ist. Aber da kann ich nicht drüber lachen. Feldwebel, wissen Sie, was wir hier im Augenblick tatsächlich dringend brauchen? Das sind mindestens zwei weitere Bataillone und eine schwere Flakbatterie oder ein paar Pak. Dann könnte ich mir ganz beruhigt eine Zigarette anzünden.«

Der Oberstleutnant kratzt sich das unrasierte Kinn.

»Scharfschütze sind Sie?«

»Jawohl, Herr Oberstleutnant!«

»Na, da ist guter Rat teuer. Vorn ist gerade alles in Bewegung. Was mache ich denn jetzt mit Ihnen? Darf man Sie auch infanteristisch einsetzen?«

»Herr Oberstleutnant, ich helfe aus, wo Not am Mann ist.«

»Ihr Wort in Gottes Ohr. Buchstäblich kann ich jeden guten Mann gebrauchen. Sie kommen zum Bataillon von Major Pichler. Halten Sie sich bereit. In einer halben Stunde fährt eine Acht-Acht nach vorn, da können Sie mitfahren.«

07. April 1943

Mittags, östlich von Sankt Petersburg

Paul Adomeit liegt neben Feldwebel Stein und einem jungen Leutnant im Schützengraben. Gerade haben sie einen weiteren Angriff der Sowjets abgeschlagen. Vorsichtig erhebt sich der junge Offizier und blickt durch sein Glas.

»Der Iwan setzt sich endlich ab.«

Nun erhebt sich auch Feldwebel Stein. Adomeit bleibt in der Hocke und schaut erwartungsvoll zu den beiden Männern hoch.

»Ja, hier. Aber drüben bei den Kusseln, da tut sich auch was, Herr Leutnant!«

»Mensch Stein, da sind ja noch mehr Russen!«, stößt der Leutnant bestürzt hervor.

»Wie sieht die Munitionslage aus?«

»Die Infanteriegeschütze haben maximal noch zehn Schuss pro Geschütz und unser sMG hatte bis eben noch ungefähr 3.000 Schuss.«

Die Sowjets greifen wieder an.

»Vordersten Graben räumen! Sprungweise nach hinten absetzen. Die Geschütze sollen Sperrfeuer schießen!«

Sofort sprinten zwei Melder los, um die Befehle weiterzugeben. Schon nach kürzester Zeit setzen sich die Männer der Kompanie sprungweise ab. Über sie hinweg jaulen die Granaten der leichten 7,5-cm-Infanteriegeschütze und schlagen zwischen den angreifenden Rotarmisten ein. Doch da der Boden noch immer stellenweise aufgeweicht und mit Pfützen durchsetzt ist, dämpft das die Wirkung der Sprenggranaten merklich ab.

Schnell werfen sich die Landser in die neue Verteidigungslinie. Keine Sekunde zu früh, denn schon hämmern sowjetische Granaten in ihre alten Stellungen und graben dort die Erde buchstäblich um.

Schon kommen die Rotarmisten mit *Urräh* und aufgepflanztem Bajonett herangestürmt, müssen nun jedoch eine weitere Strecke zurücklegen und gegen intakte Stellungen vorgehen. Die deutschen Maschinengewehre hämmern und neben Adomeit, Stein und dem jungen Leutnant geht eine 3,7-cm-Pak in Stellung.

Die Bedienung jagt Granate um Granate aus dem Rohr.

Die erste Welle der Sowjets bleibt im Feuer liegen, die zweite steigt über die Toten und Verwundeten und wird ebenfalls niedergemäht. Erst der dritten Welle gelingt es, durchzukommen, weil den Deutschen inzwischen tatsächlich die Munition ausgeht.

Der junge Offizier schätzt den Gegner auf ungefähr 600 Mann, anscheinend allesamt zum Äußersten entschlossene Kämpfer. In wenigen Minuten werden diese sich auf die nicht weniger entschlossenen, aber bedeutend weniger Köpfe zählenden deutschen Landser stürzen.

»Na, dann fertigmachen zum Heldentod!«, sagt Feldwebel Hartmut Stein und wirft seine Maschinenpistole auf den Boden, da er soeben sein letztes Magazin verschossen hat.

»Spaten raus!«, ruft der Offizier durch die Reihen.

Inzwischen sind die Sowjets bereits weniger als 100 Meter an die deutsche Linie herangekommen. Da brausen plötzlich zwei Schlachtflieger der Wehrmacht im Tiefstflug über das Kampffeld und feuern aus ihren Bordwaffen auf die heranstürmenden Rotarmisten. Dann ziehen sie hoch, beschreiben eine Kurve und kommen erneut auf die Rotarmisten zugeflogen. Aufgrund dieses Spektakels entgeht den Landsern, dass sich aus dem Hinterland drei Panzer IV nähern.

In schnellem Stakkato jagen sie Granaten aus ihren Langrohrkanonen und den beiden Maschinengewehren. Dadurch bricht nun der Widerstand der Rotarmisten zusammen.

Die Landser nutzen die Gunst der Stunde.

»Vorwärts! Gegenstoß! Hurrraaaaaa!«, schreit der Leutnant und stürmt seinen Männern voran.

Sofort verlassen auch Feldwebel Stein und Paul Adomeit die Stellung. Adomeit verfeuert die letzten Patronen mit seinem Karabiner. Neben ihm schnappt sich Helmut Stein eine umherliegende sowjetische Waffe und feuert auf die zurückgehenden Feinde. Adomeit tut es ihm gleich und bedient sich ebenfalls einer Beutewaffe.

Schnell und ohne große Gegenwehr erreichen die Deutschen ihre alten Stellungen. Dort ergeben sich ihnen mehr als 100 Rotarmisten.

07. April 1943

Nachmittags, Südabschnitt der Ostfront

Riedel hockt zusammen mit zwei Grenadieren in einem der vordersten Deckungslöcher. Bereits wenig später beginnt die sowjetische Artillerie mit dem Vorbereitungsfeuer. Einschlag liegt neben Einschlag. Die Luft ist erfüllt vom Heulen, Winseln und Bersten der schweren Granaten. Granattrichter werden aufgerissen und im nächsten Augenblick schon wieder zugeschüttet. Durch den Boden läuft ein stoßweise donnerndes Grollen. Über die gemarterte Erde zieht schwadenweise stinkender gelber Korditqualm.

Die Grenadiere pressen sich gegen die Wände ihrer Schützenlöcher. Sie reißen den Mund auf, um den pausenlos über sie hinwegzischenden Explosionsdruck besser zu überstehen. Das Schreien der Verwundeten ist in diesem Inferno nicht mehr zu hören. Hier hilft kein Beten und kein Fluchen mehr. Schutzlos sind die Männer diesem Toben aus Eisen und Stahl ausgeliefert.

Eine ganze Stunde lang trommeln die sowjetischen Geschützbatterien auf die deutschen Stellungen, dann flacht das Feuer langsam ab.

Riedel reckt sich aus der Hocke auf und späht über den Aufwurf hinaus. Die Welt scheint sich verändert zu haben. Die Erde hat völlig andere Formen angenommen. Wo früher Erdhügel waren, sind nun tiefe Löcher und umgekehrt.

Hier und dort werden Stahlhelme sichtbar. Das Deckungsloch gleich nebenan, in dem vor dem Artilleriefeuer vier Landser waren, ist verschwunden. Die Männer existieren einfach nicht mehr.

Aus einem Schützenloch weiter rechts gellt ein Warnschrei auf: »Sie kommen!«

In drei Wellen gestaffelt, greift die sowjetische Infanterie an. Noch befindet sich diese bedrohliche Masse menschlicher Leiber gut 200 Meter entfernt.

Aber sie kommen unaufhaltsam näher.

Die deutschen Zug- und Gruppenführer suchen ihre Überlebenden zusammen. Es sind bei weitem nicht mehr alle.

»Feuer frei!«, gellt der Befehl über die deutschen Stellungen.

Die Garben der MG 42 züngeln gegen die Angreifer. Die Wirkung ist verheerend. Die erste Welle fällt bis auf den letzten Mann. Das pausenlose Hämmern der Maschinengewehre übertönt sogar das *Urrääü* der angreifenden Rotarmisten.

Mit schweißüberströmten Gesichtern bedienen die beiden Obergefreiten ihr MG. Immer größer werden die Verluste bei den Angreifern. Schon haben sich die Reihen stark gelichtet. Aber mit einem Todesmut ohnegleichen rennen die sowjetischen Soldaten weiterhin gegen die deutschen Stellungen an.

Das schwere Abwehrfeuer hat zur Folge, dass die Rotarmisten bald nur noch in kleinen Trupps vorstoßen, und das auch nicht mehr aufrecht gehend wie am Anfang, sondern geduckt von Deckung zu Deckung hechten.

Die deutschen Maschinengewehre geben nur noch kurze Feuerstöße ab, wenn sie ein Ziel ausmachen können. Es scheint, als hätten sich die Rotarmisten in die Erde verkrochen. Die Grenadiere wissen aber, dass sie sich allmählich durch die vielen Trichter heranarbeiten werden.

Ab und zu peitscht ein Schuss auf.

Die meisten gibt Feldwebel Riedel ab. Sobald er ein Ziel erkennt, feuert er darauf.

Trotzdem kommen die erdbraunen Gestalten immer näher und auf einmal fliegen die schwarzen russischen Eierhandgranaten durch die Luft. Eine davon kullert direkt auf den Erdaufwurf vor dem Schützenloch. Entsetzt starrt der Schütze I auf das schwarze Ding direkt neben dem MG 42.

Riedel reagiert schnell. Mit dem Lauf seines Gewehrs stößt er die Eierhandgranate so weit zurück, dass sie draußen über den Aufwurf hinabrollt. In der nächsten Sekunde krepiert sie auch schon. Die Splitter können den Männern aber nichts anhaben, weil sie in guter Deckung liegen.

Plötzlich reißt der MG-Schütze mit einem wilden Fluch den Lauf des Gewehrs nach rechts. Ein etwa 20 Mann starker Trupp Rotarmisten ist drauf und dran, mit lautem Geschrei in die deutschen Stellungen einzubrechen. Die Garbe erwischt zehn Mann, aber den Übrigen gelingt der Einbruch.

Nun stellt auch das eigene Maschinengewehr das Feuer ein. Der Obergefreite richtet sich auf und zieht das MG 42 von der Deckung zurück.

»Was ist los?«

»Keine Muni mehr, Herr Feldwebel! Wir müssen aus dem Loch raus, sonst stechen die uns ab oder erschlagen uns.«

Er greift nach einer Mpi, dann wendet er sich an seinen Kameraden.

»Karle, sieh zu, dass du mit der Spritze nach hinten kommst. Vielleicht gibt es noch irgendwo in einem Loch Munition. Wenn nicht, lässt du das Ding liegen und kommst wieder nach vorn, falls wir dann noch da sind. Aber das merkst du dann schon.«

Während der Schütze »Zwo« mit dem MG nach hinten rennt, jagen Riedel und der Obergefreite Schuss um Schuss auf die Rotarmisten, die mit aufgepflanztem Bajonett auf sie zukommen.

Stielhandgranaten fliegen den Sowjets entgegen. Doch auch damit kann der ungestüme Angriff nicht mehr aufgehalten werden. Immer wieder tauchen aus den Explosionswolken der Handgranaten Rotarmisten auf und stürmen weiter voran.

»Raus aus dem Loch!«, brüllt Riedel dem Obergefreiten zu.

Auch die Grenadiere in den anderen Deckungslöchern kommen heraus und nehmen nun mit aufgepflanztem Seitengewehr und Feldspaten den Nahkampf Mann gegen Mann auf.

Der ganze Kompanieabschnitt ist erfüllt von brüllenden und verbissen miteinander kämpfenden Männern. Mit der letzten Kraft ihres erlöschenden Lebens schreien zu Tode getroffene Soldaten ihren Schmerz in den Tag hinein.

Feldwebel Riedel muss einen gewaltigen Satz machen, um in letzter Sekunde dem Stich eines Bajonetts zu entgehen. Kaum haben seine Füße den Boden berührt, als er sich auch schon wieder zur Seite wirft. Zwei Rotarmisten haben ihn nun in die Zange genommen.

Eine jähe Wut steigt in Riedel auf. Wie ein Rasender greift er die zwei Sowjets an. Mit dem Gewehrkolben schlägt er einem der Russen den Stahlhelm vom Kopf. Hilflos tappt dieser nun umher. Der zweite Schlag schleudert dem zweiten Gegner das Gewehr aus der Hand.

Waffenlos will der Sowjet den Feldwebel angreifen. Da schlägt dieser nochmals mit dem Gewehrkolben zu. Der Hieb lässt den Rotarmisten zu Boden sinken. Riedel, der auf sein Zielfernrohrgewehr kein Seitengewehr aufpflanzen kann, lässt seine Waffe fallen und nimmt jene des bewusstlosen Rotarmisten an sich.

Ein Blick auf die keuchenden Gestalten hinter ihm lässt ihn blitzschnell handeln. Der Obergefreite Kastner liegt auf dem Rücken und erwartet den Todesstoß durch einen vor ihm stehenden Sowjetsoldaten, der das Gewehr bereits zum Stoß erhoben hat.

Da hetzt Riedel los. Es geht nun um Sekunden, aber er kommt nicht zu spät.

Die Deutschen wehren sich mit dem Mut der Verzweiflung. Immer weniger werden es, die sich dem Feind noch entgegenwerfen und die Rotarmisten sehen den Sieg schon in greifbarer Nähe. Brüllend treiben sie das zusammengeschmolzene Häuflein der Feldgrauen vor sich her.

07. April 1943

Abends, Hauptquartier Oberbefehlshaber Ost

Generalfeldmarschall Erich von Manstein sitzt noch immer an seinem opulenten Schreibtisch und überblickt eine Karte des sowjetischen Riesenreichs vom hohen Norden bis zum Schwarzen Meer. Vor ihm ausgebreitet liegen die neusten schriftlichen Meldungen der Heeresgruppen und die sind alles andere als erfreulich.

Sowohl von Küchler als auch von Kleist melden unterschiedlich starke Offensivtätigkeiten der Sowjets. Nur bei der Heeresgruppe Mitte scheint bisher alles ruhig zu sein.

Feldmarschall von Küchler hat von Manstein bereits einen Operationsplan für eine begrenzte Offensive mit Stoßrichtung zu den Flüssen Wolchow und Lowat vorgelegt. Die Luftflotte 1 soll nach Möglichkeit die Offensive unterstützen. Oberste Priorität hat aber die Bomberoffensive gegen das gegnerische Hinterland. Diese darf unter keinen Umständen in ihrer Intensität beeinträchtigt werden. Von Manstein hat noch einige Kommentare hinzugefügt, aber im Großen und Ganzen ist er mit dem Plan einverstanden.

Generalfeldmarschall von Kleist meldet hingegen massive Angriffe an beiden Flanken des Frontbogens von Stalino-Fodorowka.

Auch trotz der Einheiten der 17. Armee aus dem Kuban-Brückenkopf und der ersten Legionen der Verbündeten könnte es schwierig werden für die Heeresgruppe Süd.

Von Manstein wird wohl von Kleist empfehlen, auch dort zur flexiblen Verteidigung überzugehen.

Vielleicht ergibt sich die Möglichkeit zum Schlagen aus der Nachhand, überlegt der Oberbefehlshaber Ost.

Er greift zum Telefonhörer.

»Schulz, ich brauche schnellstens eine Verbindung zu Feldmarschall von Rundstedt oder zu seinem Chef des Stabes!«

Ohne eine Antwort abzuwarten, legt er wieder auf und widmet sich der Karte und den nächsten Meldungen.

07. April 1943

Abends, Fliegerhorst Gilze Rijen

Der Hauptgefreite Eberhard Leder eilt mit schnellen Schritten zur Stube seines Kameraden Schwarz.

Die Opel Blitz-Lastkraftwagen stehen bereits draußen parat. Die Fahrer warten darauf, die Besatzungen von den Unterkünften zum Stabsgebäude zu bringen, um die obligatorische Einsatzbesprechung abzuhalten. Sämtliche Besatzungen befinden sich bereits vor Ort und steigen auf die Ladeflächen der LKW; nur der Unterfeldwebel fehlt noch.

Schnell ist Leder vor der Stube seines Kameraden und Freundes. Ohne zu klopfen, öffnet er die Tür und wirft einen Blick hinein.

Dort sieht er seinen Flugzeugführer auf dem Bett hocken und ein Bild betrachten. Bei genauerem Hinsehen erkennt er, dass das Bild den Sohn von Helmut Schwarz zeigt.

Eberhard Leder räuspert sich kurz und meint dann ruhig: »Helmut, kommst du? Draußen wartet bereits alles auf dich.«

Der Unterfeldwebel erschrickt und wird aus seinen düsteren Gedanken gerissen.

Er dreht sich zu Leder um und wischt sich mit dem Arm über sein stoppelbärtiges Gesicht. »Ja, ich komme. Geh bitte schon mal vor.«

Das Oberkommando der Wehrmacht gibt bekannt

Aus dem Raum der Heeresgruppe Nordland werden erneut einzelne Stoßtruppunternehmen gegen den Gegner gemeldet, in deren Verlauf von den treuen Soldaten der 2. Gebirgsdivision mindestens 20 Gefangene eingebracht und vier Bunker vernichtet wurden.

Im Operationsgebiet der Heeresgruppe Nord unternahmen Einheiten der 9., 16. und 18. Armee Spähtruppunternehmen und brachten dabei zahlreiche Gefangene und wichtige Informationen über die Absicht des bolschewistischen Gegners ein.

Die Heeresgruppe Mitte meldet erstmals in diesem Jahr das Auftreten schwerster feindlicher Artilleriekaliber, welche jedoch wirkungslos gegen das Hinterland der Heeresgruppe eingesetzt werden.

Die Heeresgruppe Süd meldet, dass ein örtlicher Gegenangriff der 15. Infanteriedivision langsam an Raum gewonnen hat, doch schließlich gegenüber zäh verteidigten Feindstellungen liegenblieb. Es konnten 13 sowjetischen Panzer vernichtet werden.
Über der Ostfront kam es erneut zu Luftkämpfen im Luftraum des Frontbogens von Stalino-Fodorowka und im Raum über Sankt Petersburg. Dabei konnten insgesamt 51 feindliche Flugzeuge abgeschossen werden. Bei den genannten Einsätzen konnten sich besonders Hauptmann Hein Bär, Hauptmann Gerhard Barkhorn und Leutnant Anton Hafner auszeichnen. Ihnen gelang jeweils der Abschuss von fünf Feindflugzeugen an einem Tag.
Bei britischen Angriffen auf Brest, Cherbourg und Antwerpen gelang deutschen und französischen Nachtjägern der Abschuss von fünf Lancaster, zwei Halifax und einer Wellington.
Amerikanisch Terrorflieger unternahmen Angriffe auf Kassel und Gelsenkirchen. Dabei verloren sie sieben B-17 und vier P-38 durch deutsche Tagjäger und die Flakwaffe. Weitere feindliche Flugzeuge wurden zum Teil schwer beschädigt.
Amerikanische Liberator-Bomber griffen Palermo und Catania in Italienan. Von 14 angreifenden Bombern konnten zwei durch deutsche Jäger abgeschossen werden.
An der Ostfront ging unsere Bomberoffensive mit durchschlagendem Erfolg weiter. Heinkel 177 griffen wiederholt das Industriegebiet um Tula an. Ein Stahlwerk konnte dabei nachhaltig zerstört werden. Darüber hinaus griffen He 111- und Ju 88-Verbände weiterhin Eisenbahnanlagen und Brücken im Raum Wolchow, Staraya Ladoga, Glazewo und Kolcanowo an und melden, dem Feind erhebliche Verluste beigebracht zu haben.
In der Schlacht im Atlantik …

16. April 1943

Morgens, östlich von Sankt Petersburg

Liebe Eltern,

gestern bekam ich Euren Brief vom 30. März. Der ging also beinahe drei Woche bis hierher. Einiges hat sich seither getan.
Da ich nicht weiß, wie es in Zukunft um mich bestellt ist, nutze ich die Gelegenheit, um euch zu schreiben. Was ich damit meine, werdet ihr

wohl aus der Wochenschau erfahren haben, bevor der Brief in der Heimat ankommt.

Über uns jaulen bereits die Granaten unserer Artillerie und schlagen drüben beim Iwan ein. Obwohl es noch dunkel ist, scheint der Himmel hell erleuchtet. Es ist immer wieder ein überwältigender Anblick – wenn man nicht auf der falschen Seite im Graben hockt. Bis zu uns kann man das Grummeln der Einschläge hören, wenn die schweren Batterien das Hinterland beharken und hoffentlich die Reserven der Roten zerschlagen.

Bald wird es losgehen. Sobald ich wieder kann, werde ich mich melden.

Bis dahin viele Grüße
Euer Paule

P.S. Entschuldigt meine schlechte Handschrift, aber das Schreiben ist im Graben bei abgedunkeltem Licht schwierig.

»Los, du Trantüte, aufsitzen auf unser Schlachtross. Wenn die Kameraden mit den Panzern die Linien der Iwans überrollen, wollen wir doch nicht hinterherhinken!«, ruft Unteroffizier Erich Kemp, der sich von seiner Kopfverwundung, die er bei den Kämpfen um das *Haus der Sowjets* davontrug, recht schnell erholt hat. Als Erinnerung bleibt ihm nur eine kleine Narbe und das Verwundetenabzeichen in Schwarz. Auch das Band zum EK-2 erinnert ihn an die schweren Kämpfe in und um Leningrad.

Paul Adomeit wurde ebenfalls vor wenigen Tagen ausgezeichnet; er trägt nun das Eiserne Kreuz Zweiter Klasse und wurde zum Gefreiten befördert. Nur auf das angekündigte Ärmelschild *Leningrad* müssen die Landser noch warten.

Schnell steigen die Grenadiere auf ihre Sd.Kfz 251. Der 100 PS starke Maybach-Motor brüllt auf und die Kompanie fährt, aufgesessen in mehreren Fahrzeugen, in den Bereitschaftsraum. Das Rumpeln und Wippen des Schützenpanzers wirkt auf Adomeit beinahe einschläfernd. Nach kurzer Zeit erreichen sie ihr Ziel und noch immer jagen die Granaten unterschiedlicher Kaliber zum Feind hinüber.

Als der Gefreite einen Blick über den Rand des Kampfraums wagt, sieht er eine Menge anderer Kampffahrzeuge. Er erkennt weitere Schützenpanzerwagen, Sturmgeschütze und Panzerjäger Marder II, die dem Kenner sofort aufgrund des alten Panzer II-Fahrgestells ins Auge springen.

Kaum, dass sie da sind, hallen auch schon die verschiedenen Befehle über das Gelände. Die Männer haben Schwierigkeiten, die gebrüllten Befehle gegen das Donnern und Fauchen der Artilleriegeschütze und Nebelwerfer zu verstehen. Schon setzen sich die Sturmgeschütze und die ersten Schützenpanzer in Bewegung.

Kemp versucht, einen festen Stand in dem schwankenden Fahrzeug zu bekommen, und späht nach vorn. Bei den Sowjets rührt sich noch nichts. Dennoch erkennt er deutlich die eigentliche feindliche Hauptverteidigungslinie.

Adomeit stellt sich neben Kemp.

Er erkennt, dass kaum ein Bunker oder MG-Stand dem Vernichtungsfeuer entgangen ist. Einige der Holzbunker haben Feuer gefangen.

»Mensch, da lebt doch sicher keiner mehr!«, entfährt es Adomeit.

»Es sieht fast so aus«, murmelt der Unteroffizier.

In dem pulvergeschwärzten Gelände reiht sich Trichter an Trichter. Die Fahrer der Kampffahrzeuge haben Schwierigkeiten, ihnen immer rechtzeitig auszuweichen.

Weiter im Süden sehen die Landser, wie mehrere Staffeln von Schlachtflugzeugen und auch einige Stukas über die Frontlinie hinweg tief ins sowjetische Hinterland eindringen. In größerer Höhe sehen sie kleine dunkle Punkte – Jagdflugzeuge.

Schon stehen die ersten Sturmgeschütze III inmitten der sowjetischen HKL; noch immer ist in diesem Angriffssektor keine Gegenwehr der Roten Armee zu merken.

Den Sturmgeschützen folgen die Schützenpanzerwagen. Nervös suchen die Schützen hinter dem Schutzschild des aufgebauten MG-34 das Gelände ab. Die Kommandanten der Sturmgeschütze beobachten ebenfalls das Gelände, doch auch sie können nichts Besorgniserregendes erkennen.

Doch kaum sind die Kampfgruppen im weitläufigen Gefechtsfeld zwischen den einzelnen Verteidigungslinien angelangt, da bricht die Hölle los.

Durch das Dröhnen der schweren Maybach-Motoren der Sd.Kfz. 251, Marder III und Stug III hören die Landser vom herannahenden Unheil vorerst nichts, sondern werden von den aufspritzenden Erdfontänen überrascht. Massiert schlagen nun 122-mm-, 152-mm-Granaten und Raketengeschosse der gefürchteten Stalinorgeln zwischen den Fahrzeugen ein.

Schon nach kürzester Zeit stehen Schützenpanzerwagen brennend im Gelände. Jagdpanzer erhalten Volltreffer und werden zerrissen, Sturmgeschütze bleiben mit zerrissenen Ketten liegen.

Stimmengewirr ist in den Kopfhörern zu vernehmen, Warnungen jagen durch den Äther. Gehetze Stimmen und Geschrei ertönen überall, dazwischen das infernalische Krachen der Einschläge und das Zischeln der Raketen.

So ist auch der Warnruf „Panzer!" zu hören.

Nur Minuten später sehen die Landser die dunkelgrünen Stahlfestungen heranrollen. Die T-34 und M-3 Grant drehen bei. Deutlich sind auf den Gitterrosten der Hecks die Rotarmisten zu erkennen. Sie sind mit Maschinenpistolen und Karabinern bewaffnet. Auf jedem Panzer hocken etwa zehn Mann. Bei mindestens 20 Panzerkampfwagen ergibt das schon eine stattliche Anzahl von Infanteristen. Die Marder II sind die ersten Fahrzeuge, die einige Schüsse aus ihren 7,62-cm-Pak 40/2 L/46 zu den Feindfahrzeugen hinüberschicken. Die Einschläge liegen gut, aber die sowjetischen Kampffahrzeuge lassen sich davon nicht beeindrucken.

Sie feuern teils in der Fahrt ungezielt in Richtung der deutschen Verbände, bei denen noch immer die Granaten der sowjetischen Artillerie niederregnen, zwar weniger intensiv, doch noch immer mit tödlicher Gewalt.

Gerade, als sich einer der Marder-Jagdpanzer in Stellung bringen will, um einen T-34 abzuschießen, fliegt die dünne Panzerung des Aufbaus nach allen Seiten weg. Eine ohrenbetäubende Detonation hallt über das Gefechtsfeld und die Reste des Jagdpanzers bleiben brennend liegen. Viel ist jedoch nicht mehr von ihm übrig. Adomeit, der sich genau wie die anderen Grenadiere aus dem Sd.Kfz.251 geschwungen hat und nun in einem großen Trichter in Deckung liegt, kann nur noch einige verbogene Stahlteile und ein paar Laufrollen erkennen, als er über den Trichterrand blickt. Der Rest ist ein rauchender Haufen Metallklump. Es hat offensichtlich keine Überlebenden gegeben. Eine sowjetische 122-mm-Granate schlug vermutlich genau in den oben offenen Kampfraum ein und die Explosion zerriss das Kampffahrzeug samt der vierköpfigen Besatzung.

16. April 1943

Mittags, Atlantik

Die Wettervorhersage, die der Obersteuermann vorgelegt hat, trifft voll zu. Es ist ein herrlich sonniger, wenn auch kühler Tag mit ungewöhnlich klarer Sicht bis an die sich scharf abzeichnende Kimm, wo sich Himmel und Meer begegnen.

Ein Tag, an dem man direkt vergessen könnte, dass Krieg herrscht, denkt sich Wolfgang Friedrichsberger. Doch in seinem Inneren herrscht trotzdem das latente Gefühl einer lebensbedrohlichen Lage, welches sich über die Erinnerungen an die vorangegangenen Feindfahrten eingegraben hat.

Bisher ungehindert setzt U 523 seinen Kurs fort.

Friedrichsberger steht auf dem Turm und genießt die salzige Seeluft, während der I. WO und der LI das übliche Kontrollprogramm abwickeln.

In Gedanken geht der junge U-Bootkommandant nochmals die die Namen der Gäste durch, denen sie diese Feindfahrt zu verdanken haben.

Sieht man einmal von der jungen Ingenieurin ab, sind da noch zwei norwegische und einen schwedischen Wissenschaftler sowie zwei französischen Techniker. Innerlich muss Friedrichsberger grinsen, als er den beinahe kumpelhaften Umgangston seiner Männer mit der förmlichen Distanz der *Badegäste* vergleicht.

»Feindflugzeug 031 Grad!«, reißt es Friedrichberger aus seinen Gedanken.

»Allaaaaaarrrrrrmmmmmmmmm!«, erklingt es sofort danach und schon rutschen die Männer aus dem Turm in die Zentrale. Als Letztes folgt der Kommandant und schließt das Turmluk.

Er merkt, wie das Boot in die Tiefe rauscht. Gespannt horchen die Männer, ob sie Detonationen von fallenden Bomben oder Wabos wahrnehmen können. Doch nichts ist zu hören außer dem Rauschen des Wassers rund um den Stahlkörper des Unterseeboots.

»Frage Tiefe! Was geht durch?«, erkundigt sich der Kapitänleutnant.

»60 Meter gehen durch!«, kommt die Antwort von Oberleutnant Lasse Fischer, »Boot fällt schnell weiter!«

Kurze Zeit später meldet der LI 80 Meter.

»Verdammt, Fischer langsamer fluten, sonst reißen uns die Verschlüsse weg! Wir wollen nicht vorzeitig den Löffel abgeben! Laufend melden, was durchgeht!«

Die Sorge des Marineoffiziers ist nicht unbegründet. Wenn das Boot zu schnell an Tiefe gewinnt, besteht tatsächlich die Gefahr, dass mehrere Außenbordverschlüsse gleichzeitig leckspringen und Wassereinbrüche wichtige Teile des Bootes lahmlegen.

Der Leitende Ingenieur reagiert sofort.

Über die Männer an den Flutventilen ergießt sich ein Schwall von Befehlen und die Sinkgeschwindigkeit nimmt ab.

Dennoch passiert das Boot die 100-Meter-Marke.

»110 - 120 - 130 Meter gehen durch!«, gibt der Zentralemaat die Tiefe durch.

In 150 Meter Tiefe beginnen die Spanten unter dem enormen Außendruck zu ächzen und nachhallend zu vibrieren.

Mit jedem weiteren Meter Tiefe stöhnt das Boot in seinen Verbänden gequälter auf, doch die Außenbordverschlüsse bleiben alle dicht. Nach einiger Zeit meldet der Zentralemaat, dass 195 Meter durchgehen würden.

»Stopp Tiefe! Auf 200 Meter einpendeln. Alle Verschlüsse prüfen und Abteilungen geben Meldung an Zent…«

Ein lauter Knall übertönt die Stimme des I. WO.

Wasserrauschen dringt durch das Mannloch in die Zentrale.

»Wassereinbruch im Klo zwo! Lecksicherung vor!«, schreit der Kommandant.

Sein Befehl löst auf den Flurplatten des Ganges ein lautes Getrampel aus. Der LI drängt sich an Friedrichsberger vorbei und springt durch das Mannloch.

Kehl grinst über dessen Eile und tippt mit der Hand lässig an seinen Mützenschirm.

»Melde, das Boot ist auf 200 Meter Tiefe eingependelt und auf Herz und Nieren geprüft, Herr Kaleu! Wie üblich, bis auf dieses verfluchte Klo zwo keine sprudelnden Außenbordverschlüsse. Mag der Teufel wissen, warum uns das Aas ständig irgendwelchen Kummer bereitet.«

Das Klo zwo ist tatsächlich das Sorgenkind des Bootes, das immer wieder irgendwelche Probleme verursacht.

Friedrichsberger nickt zufrieden.

»Danke, Kehl. Das wird der LI schon wieder hinbekommen.«

Werkzeuggeklapper tönt durch das Mannloch. Das Rauschen wird schwächer, verstummt endlich ganz und mit ihm auch das geschäftige Treiben.

»Auffeudeln!«, hört der Kapitänleutnant den Leitenden sagen, dann begibt er sich durch das Mannloch in die Zentrale zurück.

»Wassereinbruch gestoppt, Schaden behoben, Herr Kaleu! Wieder diese dumme Muffe und der Außenstopfen am Abflussrohr, obwohl beide in Lorient erneuert wurden. Scheint eine absolute Fehlkonstruktion zu sein. Sonst ist alles klar!«

»Danke, Fischer! Dann wollen wir mal. Auf Sehrohrtiefe anblasen!«

16. April 1943

Mittags, östlich von Sankt Petersburg

»Gefechtsbereitschaft!«

Knallend schlagen die schweren Luken der Tiger zu.

Sicherungshebel drehen sich.

»Waffen geladen und gesichert«, meldet Stolze automatisch.

»Vorsicht, Herr Oberfeld. Rechts an der kleinen Senke«, warnt Breitfelder seinen Kommandanten, als er eine Bewegung erkennt.

»Feindpanzer! Entfernung 1.500 – Richtung 12 Uhr – Panzergranate!«

Der auf halb zwei stehende Turm gleitet zurück. Das lange Rohr der 8,8-cm-Kanone des Tigers schwenkt in die Schussrichtung und als der Panzer steht, brüllt der Abschuss.

Der T-34, der gerade aus der Senke herausfahren wollte, scheint in die Höhe zu springen, als die Granate der KwK die vordere Antriebrolle wegschießt.

Nun leuchte jedoch das Mündungsfeuer aus der Kanone des sowjetischen Panzers. Die 7,62-cm-Granate schlägt unmittelbar vor den Tiger in den Grund und wirft der Besatzung Dreckklumpen vor die Wanne.

Mit einem Satz rollt der Panzer VI vor, um nach wenigen Metern, als Stolze eine neue Granate eingeführt und den Verschluss zugeschlagen hat, stehenzubleiben.

Breitfelder betätigt den Knopf, der die Kanone feuern lässt. Ein mächtiger Schlag bringt den Gegner zum Erzittern. Sein Luk schlägt zurück und als eben der erste Mann - wohl der Kommandant - ausbooten will, bricht eine grelle Flamme aus dem Inneren des T-34 heraus und erfasst den Panzermann, der brennend herunterspringt. Für den Bruchteil einer Sekunde taucht noch ein Kopf im Luk auf. Ein paar Arme recken sich aus den Flammen. Dann verschwindet dieses Bild wie weggewischt.

Oberfeldwebel Willi Hermanns beißt sich auf die Lippen. Er spürt, wie sich sein Mageninhalt nach oben bewegt. Dieses Bild, das mit der ganzen Brutalität der Wahrheit gegen seine Netzhaut gesprungen ist, lässt in Sekundenschnelle alles in ihm eiskalt werden.

Das ist die tödliche Seite des Krieges. Und das Mäntelchen der Tapferkeit und sogar der Heiligkeit, das ihm von führender Stelle gern umgehängt wird, ist zu knapp, um nicht zu sehen, dass Krieg grausam und bösartig ist.

»Links anziehen, Hans!«

Jäh stößt der Tiger eine kleine Anhöhe hinauf. Als der 57-Tonnen-Koloss oben angelangt ist, hämmern mehrere Kampfwagenkanonen auf ihn ein. Prasselnd schlagen die 7,62-cm-Granaten gegen die Panzerung - gegen Wannenfront und Turm.

Der Lärm macht die Männer im Inneren des Panzers fast taub.

Der Stabsgefreite Hans Klein haut den Rückwärtsgang rein und rollt wieder die Anhöhe hinunter.

»Panzer von rechts!«, meldet einer der neben ihnen rollenden Kameraden.

Sie schwenken in die Richtung und hören mitten in der Drehung den schmetternden Schlag eines Treffers gegen den Turm.

»Verdammt, da ist das Rudel!«

Keine 800 Meter entfernt rollen die T-34 aus einer Senke heraus und genau auf die deutschen Tiger zu. Sie versuchen so schnell wie möglich die Entfernung zu verringern. Nur so haben die sowjetischen Tanks eine Chance gegen die massive Panzerung der deutschen Wildkatzen.

Einzelne Sowjetpanzer beginnen nun zu feuern. Die Mündungsblitze schlagen aus den Rohren, als sie sich immer bedrohlicher nähern. Einer von ihnen bleibt mit einem mächtigen Detonationsschlag stehen und brennt. Einen zweiten ereilt das gleiche Schicksal. Doch kurz darauf erwischt es auch einen der Tiger. Eine

Trefferserie schlägt in den Motorraum ein und lässt ihn in einer Stichflamme aufbrennen.

»Panzer vernichtet! Steigen aus!«, meldet der Kommandant noch über die Sprechfunkverbindung, ehe die Besatzung ausbootet.

»Rechts anziehen!«

Der Tiger fährt herum. Wieder schwenkt die Kanone. Der Schuss trifft den eben auf sie zudrehenden T-34 zwischen Unterwagen und Turm und reißt ebenjenen Turm aus seinem Drehkranz. Aus dem Bug-MG des Gegners flitzen Feuerstöße gegen die deutschen Panzer, prasseln wie Hagel gegen die Panzerung und schrillen zur Seite weg.

»Achtung, Maasch an alle – Vorrollen und Gegner niederkämpfen!«, gibt der Kompaniechef durch.

Hermanns weiß, dass sie die Anhöhe hinaufmüssen, wenn sie nicht vom Gegner überrascht werden wollen.

Jäh brüllt der Motor auf, als der Fahrer Vollgas gibt und der Tiger mit über 35 Kilometer pro Stunde nach vorn rollt. Der ihnen zunächst stehende T-34 dreht ein, als dessen Besatzung den Tiger auf sich zurasen sieht.

»Ein Uhr – 400!«

Der Tiger bleibt stehen, die Granate flitzt zum sich drehenden Sowjetpanzer hinüber und trifft das Heck. Eine grelle Explosion lässt den sowjetischen Kampfpanzer aufbrennen.

Wieder ruckt der Tiger an und nimmt die Anhöhe. Er walzt ein Gebüsch in den Boden und rumpelt über Felsen, legt sich gefährlich über, fällt dann aber krachend und erschütternd in die Waagerechte zurück. Dann haben sie den Kamm der Anhöhe erreicht.

Mit einem Rundblick sieht Oberfeldwebel Willi Hermanns, wie Marder II und Sturmgeschütze gegen ein weiteres Rudel Sowjetpanzer kämpfen. Eben in diesem Augenblick platzen zwei Jagdpanzer auseinander.

»Die machen die Kameraden zur Sau, Herr Oberfeld.«

»Chef an alle – Flankenangriff auf den Gegner! Entlang der linken Flanke vorrollen und angreifen. Hals und Bein!«

Die übrigen Tiger rollen die Anhöhe hinunter. Schnell haben sie die Sohle erreicht und der Tiger von Hermanns hebt sich wieder in die Normallage.

Vor ihnen im Kusselgelände toste eine Schlacht Kampfpanzer und Rotarmisten gegen Jagdpanzer, Sturmgeschütze und deutsche Landser.

Die Feuerschläge der Kampfwagenkanonen fallen beinahe pausenlos. Dazwischen ploppen die schnellen Abschüsse von Granatwerfern. MG-Salven sirren als verwirrende Schnittmuster hinüber und herüber. Sie gelten der Infanterie, die ebenso hinter den Sturmgeschützen III und den Marder II der 18. ID (mot.) als im Schutze der T-34 der Sowjets vorstoßen.

»Da, Peter!«

Der Obergefreite Peter Schneider hat die auf der Flanke vorpreschenden Gegner schon gesehen, die jetzt versuchen, sich von der Seite an die deutschen Panzer heranzuschieben und sie mit ihren Panzerbüchsen und Sprengmitteln zu vernichten.

Das Bug-MG tackert los und eine Sekunde später fällt das koaxiale Maschinengewehr im Turm mit ein. Eine der Gegnergruppen bricht zusammen. Wer nicht fällt, der wirft sich in Deckung.

»Auf den kleinen Granatwerfertrupp - elf Uhr - Entfernung 800!«

Knallend spuckt die Kanone die Sprenggranate aus, der Tod fliegt zum Feind hinüber. Die Wucht des Rückstoßes lässt den Panzer VI erzittern. Das Rohr wippt. Dann schlägt die Granate unmittelbar vor dem Trupp in den aufgeweichten Boden.

Ein Mündungsblitz flammt bei einem T-34 auf. Die Granate hämmert gegen den Unterbau des Tigers. Plötzlich spürt Hans Klein, das die linke Kette zerschossen ist.

»Kettenschaden!«, brüllt der Obergefreite.

»Verdammter Mist!«

»Halb Elf - Entfernung 800!«

Auf der rechten Kette dreht sich der Tiger beinahe eine ganze Drehung um sich selbst, ehe er in Schussposition gekommen ist. Mit ohrenbetäubendem Getöse schmettert eine weitere Granate gegen den Turm und heult als Querschläger zur Seite. Dann haben sie den Gegner aufgefasst und im Visier. Der Stabsgefreite Breitfelder betätigt den Abzug.

Gleichzeitig mit dem dritten Schuss des Gegners knallt die Acht-Acht und während die Granate des sowjetischen Kampfpanzers unmittelbar am Turm vorbeiflitzt, schlägt die Panzergranate des Tigers den T-34 zusammen.

16. April 1943

Nachmittags, östlich von Sankt Petersburg

Die Messerschmitt-Jäger begleiten einen Verband, eine bunte Mischung aus Henschel-Schlachtflugzeugen und Ju 87 Stukas. Sie überfliegen den Wolchow und weiter eine Landschaft, auf der seit einiger Zeit eine erbitterte Schlacht tobt.

Viel weiß Unterfeldwebel Helmut Dengl nicht über besagte Schlacht, die dort unten im Gange ist. Nur so viel, dass Generalfeldmarschall Georg von Küchler der 9. Armee befohlen hat, zusammen mit Teilen der 16. und 18. Armee gegen die sowjetische Heeresgruppe Wolchow-Front offensiv zu werden, um die Stellungen der Heeresgruppe Nord zu verbessern und im Idealfall eine oder mehrere sowjetische Armeen zu vernichten.

Genau für diesen Zweck sind die deutschen Stuka- und Schlachtfliegergeschwader wieder in der Luft. Die Kameraden sollen Kräfteansammlungen und Übergänge über den Wolchow und Lowat zerstören, um das Entkommen der Feindkräfte zu unterbinden.

Neben der Me von Dengl und Steiner fliegt Leutnant Hottinger mit seinem Rottenflieger. Dengl beobachtet das Land unter sich und saugt die sich ihm bietenden Szenen in sich auf. Immer wieder sieht er Mündungsfeuer aufblitzen.

Plötzlich schnarrt die vertraute Stimme des Staffelkapitäns aus den Kopfhörern und reißt ihn aus seinen Gedanken: »An alle Raben – aufpassen und auseinander – rechts der Sonne befinden sich Indianer!«

Nur Augenblicke später: »Ran! Pauke, Pauke!«

Die ersten Junkers stürzen sich gerade auf zwei Brücken, die Henschel nehmen sich erkannte Flakstellungen vor. Jetzt jagen die sowjetischen MiG-3 und P-39 Airacobra heran und verwickeln die die deutschen Maschinen in Luftkämpfe. Geschickt nutzen sie dabei den gewonnenen Fahrtüberschuss aus.

In den Kopfhörern erklingt nun das übliche Stimmengewirr.

Schon haben sich einige sowjetische Jagdmaschinen hinter Messerschmitt-Flugzeuge gehängt und schicken ihnen Leuchtspuren hinterher. Weitere P-39 stürzen sich auf Stukas, die nach einem Angriff wieder in die Höhe steigen. Die 20-mm-Granaten aus den

Bordkanonen zersägen die Tragflächen zweier Ju 87 und eine weitere zerplatzt unter den Garben, die sich in den Motor bohren.

Dengl wird zu einem Turn gezwungen, um aus der Schusslinie einer MiG zu gelangen; sein Kaczmarek bleibt dennoch hinter ihm. Mit der bei diesem Manöver gewonnenen Geschwindigkeit kann sich Dengl hinter eine P-39 hängen. Nur wenige Sekunden verbleibt die Feindmaschine im Revi, doch das reicht aus, um mit dem MG 151/20 und den beiden MG 131 die Flugzeugführerkanzel zu durchlöchern. Offenbar wird dabei der sowjetische Flugzeugführer getroffen, denn die Airacobra kippt nach unten weg und zerschellt am Boden. Ölfettiger Qualm steigt von dem Aufschlagbrand auf.

Aus dem Augenwinkel sieht Dengl, wie die Messerschmitt von Leutnant Hottinger einer MiG die linke Tragfläche durchlöchert, Augenblicke später montiert sie ab und die grün gestrichene Maschine trudelt unkontrolliert abwärts.

Schweißüberströmt zieht Dengl nach einem längeren Sturz den Knüppel nach hinten und steigt wieder in die Höhe.

Einer von Hottingers kurzen Befehlen veranlasst ihn, Steiner und die anderen dazu, den Rückweg der Stukas und Hs 129 abzusichern.

Dengl setzt sich gerade wieder hinter eine weitere MiG, die so leichtsinnig ist, sich den anfliegenden Schlachtmaschinen zu nähern. Dengl ist sich sicher, dass Hajo Steiner ihm den Rücken freihält, daher schaut er nicht nach hinten - ein Fehler.

Es knallt und scheppert in der Kanzel. Glas zerspringt und das Instrumentenbrett zersplittert teilweise. Unterfeldwebel Dengl spürt einen wahnsinnigen Schmerz im rechten Oberschenkel und der rechten Schulter - Blut sickert durch die Fliegerkombi.

Aus, geht es Dengl durch den Kopf.

16. April 1943

Abends, Menschikow-Palais

Generalfeldmarschall Georg von Küchler ist angespannt. Die Lagebesprechung im auf der Wassiljewski-Insel an der Großen Newa gelegenen dreistöckigen Palast, der ab 1713 nach ursprünglichen Plänen des italienischen Architekten Giovanni Maria Fontana gebaut und bis etwa 1720 vom Hamburger Architekten Gottfried Schädel vollendet wurde, entfaltet sich mit hitzigen Diskussionen.

Neben von Küchler als OB der Heeresgruppe sind noch die Oberbefehlshaber der Armeen, Generaloberst Lindemann, Generaloberst Busch und Generaloberst Model, anwesend. Des Weiteren befindet sich auch der Befehlshaber der Luftflotte 1, Generaloberst Keller, im großen, luxuriös ausgestatteten Raum, der all die Pracht und den Prunk vergangener Zeiten zur Schau stellt.

»Wie kann es sein, dass die Sowjets einen solchen unerwartet heftigen Widerstand leisten können?«, richtet sich der Heeresgruppenchef an die hohen Offiziere. »Ich verlange Antworten!«

Als Erstes meldet sich Generaloberst Model zu Wort.

»Herr Generalfeldmarschall, die sowjetischen Truppen sind zahlreicher, als wir es vermutet hatten, und darüber hinaus wird ihnen trotz unserer Bemühungen, die Übergänge über Lowat und Wolchow zu zerstören, Verstärkung und Ersatz zugeführt!«

»Die wichtigsten Übergänge sind vernichtet, die letzten beiden Übergänge wurden heute Mittag von Stukas zerstört! Die Luftwaffe hat bezüglich der Übergänge ihre Aufgabe erledigt«, erwidert Keller empört.

Model winkt nur ab.

»Es war mit Sicherheit kein Vorwurf von Generaloberst Model, Keller«, versucht von Küchler zu beschwichtigen.

In diesem Moment tritt Wassily Malyschkin, Generalmajor der Russischen Volksarmee, in den Raum. Begleitet wird er von einem Dolmetscher.

Der russische General beginnt zu berichten, der Dolmetscher, gelegentlich nickend, übersetzt das Gesagte für die deutschen Offiziere: »Wir haben durch Informanten und Überläufer erfahren, dass die Sowjets Behelfsübergänge gebaut haben, die einige Zentimeter unter der Wasseroberfläche liegen und so nicht durch Aufklärer entdeckt werden können. »

Ungläubiges Erstaunen ist in den Gesichtern der hohen Offiziere zu sehen.

»Und wo sollen sich diese Übergänge befinden? Haben das Ihre Informanten auch preisgegeben?«

Wieder übersetzt der Dolmetscher, nun jedoch für Malyschkin, der so etwas wie der Chef-Propagandist im Oberkommando der Russischen Volksarmee ist.

Der Russe holt eine Karte hervor und legt sie auf den großen Tisch mit der weißen Marmorplatte. Auf Russisch erklärt er, wo die Übergänge zu finden sind.

Von Küchler kratzt sich an seinem sauber rasierten Kinn.

»Wird schwierig, die Übergänge zu zerstören, und selbst wenn es uns gelingt, können sie mit Sicherheit schnell wieder aufgebaut werden.«

Abermals wird die Einlassung für den russischen General übersetzt. Dieser überlegt kurz und eröffnet den Deutschen dann, dass diese Übergänge jedoch als eine Art *Einbahnstraße* zu betrachten seien.

Fragende Blicke heften sich nach der Übersetzung auf den Generalmajor.

Er beginnt zu erklären, dass Stalin jedes Zurückgehen auf die östlichen Ufer mit dem Tode bestrafen lasse. Es rollt Material zu den kämpfenden Truppen, aber selbst Verwundete durften erst nach langer Beschwörung Stalins zurückgeschafft werden. Dieser Befehl des »Stählernen« sorgt bei der Truppe natürlich für viel Unmut.

»Lässt sich dieser Unmut irgendwie für uns ausnutzen?«

Es ist wiederum Generaloberst Model, der diese naheliegende Frage stellt. Nun vergeht ein Moment, bis der Dolmetscher diese Frage übersetzt hat.

Malyschkin nickt und zieht wiederum etwas aus seiner Aktentasche. Es sind Schriftstücke, die er herumgehen lässt.

Die hohen Offiziere werfen einen Blick darauf. Es handelt sich um Flugblätter, auf die das Programm und die Ziele der Russischen Volksarmee aufgedruckt sind – auf Russisch und auf Deutsch.

Auf dem Flugblatt werden die folgenden Ziele kundgetan:

- Der Sturz Stalins und seiner Clique sowie die Vernichtung des Bolschewismus
- Schaffung eines Neuen Russlands ohne Bolschewiki und Kapitalisten in Gemeinschaft mit Deutschland und anderen Völkern Europas

- Die Abschaffung der Zwangsarbeit und die Bereitstellung eines echten Arbeitsrechts für die Arbeiter, das sich die Schaffung materiellen Wohlstands zum Ziel setzt
- Auflösung der Kollektivwirtschaften und systematische Überführung des Bodens in das Privateigentum
- Wiederherstellung des Handels, des Handwerks und Schaffung einer Möglichkeit für private Initiativen, am Wirtschaftsleben des Landes teilzunehmen
- Bereitstellung der Möglichkeit für die Intelligenzia, zum Wohle ihres Volkes frei zu erschaffen
- Wiederaufbau der im Krieg zerstörten Städte und Dörfer auf Kosten des Staates
- Wiederaufbau der im Krieg zerstörten staatseigenen Fabriken und Anlagen
- Verweigerung der Zahlungen im Rahmen von Versklavungsverträgen, die Stalin mit den angloamerikanischen Kapitalisten geschlossen hat
- Bereitstellung einer existenzsichernden Rente für Kriegsinvaliden und ihre Familien

Einige der hohen Offiziere nicken anerkennend, andere wiegen missmutig den Kopf. Doch es ist nicht Sache der Wehrmacht, über politische Sachverhalte in Russland zu entscheiden.

Von Küchler fragt: »Diese Punkte sind sicher mit den verantwortlichen politischen Stellen abgesprochen?«

Malyschkin nickt selbstsicher und führt weiter aus, dass eine großangelegte Flugblattaktion in der kommenden Nacht starten werde. Auch würden einige Überläufer und Freiwillige der Russischen Volksarmee zurück zu den sowjetischen Stellungen geschickt, um dort einzusickern und ebenfalls Zersetzungsarbeit zu leisten.

»Wie können wir ihre Aktion unterstützen?«, lautet die lapidare Frage Generalobersts Lindemanns

»Durch gezielt Angriffe auf einzelne Frontabschnitte und Artillerieangriffe auf das Hinterland, um Unruhe zu stiften. Dies erleichtert unseren Männern das Einsickern in die Stellungen der Sowjets«, gibt Generalmajor Malyschkin zurück.

Wieder ist es von Küchler, der nach kurzer Überlegungszeit bekanntgibt: »Wir werden die Angriffsbewegungen am Boden für den morgigen Tag einstellen. Einzig die Artillerie wird erkannte und vermutete Feindstellungen bekämpfen. Auch die bekannten

Behelfsübergangsstellen sind – so weit möglich –zu bekämpfen. General Keller, auch die Luftwaffe fliegt weiter Einsätze – vorrangig gegen besagte Übergänge. Stoßtruppunternehmen und Scheinangriffe sind durchzuführen, um die russischen Kameraden zu unterstützen. Es kommt auf genaueste Abstimmung an. Alle weiteren Informationen werden Ihnen schnellstmöglich zukommen.«

Das Oberkommando der Wehrmacht gibt bekannt

…

Im Raum der Heeresgruppe Nordland kam es erneut zu einigen feindlichen Stoßtruppunternehmungen. Diese konnten jedoch unter für die Bolschewisten hohen Verluste abgewiesen werden.

Die Heeresgruppe Nord meldet den planmäßigen Beginn des Unternehmens »Livland« zur Zerschlagung der sowjetischen Wolchow-Front. Gegen zähesten Widerstand der Sowjets gelang es der Reichsgrenadier-Division »Hoch- und Deutschmeister«, die Front zu durchbrechen.

Der schweren Panzerkompanie, ausgerüstet mit neuen Panzerkampfwagen VI Tiger, gelang es, eine starke Feindgruppe von T-34 aufzureiben. Die Luftstreitkräfte der Luftflotte 1 unterstützen in ununterbrochenem Einsatz die Angriffe des Heeres. Schlachtflieger- und Stuka-Verbänden gelang die Vernichtung von mindestens 23 Panzern, drei Flakbatterien und der letzten intakten Brücke über den Lowat. Die Schlacht- und Stuka-Verbände melden dabei einen Verlust von sechs eigenen Flugzeugen. Zwei Flugzeugführer konnten am Boden unversehrt von der eigenen Truppe aufgenommen werden. Die Verbände werden auf ihren Tieffliegereinsätzen von der deutschen Jagdwaffe abgesichert, der es gelang, 13 sowjetische Jäger bei einem Verlust von fünf eigenen Maschinen abzuschießen.

Im Kampfgebiet der Heeresgruppe Mitte gelang es, hunderte Minen des Feindes durch einen von der Infanterie der 321. Infanteriedivision gelegten Steppenbrand zur Detonation zu bringen. Der Weg für einen weiteren Vorstoß ist damit frei.

Die Heeresgruppe Süd meldet, dass im Bereich der 1. Panzerarmee das LVII. Panzerkorps etwa 12 Kilometer ostwärts Gussarowka angegriffen wurde. Die Bolschewisten wurden unter hohen Verlusten abgewiesen.

Die Armeeabteilung Kempf wehrt einen durch starke Lufftwaffenkräfte unterstützen Feindangriff auf den Brückenkopf Bjelgorod ab.
Die Bolschewisten verzeichneten dabei 600 Gefallene. 100 Gefangene und zahlreiche leichte Infanteriewaffen konnten durch unsere tapferen Truppen eingebracht werden.
Im Frontbogen von Stalino-Fodorowka greifen die sowjetischen Streitkräfte mit unverminderter Härte an und konnten etwas an Boden gutmachen, was jedoch in keinem Verhältnis zu den erlittenen Verlusten steht. Unsere Verbände gehen planmäßig auf Ausweichstellungen zurück, während sie dem Gegner maximale Verluste zufügen.
Bei schweren Luftkämpfen über dem Frontbogen gelang es Major Dietrich Adolf Hrabak, Geschwaderkommodore eines Jagdgeschwaders, vier feindliche Maschinen an einem Tag abzuschießen.
Im Westen unternahmen anglo-amerikanische Terrorflieger erneut Angriffe auf das Reichsgebiet, besetzte Gebiete und Frankreich. Ziele waren Ostende, Cherbourg, Brest, Lorient, Passau an der Donau, Mannheim und Ludwigshafen.
Insgesamt konnten durch unsere Tag- und Nachtjäger und die Luftwaffenverbände unserer französischen Verbündeten 52 feindliche Flugzeuge abgeschossen werden.
In der Schlacht im Atlantik …

17. April 1943

Früher Morgen, östlich von Sankt Petersburg

Der Besatzung von Oberfeldwebel Hermanns war es letztlich gelungen, den im Gefecht erlittenen Kettenschaden zu beheben – allerdings zu spät, um noch am weiteren Angriff teilzunehmen.
Die übrigen Tiger stießen in die Flanke der sowjetischen Panzeransammlung. Am Ende zogen sich die Sowjetpanzer zurück, aber sie konnten einen Vorstoß der Kampfgruppe der 18. ID (mot.) verhindern, denn der Verband büßte insgesamt fünf Marder II und sechs Sturmgeschütze III ein. Darüber hinaus wurden zwei Tiger vernichtet und ein weiterer beschädigt – das Fahrzeug von Hermanns.
Nach dem Gefecht zogen sich die schweren Tiger wieder zurück, die Kompanie dient weiterhin als Armeereserve.

Oberfeldwebel Hermanns und seiner Besatzung gelang es nach der Reparatur, aus eigener Kraft zurückzukommen. Dort erfuhren die Männer schließlich, dass ihre Stammdivision, die Reichsgrenadier-Division *Hoch- und Deutschmeister,* zwar letztendlich einen Einbruch in die sowjetische HKL habe erzwingen können, nun aber ein Befehl der Heeresgruppenführung zur Einstellung aller Offensivhandlungen ergangen sei.

»Was ist denn das für ein Schwachsinn? Gerade, wenn die Kameraden mit Blut und Schweiß eine Lücke erkämpft haben!«, schimpft der Stabsgefreite Breitfelder und schiebt sich ein Stück Brot mit Wurstaufstrich in den Mund.

»Ach Franz,«, meint der Ladeschütze Otto Stolze schmatzend, »mach dir doch da keinen Kopp drüber. Die hohen Herren mit mehr Lametta an der Uniform, als du es hast, wissen schon, was sie machen.«

»Direkt durchstoßen hätten wir müssen! Dafür braucht man keine Generalstabsausbildung!«

»Was ist denn, bitte schön, los mit euch beiden?«, mischt sich nun ihr Fahrer, der Stabsgefreite Hans Klein, ein. Er hat es sich so gut es geht auf seinem Fahrersitz bequem gemacht und eine Mütze voll Schlaf genommen.

»Habt ihr zu viel Energie, oder was?«

»Breitfelder gönnt sich das letzte Stück seines Brotes und meint danach: »Nee, aber Hunger! Und beim Essen diskutiere ich nun mal gerne über das aktuelle Weltgeschehen.«

Klein zeigt seinem Kameraden den Vogel, doch das kann dieser ob der Dunkelheit im Panzer nicht sehen.

»Jetzt ist aber Schicht im Schacht!«, versucht Hermanns die Gespräche zu beenden. »Nutzt lieber die Gelegenheit zum Schlafen, die Kameraden sind mit der Wache dran!«

»Genau, der Oberfeld hat Recht. Beim ersten Büchsenlicht will ich mir nochmal die Kette und das Seitenvorgelege anschauen. Irgendwas läuft da noch nicht richtig rund. Da brauch ich bestimmt die ein- oder andere helfende Hand.«

17. April 1943

Morgens, Fallschirmschule 2 in Wittstock

»Los, auf geht's, ihr faulen Affen! Selbst eine Horde Zulus würde euch einholen und zum Frühstück verspeisen!

Oberjäger Gustl Heinloth, ein kampferprobter Fallschirmer mit dem Kreta-Ärmelband, beiden Eisernen Kreuzen und dem Verwundetenabzeichen in Gold an der Uniform, jagt die Rekruten über die Querfeldeinbahn. Die Fallschirmjägeranwärter tragen dabei ihre komplette Ausrüstung, Heinloth diesmal jedoch nur einen dünnen Drillichanzug.

Müller verdreht ob der wohl gewollten Beleidigung des Oberjägers die Augen, erwiderte jedoch wohlwissentlich nichts.

Die Gruppe erreicht einen kleinen Bachlauf, Heinloth springt gekonnt hinüber und landet trockenen Fußes auf der anderen Seite.

Bei den zukünftigen Fallschirmern sieht dies jedoch anders aus. Der Knochensack, die Munitionstaschen, der Fallschirmjägerhelm, das Seitengewehr und der Karabiner – alles zieht die Männer ohne Rücksicht nach unten. So mancher der Landser landet im Bachlauf und hat danach wenigstens nasse Springerstiefel und teilweise auch eine nasse Uniformhose, was ihm zusätzliches Gewicht aufbürdet.

Heinloth steht am Bachufer und kommentiert jeden Sprung seiner Schützlinge.

Als Müller und Stüwe an ihm vorbeilaufen, können sie ganz deutlich die Augenklappe, die das fehlende Auge des Oberjägers verbirgt, und die große Gesichtsnarbe erkennen, ebenso, dass dem Ausbilder die Hälfte seines rechten Ohrs fehlt.

»Los, noch zwo Kilometer, dann geht es für euch auf die Schießbahn. Hoffentlich könnt ihr wenigstens das, sonst lachen sich die Tommys ja über euch kaputt!«

Keuchend und schnaufend laufen die Soldaten weiter; jeder Kilometer wird zur Qual.

17. April 1943

Mittags, Waldhof Carinhall

Reichsmarschall Wilhelm von Preußen sitzt verärgert an der reich gedeckten Tafel und stochert lustlos in seiner Mahlzeit herum. Seit mehr als zwei Wochen sitzt er nun bereits im Hausarrest fest, angeordnet durch seinen eigenen Sohn! Er hat in den ersten Tagen tatsächlich versucht, aus dem Gebäudekomplex zu entkommen, doch die aufgezogenen Großdeutschland-Gardesoldaten haben ihn brüsk abgewiesen. Die zunächst in Carinhall stationierten *Hermann Göring*-Soldaten wurden bereits am ersten Tag abgezogen.

Es ist ungeheuerlich, was mir mein eigener Sohn antut. Und das nur, weil ich darauf achte, die politische Autorität des Reiches hoch und die Feinde des Reiches unten zu halten.

Natürlich will ich den Thron für mich – natürlich war es eine Zwecklösung, meinen Sohn auf den Thron zu setzen, um die Hohenzollern wieder zu ihrem angestammten Platz zu verhelfen! Das heißt doch nicht, dass er dort ewig bleiben muss. Oder er hätte mir politische Befugnisse zugestehen können und nicht nur diesen repräsentativen Posten als Reichsmarschall!

Gerade in diesem Augenblick wird Wilhelm von Preußen von einem Ordonanzoffizier aus seinen Gedanken gerissen.

»Eure Hoheit, es ist ein Paket für Sie eingetroffen!«

Der Offizier legt das gut 50 mal 50 Zentimeter messende Paket vor dem Reichsmarschall ab.

Dieser begutachtet es.

»Von wem stammt es? Ich finde keinen Absender?«

»Es wurde an der Wache wohl von einem Oberst der Garde abgegeben und soll nur von Ihnen persönlich geöffnet werden, Eure Hoheit.«

»Hm, nun gut, ich danke Ihnen.«

Der Reichsmarschall wiegt das Paket in den Händen, lauscht ganz nah mit dem Ohr auf verdächtige Geräusche und schüttelt es vorsichtig. Letztendlich entschließt er sich dazu, es zu öffnen.

Vorsichtig entfernt er das braune Papier.

Sein Blick fällt auf zwei Gegenstände und ein Schriftstück.

17. April 1943

Mittags, Reichsministerium für Bewaffnung und Munition, Palais Wrangel, Berlin

Albert Speer sitzt vor einigen Dokumenten, welche die aktuellen Produktionszahlen der Rüstungsindustrie wiedergeben. Besonders freuen ihn die Zahlen der Tiger sowie der He 280, deren Serienproduktion im April endlich aufgenommen werden konnte, ferner die Zahlen des Panzer IV in der neuen Variante mit schräger Panzerung und auch die der neuen FW 190C mit DB 603-Motor. Sorgen bereitet ihm hingegen der Blick auf die ausgewiesenen Arbeitskräfte – ihre Zahl schwindet beständig. Gefangenen Rotarmisten gehen zahlreich zu Wlassow und seiner Russischen Volksarmee, die Franzosen müssen größtenteils nach Hause geschickt werden, ebenso die Belgier und Niederländer. Die Tschechen müssen besser behandelt werden, die Juden ebenfalls, wenn sie nicht sogar freigelassen werden müssen. Einzig die Polen sind Albert Speer zum Ausbeuten geblieben.

Wie soll man denn unter diesen Zuständen die Produktion aufrechterhalten?, denkt sich der Minister, als es an der Tür klopft.

»Herein!«, ruft Speer erschrocken.

Einer seiner Mitarbeiter tritt ein und trägt ein braunes Paket in den Händen.

»Das wurde für Sie abgegeben, Herr Minister!«

»Von wem ist es denn?«

»Wurde nicht gesagt. Ein junger Hauptmann der Garde hat es gebracht.«

»Gut. Legen Sie es einfach auf den Tisch.«

Der Mitarbeiter tut, wie ihm geheißen, und verlässt dann wieder den Raum.

Albert Speer schaut noch einige Statistiken und Diagramme durch, doch dann kann er seine Neugier nicht mehr bremsen. Er öffnet das Paket und entdeckt darin zwei Gegenstände und einen offenbar handgeschriebenen Brief.

17. April 1943

Nachmittags, Anklam

Die Anreise von Berlin nach Peenemünde zieht sich länger hin als geplant. Kurz vor Anklam ist nämlich die Schienenstrecke durch einen britischen Störangriff beschädigt.

Die Reparaturarbeiten sind zwar unmittelbar nach dem Angriff aufgenommen worden, dennoch kam es zu Verzögerungen. Der Kaiser wünschte bei dieser Reise zur Heeresversuchsanstalt Peenemünde keine Sonderbehandlung.

Die uniformierten Reisenden nehmen die Verzögerung gelassen hin und haben den Sonderzug des Kaisers verlassen, um sich die Stadt ein wenig anzusehen. Die Bevölkerung ist sichtlich erstaunt, den Monarchen so nahbar zu erleben. Er wird lediglich von einigen Soldaten der *Großdeutschland* abgeschirmt. Natürlich sind auch Oberstleutnant Maximilian von Reichenbach und Oberleutnant Gustav von Stimmer mit von der Partie. Die beiden lassen sich zwar nichts anmerken, doch im Inneren sind sie sehr angespannt. Schließlich spazieren sie in diesen Stunden mit dem Staatsoberhaupt des Großdeutschen Kaiserreichs ohne besondere Sicherheitsvorkehrungen durch eine belebte Stadt.

Der Kaiser und seine Begleiter nutzen die seltene Gelegenheit, um in der Zwangspause einmal entspannt über die Fußgängerzone zu flanieren und sich nach dem einen oder anderen nützlichen Artikel umzusehen. Für den Fall, dass Louis Ferdinand für seine Frau Kira und die Kinder etwas entdeckt, was ihnen gefallen könnte, ist er. durchaus gerne bereit, seine Geldbörse zu öffnen.

Er schwor sich nach dem Tod seines Bruders im Mai 1940, jede Gelegenheit zu nutzen, um seiner Familie eine kleine Freude zu bereiten. Sich selbst jedoch beschenkt der Kaiser nicht, er ist genügsam und mit sich selbst rundherum zufrieden.

Er entdeckt ein kleines Lokal und bittet von Reichenbach und von Stimmer mit hinein. Zwei weitere Gardesoldaten postieren sich sogleich vor der Eingangstür.

Die drei Männer setzen sich an einem leeren Tisch. Im Lokal wird es schlagartig still. Die anderen Gäste drehen sich um, einigen bleibt der Mund offen stehen.

Der Gastwirt beeilt sich, zum Tisch des Kaisers zu kommen.

Es ist für die drei Männer nicht schwer zu erkennen, dass der Wirt unglaublich nervös ist. Von Stimmer bestellt für alle einen Kaffee.

»Es tut mir leid, aber Kaffee habe ich heute leider nicht - nur Kaffeeersatz«, meint der ältere Herr sichtlich verlegen.

Der Kaiser winkt freundlich ab.

»Dann bringen Sie uns den, guter Mann.«

Der Gastwirt eilt von dannen, um die Getränke anzurichten. Der Monarch greift nun in die Innentasche seiner Uniformjacke und angelt drei Zigarren heraus. Er bietet seinen beiden Begleitern wortlos eine an.

»Bin gespannt, was uns in Peenemünde geboten wird«, sagt der Kaiser und bläst eine dicke, blaugraue Wolke in die Luft.

Oberstleutnant von Reichenbach zündet sich seine Zigarre an und erwidert paffend, aber so leise, dass ihn niemand an den anderen Tischen verstehen kann: »Feldmarschall von Witzleben meinte wohl, dass die Wissenschaftler in der Luftforschungsanstalt durch die Unterstützung der Franzosen, Italiener und der anderen neuen Fachleute große Fortschritte gemacht haben.«

Von Stimmer blickt von Reichenbach fragend an: »Was hat das denn aber mit Peenemünde zu tun?«

»Na ja, wenn die Eierköpfe dort Fortschritte machen, dann wirkt sich das …«

Von Reichenbach, der gerade antworten will, wird vom Kaiser unterbrochen: »Meine Herren, auch wenn ich das Thema angesprochen habe, so muss ich feststellen, dass wir hier doch sehr unter Beobachtung stehen. Wir sollten uns in Diskretion üben.«

Der Gastwirt bringt drei Tassen Ersatzkaffee; die Männer nicken dankend. Sie haben gerade an ihren Getränken genippt, da tritt ein Leutnant des Begleitkommandos ein.

»Eure Majestät, der Lokführer meinte, dass die Fahrt in einer halben Stunde fortgesetzt werden kann.«

»Sehr gut. Von Stimmer, legen Sie bitte das Geld aus. Wir verrechnen später im Zug.«

17. April 1943

Nachmittags, östlich von Sankt Petersburg

»Na, das haben wir doch gut hinbekommen!«, verkündet Klein. Ausatmend kommt er aus seiner gebückten Stellung hoch. Er spürt, wie ihm der Schweiß in kleinen Bächen am Körper hinunterrinnt, und dass, obwohl es wieder empfindlich kalt geworden ist.

»Noch einmal dasselbe und uns kocht das Kaffeewasser am Arsch«, kommentiert der Gefreite Stolze und versucht mit Putzwolle die Hände sauber zu wischen.

Der Fahrer gibt dem Kommandanten einen Wink.

Oberfeldwebel Willi Hermanns kommt den Hang herunter und ist keine Zehn Sekunden später bei ihnen.

»Alles klar?«

»Alles in Ordnung, Herr Oberfeld. Wir können die Panzerreparaturwerkstatt ruhig wieder zurück nach Deutschland schicken, das machen wir ja alleine viel besser!«

Hermanns lacht auf.

»Dann wollen wir mal wieder los, sonst verpassen wir noch was!« Und dabei deutet er in Richtung Front, wo das Jaulen und Detonieren von Werferraketen und Granaten zu vernehmen ist.

Breitfelder winkt ab.

»Ach was, Herr Oberfeld. Den ganzen Tag ist doch schon nichts los. Die Einzigen, die was zu tun haben, sind die Kameraden von der Artillerie. Und selbst bei denen ist angeblich jede zweite Granate mit Flugblättern für die andere Feldpostnummer gefüllt.«

»Wird schon seinen Grund haben, Breitfelder.«

Sie sitzen auf und mit geöffneter Luke rollt der Tiger an.

Hermanns lässt den Zugführer anfunken.

»Hier Johannsohn, was ist los, Hermanns? Ist Ihr Panzer wieder klar?«

»Ja, endlich ist er wieder klar. Hat ja auch lange genug gedauert, ehe wir die passenden Teile hatten! Steht etwas Besonderes an?«

»Nein, die Kompanie liegt immer noch im Verfügungsraum. Sämtliche Offensivtätigkeiten sind bis zum morgigen Tag ausgesetzt!«

Der Tiger macht Meter um Meter gut.

Die ganze Besatzung horcht auf die Geräusche der Kette, des Seitenvorgeleges, der Seitenbremse und damit des Lenkverhaltens.

»Klappt alles, Herr Oberfeld!«

Sie stoßen durch eine große Buschreihe. Die untergehende Sonne spiegelte sich in einer großen Schmelz- und Regenwasserfläche, was ein wanderndes Lichtmuster auf den Tiger projiziert.

Der Stabsgefreite Klein schlägt einen großen Bogen um die Wasserfläche. Dennoch sackt der Tiger tief in den feuchten Grund ein.

Mühsam arbeitet er sich weiter vor.

Der Motor heult laut auf.

»Pass auf, dass du ihn nicht abwürgst!«, ruft Hermanns.

Er kennt dieses Geräusch.

Der Stabsgefreite Hans Klein kennt es ebenfalls und es erinnert ihn unvermittelt an zu Hause, als er mit dem Traktor seines Vaters über das regenaufgeweichte Feld fuhr und ebenfalls tief einsackte.

Urplötzlich ist es ihm, als rieche er das erdige Ackerfeld, und er schluckt schwer. Das alles liegt bereits Jahre zurück. Und er war bereits seit Monaten nicht mehr zuhause …

Klein kann es sich in diesem Moment überhaupt nicht vorstellen, dass er jemals wieder – nach all dem Grauen der Kriegsjahre – eine solche unbeschwerte Zeit erleben wird.

Kurz flackert vor seinem inneren Auge das Bild seines Mädels auf. Sie befindet sich zwar in Anhalt in Sicherheit, aber wer weiß, was passieren wird, wenn sich die Bolschewisten militärisch doch als überlegen erweisen und bis nach Deutschland vorrücken. Schließlich teilen sie Schlag um Schlag gegen den Feind aus, doch die Sowjets straucheln zwar sichtbar, aber wollen einfach nicht fallen.

17. April 1943

Abends, Heeresversuchsanstalt Peenemünde

Das Areal der Versuchsanstalten in Peenemünde auf dem Peenemünder Haken ist ein Ergebnis der von den Nationalsozialisten vorangetriebenen Militarisierung der Ostseeinsel Usedom. Zur Versuchsanstalt gehören noch immer Erprobungsstellen für

Fernlenkbomben nahe Zinnowitz und Garz, auch wenn die eigentliche Basisforschung nun zentral bei der Luftforschungsanstalt *Hermann Göring* untergebracht ist.

Der Sonderzug passiert zahlreiche Flugabwehr- und Küstenartilleriestellungen, so zum Beispiel bei Karlshagen, Zempin, Ückeritz und Swinemünde.

Nach dem Aussteigen und dem obligatorischen Empfang besichtigt der Kaiser samt Gefolge auf den beiden höchsten Punkten der Insel, dem Streckelsberg bei Koserow und dem Langen Berg bei Bansin, einen der Beobachtungspunkte, von denen aus die Flugbahn der A4-Raketen mit Spezialkameras samt 1.000-mm-Objektiven aufgezeichnet und vermessen werden kann.

Im Anschluss begeben sich der Kaiser und seine Entourage ins Offizierskasino zum Abendessen. Der Koch, sichtlich nervös, steht vor den hohen Besuchern und scheint sich gedanklich an einen anderen Ort zu wünschen.

»Eure Majestät, es wird Sie freuen, dass wir von einem örtlichen Bauern der Insel mehrere Schweinehälften gespendet bekommen haben. Ich habe die Gelegenheit genutzt, um einigen Rekruten den entsprechenden Ausbildungsabschnitt näherzubringen und die Praxisanwendung für die zukünftigen Feldköche zu üben.«

Der Kaiser nickt wohlwollend und der Koch räuspert sich, räuspert sich erneut, und fährt dann fort: »Ich denke, dass Ergebnis kann sich sehen und schmecken lassen. Daher gibt es heute Abend und morgen zum Mittag anstatt der geplanten Kohlsuppe einen deftigen Schweinebraten, dazu ein leckeres Sößchen, gedünsteten Weißkohl und dazu Pellkartoffeln.«

»In diesem Fall möchte ich gern probieren, auf was sich die *Kameraden* an der Front freuen dürfen«, meint der Kaiser. Der Koch lächelt erleichtert. Von Reichenbach ist sich nicht sicher, weswegen genau … weil der Monarch den experimentellen Schweinbraten der Küchenrekruten akzeptiert oder weil er die äußerst zwanglose Bezeichnung *Kameraden* für die Ostfrontkämpfer gewählt und sich damit im Geiste mit ihnen gleichgemacht hat?

Wenige Minuten später sitzen die Männer vor den üppig gefüllten Tellern und lassen es sich schmecken. Während der Mahlzeit sagt Generalmajor Walter Dornberger, der Gesamtleiter des Raketenforschungsprogramms des Großdeutschen Kaiserreichs: »Eure Majestät, ich schlage vor, dass wir uns morgen die verschiedenen Prüfstände, Fertigungshallen und Instandsetzungswerkstätten anschauen. Ebenso ist morgen der Start einer Fieseler 103 und einer A4 geplant. Doktor von Braun wird dann ebenfalls anwesend sein.«

»Wie geht es denn allgemein mit den Entwicklungen der Raketentechnologie voran?«

General Dornberger wischt sich den Mund mit einer Serviette ab.

»Eure Majestät, ich darf sagen, dass die Zentralisierung der Forschungsarbeiten, aber vor allem auch die neuen Kollegen aus Frankreich, Italien und anderen Ländern sich trotz der kurzen Zeit bereits äußerst positiv bemerkbar gemacht haben.«

Das Oberkommando der Wehrmacht gibt bekannt

… Im Kampfraum der Heeresgruppe Nordland kam es erneut zu gegenseitigen Spähtruppunternehmen. Dabei gelang es Spähtrupps der 6. Gebirgsdivision unter dem Befehl von Generalleutnant Christian Philipp, mehrere Kampfstände zu zerstören und Gefangene einzubringen.

Bei der Heeresgruppe Nord wurde das Unternehmen »Livland« planmäßig fortgesetzt. Feindkräfte wurden durch massiven Artillerie- und Luftwaffeneinsatz stark dezimiert. Durch Einsatz von Propagandamitteln gelang es ferner, mehrere Hundert Rotarmisten zum Überlaufen zu bewegen.

Aus dem Operationsgebiet der Heeresgruppe Mitte werden weiterhin keine nennenswerten Kampfhandlungen gemeldet.

Im Süden der Ostfront setzten die Bolschewisten ihre Offensive weiter fort, können jedoch nach wie vor keinen operativen Durchbruch erzielen, da im Rahmen der flexiblen Verteidigung planmäßig Gelände aufgegeben wird und der bolschewistische Feind dadurch immer wieder in den leeren Raum stößt und dann in Gegenstößen geworfen wird. Es gelingt unseren Einheiten immer wieder, einzelne Feindgruppen in Hinterhalte zu locken, oder einzukesseln und aufzureiben.

Hauptmann Hans-Ulrich Rudel, Staffelkapitän in einem Sturzkampfgeschwader, gelang es, an einem Tag zwölf feindliche Panzerkampfwagen mit seiner Junkers Ju 87 G zu vernichten und die bolschewistische Offensivkraft dadurch entscheidend zu schwächen. Seine Majestät, der Kaiser des Großdeutschen Kaiserreichs, wird dem mit mehr als

1.000 Feindflügen hochverdienten Flugzeugführer das Eichenlaub zum Ritterkreuz des Eisernen Kreuzes persönlich verleihen.

Ebenfalls mit dem Eichenlaub ausgezeichnet wird Oberstleutnant Hyazinth Graf von Strachwitz. Die Schwerter zum Eichenlaub erhalten Generaloberst Walter Model, Korvettenkapitän Wolfgang Lüth und Major Wolf-Dietrich Wilke …

18. April 1943

Morgens, Atlantik

»Alarm! Periskop in Drei-Null-Zwo!«

Der I. WO schlägt auf den Alarmknopf und scheucht damit auch die Freiwächter auf ihre Stationen.

»Auf das Periskop zudrehen!«, befiehlt Friedrichsberger sofort.

Das Boot schwenkt langsam herum und dreht dem Feind somit die schmalste Silhouette zu, die es zu bieten hat, ehe der Gegner in Torpedoschussweite kommt.

Sowohl Friedrichsberger als auch Kehl sind sich sicher, dass es sich nicht um ein deutsches Boot handelt. Es wäre schon längst aufgetaucht.

»Ruder hart Backbord! Beide Maschinen dreimal AK voraus!«, donnert ein neuer Befehl des jungen U-Bootskommandanten durch die Stahlröhre.

Das Boot macht einen regelrechten Sprung nach vorn, als die zwei MAN-Neun-Zylinder-Viertakt-Dieselmotoren auf allerhöchste Leistung gehen. Die 2.200 PS wirken mächtig auf die Schrauben, und die hart gelegenen Ruder lassen den Turm schwer nach Steuerbord kränken.

Die Männer auf dem Turm beginnen zu torkeln. Immer mehr kommt U 523 herum. Doch nach dem Gefühl der beiden Offiziere, die mit auf dem Turm stehen, viel zu langsam.

Verdammt, hoffentlich reicht das, um für den Tommy in einen ungünstigen Schusswinkel zu kommen, denkt sich der junge Kommandant.

Kalter Schweiß bricht Friedrichsberger aus sämtlichen Poren bei dem Gedanken, dass vielleicht schon Torpedos unterwegs sein und sie mitten in der Drehung erwischen könnten.

Kapitänleutnant Wolfgang Friedrichsberger steht nun wieder fest auf der im Takt der Maschinen vibrierenden Brückengräting, doch fühlt er sich, als sitze er auf glühenden Kohlen. Er verflucht die scheinbare Schwerfälligkeit des Typ IX-Bootes, das trotz der auf Hochtouren wirbelnden Schrauben so schier langsam aus dem vorherigen Kurs schert.

Endlich ist es herum, und es hat nicht geknallt.

Ein Stein fällt dem Kommandanten vom Herzen.

»Recht so! Ruder komm auf! Auf Torpedolaufbahnen achten!«

U 523 prescht auf den Punkt zu, wo sich das getauchte Feindboot Friedrichsbergers Schätzung nach nun befinden müsste.

Der fremde Kommandant hört uns kommen, denkt er, *was wird er tun?*

»Wie schätzen Sie die Lage ein, Kehl?«

»Vielleicht tauchen sie auf und nehmen den Kampf auf!«

»Unwahrscheinlich, denke ich. Dazu reicht die Zeit nicht mehr. Ich schätze, dass die in die Tiefe flüchten!«

Während das Boot immer näher zum vermeintlichen Kollisionspunkt gelangt, wiegt Friedrichsberger seine Möglichkeiten ab.

Natürlich kann er es auf eine Kollision ankommen lassen und dabei den Turm samt Sehrohr des Feindes demolieren. Das würde ihn blind machen, doch ein solches Manöver würde U 523 ebenfalls beschädigen, denn dafür ist das Boot nicht konstruiert. Und seine Mission darf er für eine solche Attacke nicht aufs Spiel setzen, denn ernstzunehmende Schäden am Boot würden bedeuten, dass er gezwungen sein würde, den nächstgelegenen Hafen anzulaufen.

Vielleicht tauchen und versuchen, ihm selbst einen Torpedo zu verpassen?

»Starke Schraubengeräusche auf Drei-Sechs-Null, nach Drei-Fünf-Zwo!«, reißt ihn der Bordübermittler aus seinen Überlegungen.

»Klingt nach einem U-Boot, das mit E-Maschinen schnell Tiefe gewinnt!«

Er flieht also in die Tiefe.

Damit nimmt der Gegner Friedrichsberger die Entscheidung ab. Nun weiß er, was zu tun ist.

»Ruder Backbord zehn! Auf Peilung eindrehen! BÜ, das GHG soll am Ball bleiben und Schraubengeräusche laufend melden! Beide Maschinen Umdrehungen für zehn Knoten! Klar für

Alarmtauchen!«, kommen die Befehle des Kommandanten kurz und klar. Friedrichsberger dreht sich daraufhin zu Kehl um.

»Übernehmen Sie. Wollen sehen, dass wir über ihn kommen. Der Knabe soll das Fürchten lernen! Uns so diesen schönen Morgen zu versauen!«

Die beiden Offiziere verstehen sich beinahe ohne Worte. Geleitet von den Horchpeilungen, nimmt Oberleutnant zur See Christian Kehl die Verfolgung auf, kommt näher und näher.

Die Deutschen sind über Wasser eben schneller als der Gegner unter Wasser. Für ihn müssen sich die hochtourigen Schraubengeräusche wie die Posaunen zum jüngsten Gericht anhören, als die Deutschen ihn einholen und letztendlich überlaufen. Sie gehen nun mit der Fahrt runter und passen sich der gegnerischen Geschwindigkeit an.

Prompt schlägt der Gegner Haken und sackt tiefer. Er fürchtet offenbar, dass die Deutschen neben Torpedos und Geschützen auch leichte Wasserbomben führen.

Die beiden Offiziere grinsen sich wissend an, denn genau das war beabsichtigt.

»Dem geht jetzt aber mit Sicherheit die Muffe, Herr Kaleu«, triumphiert der I. WO

»Scheint noch ein Frischling zu sein, der uns allerlei zutraut.«

»Umso besser, wenn es so ist!«

Er flieht weiter in die Tiefe und schlägt immer wieder Haken. Das entspricht so weit dem Erwartbaren. Dennoch gibt das Verhalten des Gegners Friedrichsberger Rätsel auf, je länger sie seinen Ausweichbewegungen folgen.

»Ist Ihnen eigentlich aufgefallen, dass der Tommy zwar einen Haken nach dem anderen schlägt, dann jedoch immer wieder auf einen nördlichen Generalkurs zurückkehrt? Seltsam, oder? Was bezweckt er wohl damit?«, sagt Friedrichsberger.

»Ist mir aufgefallen, war mir aber nicht sicher.«

»Wenn das Absicht ist, dann ist das dort unten keineswegs ein Frischling, sondern ein ganz ausgekochter Fuchs. Denn dann versucht er uns in eine ganz bestimmte Richtung zu locken!«

Schlagartig schrillen in Friedrichsbergers Kopf sämtliche Alarmglocken.

»Mensch Kehl, der Hund operiert hier nicht allein und will uns vor die Rohre eines anderen Bootes locken!«

»Uff, dass ist des Pudels Kern, Herr Kaleu!«, stößt der I. WO aus.

»Die haben bestimmt einen Aufklärungsstreifen für Blockadebrecher und Ähnliches und jetzt reibt der sich die Hände, weil wir ihm auf den Leim gegangen sind. Aber die Suppe werden wir ihm versalzen! Auf Tauchstation!«

Blitzschnell leert sich die Brücke. Kehl saust vor Friedrichsberger die Leiterholme hinunter. Der Kommandant steigt in das Turmluk, knallt über sich den Lukendeckel zu und kurbelt ihn dicht.

»Alarmtauchen! Turmluk ist dicht! Fluuuten!«

Schon kippt das Boot über den Bug ab und schert in die Tiefe.

18. April 1943

Mittags, Heeresversuchsanstalt Peenemünde

Die Platzfeuerwehr ist vorgefahren, um den Start der Fieseler Fi 103 abzusichern. Der Flugkörper ruht momentan noch auf einer Walter-Schleuder.

Im Beobachtungsstand sind neben dem Kaiser und einigen Begleitern auch Fotografen des Reichspropagandaministeriums und des OKW sowie Generalmajor Dornberger und Werner von Braun, Robert Lusser und Doktor Fritz Gosslau anwesend.

Die Belüftungsventilatoren surren ununterbrochen.

Der Kaiser beobachtet durch ein Zeiss-Glas, wie letzte Vorbereitungen an der Fi 103 abgeschlossen werden.

»Wie weit ist denn die Arbeit an dem Gerät gediehen, Doktor Gosslau?«, fragt der Regent, ohne sich zum Angesprochenen umzudrehen.

»Sofern ich das in diesem Kreis ansprechen darf, kann ich Ihnen mitteilen, dass die Modelle im Dauerversuch hervorragend funktionieren. Es sind beim Argus As 014 so gut wie keine Leistungsschwankungen feststellbar. Um diese Ergebnisse zu erreichen, sind uns die italienischen Kollegen immens hilfreich gewesen.

Für den Einsatz auf Punktziele sehen wir uns derzeit jedoch noch mit einigen Herausforderungen konfrontiert, deren Lösungen in Arbeit sind. Es ist noch schwierig, eine bestimmte Zielsicherheit zu garantieren, da das mechanische Zählwerk als einziges für eine grobe Reichweitenbestimmung zur Verfügung steht

– also eine Triebwerksabschaltung nach einer vorher festgelegten Zeit oder Umdrehung.«

»Demnach sind zunächst nur Angriffe auf große Flächenziele denkbar? Keine Angriffe auf Fabrikanlagen, Brücken oder Bahnhöfe?«

»Nein, das nicht. Wenn wir Glück haben, treffen wir damit größere Hafenanlagen wie zum Beispiel Dover, Portsmouth, Plymouth oder Southampton.«

Wenige Augenblicke später sieht Louis Ferdinand I. durch das schwere, fest installierte Zeiss-Glas einen hellen Lichtblitz hinter der auf der Startrampe liegenden Fieseler. Nur Sekunden später hören die Männer im Bunker trotz der dicken Mauern ein unheimliches Dröhnen und schon zischt das ballistische Geschoss mit hoher Geschwindigkeit von der Rampe und jagt in den reichlich wolkigen Himmel.

»Der Start sieht schon mal sehr eindrucksvoll aus«, meint der Monarch und dreht sich zu Doktor Gosslau um. »Was können Sie mir sonst noch mitteilen?«

Gosslau wendet sich mit einem fragenden Blick an General Dornberger, doch dieser ist in ein Gespräch mit von Braun vertieft.

»Nun, Eure Majestät, die Höchstgeschwindigkeit der momentanen Ausführung beträgt ungefähr 650 Kilometer pro Stunde in 2.500 Meter Höhe. In Bodennähe sind es 400 km/h.

Die maximale Reichweite mit einem Sprengkopf von 830 Kilogramm beträgt 200 Kilometer; mit einem leichteren Gefechtskopf von 500 Kilogramm lässt sich diese auf bis zu 350 Kilometer steigern. Die Gipfelhöhe wird bei 2.650 Meter erreicht.«

Der Kaiser überlegt kurz.

»Also könnten wir damit große Teile Südenglands erreichen?«

»Jawohl, Eure Majestät. Je nachdem, wo die Startrampen aufgestellt werden, würden alle wichtigen Städte in der südenglischen Region als Ziel infrage kommen.«

18. April 1943

Mittags, Fliegerhorst Schossejnaja bei Sankt Petersburg

»Folgende Lage«, sagt der Staffelkapitän der 8. Staffel des Kampfgeschwaders 1. »Die Sowjets befahren schon wieder die Bahnlinie Wolchow-Kolsanowo-Koskowo. Sie werfen schweres Kriegsgerät an die Front. Es scheint, als würden sie eine Gegenoffensive vorbereiten. Unsere Aufgabe ist es, den Zugverkehr zu unterbinden und den weiteren Ausbau der Bahnlinie zu verhindern. Das Wetter macht Verbandsangriffe ins weitere Hinterland in den nächsten Tagen unmöglich. Genau deshalb fliegen wir Tiefangriffe auf die Bahnlinien. Die *alten Leute* wissen es schon, die *Neuen* hören gut zu, was ich jetzt sage!

Beim Überfliegen der Front wird in die Wolken gezogen, ein paar Kilometer hinter der Front vorsichtig durchgestoßen. Und dann Orientierung aufnehmen.

Sodann fliegt ihr die Bahnlinien an und rauscht im Tiefstflug über die Schienen. Geht direkt an den Boden ran, damit ihr nicht vorzeitig gesehen werdet. Es gibt kaum Hindernisse, die meisten Masten wurden gesprengt oder bereits weggebombt. Größere Bahnhöfe werden der Abwehr wegen umflogen. Züge werden nur auf freier Strecke angegriffen. Ein zweiter Anflug ist streng verboten.

Die Beobachter denken ein bisschen über ihre Schalterstellungen nach.

Wer vergisst, auf Verzugszündung durchzudrehen, geht durch die eigenen Bomben hops. Und geschossen wird auf alles, was kreucht und fleucht. Infanterieabwehr ist im Tiefflug nicht ungefährlich! Nach dem Abwurf zieht ihr in die Wolken und fliegt blind. Wir dürfen uns der Abwehr nicht länger aussetzen als unbedingt nötig. Alles klar? Keine Fragen? Alles Weitere erfahren Sie vom Ia.«

Die Männer begeben sich zum Gefechtsstand. Dort bekommt die Besatzung Scherf-Schneider vom Ia ihre Strecke zugeteilt.

»Sie fliegen die Bahn hinter Kolsanowo an und grasen die Strecke bis Koskowo ab. Finden Sie keinen Zug, dann können Sie auf dem Rückweg die Landstraße entlangfliegen und da bomben. Und versuchen Sie möglichst viel aufzuklären. Wir wissen viel zu wenig darüber, was die Sowjets vorhaben!«

Schneider, ein ehemaliger Nachtjäger, der, nachdem seine Verwundung mehr oder minder ausgeheilt war, zum Beobachter bei den Kampffliegern ausgebildet wurde, zeichnet einen Strich in die Karte und misst die Entfernung zur Front. Dann geht es auch schon los.

18. April 1943

Nachmittags, östlich von Sankt Petersburg

»Also, Männer. Die Pause ist beinahe vorbei. In einer halben Stunde treten wir wieder an. Bisher stellten wir die linke Flanke der Division, doch jetzt werden an unserer linken Flanke, zwischen uns und den Spaniern, die Italiener der Legion *Italica* eingeschoben«, gibt Feldwebel Hartmut Stein bekannt.

»Ist das Ihr Ernst, Herr Feldwebel? Wir sollen uns an die Itaker anlehnen? Dann können wir ja gleich einen Flankenschutz aufstellen; die kommen doch eh nicht nach. Das sind doch keine richtigen Soldaten! Als Nächstes kommen noch die Franzosen, oder was?«, schimpft der Hauptgefreite Weigersdorfer.

»Schnauze, Weigersdorfer. Die Italiener der *Italica* haben bei der Eroberung von Leningrad mehr geleistet als Sie Pappnase!«, schallt es vom Zugführer gereizt zurück.

Adomeit und seine Kameraden strecken sich in ihren nassen Deckungslöchern, so gut es eben geht, legen ihre Ausrüstung wieder bereit und kontrollieren nochmals sämtliche Waffen.

Die Granaten der deutschen Feldhaubitzen jagen über die Deckungslöcher der Landser hinweg und schlagen bei den Rotarmisten ein. Auch Granatwerfer stimmen in das tödliche Konzert ein und schicken mit einem typischen *Ploppen* ihre 81-Millimeter-Granaten zum Feind hinüber.

Geduldig warten Adomeit und seine Kameraden, bis auch für sie der Angriffsbefehl erfolgt.

18. April 1943

Nachmittags, östlich von Sankt Petersburg

»In wenigen Minuten stoßen wir durch!«, sagt der Hauptgefreite Fred Schneider. Noch immer ist er übervorsichtig; viele Flüge hat er als Beobachter noch nicht absolviert. Der Wechsel zu einer anderen Truppengattung erfolgte nicht ganz freiwillig, doch er arrangiert sich mehr und mehr mit seiner neuen Situation und ist mittlerweile ganz zufrieden.

Die recht neue Ju 188 bewegt sich inmitten der *Waschküche* feindwärts. Unter ihnen stehen die Kameraden des Heeres im Kampf, um den Feind über Lowat und Wolchow zu werfen und möglichst viele Feindkräfte einzukesseln.

Der Zeiger des Höhenmessers weist beständig 300 Meter aus.

An den Scheiben klebt das milchige Grau der Wolken. Die beiden Jumo-213-Motoren sind noch schemenhaft zu erkennen, die Tragflächenenden schon nicht mehr.

»Sind irgendwelche Hügel in der Nähe?«, fragt der Flugzeugführer, Unteroffizier Maximilian Scherf.

»Nein«, antwortet Schneider, »die Höhe reicht! Jetzt müssen wir auch die Front hinter uns haben. Fang langsam an runterzugehen.«

Mit einem Meter Fallen drückt Scherf die Maschine tiefer. In 100 Meter wird es langsam heller, in 80 Meter stoßen sie aus den Wolken. Vor sich sehen sie eine grün-braune Fläche, durchzogen mit großen und kleinen Wasserflächen.

Sofort geht der Unteroffizier an die Grasnarbe heran. Die Sicht ist im Allgemeinen nicht sonderlich gut. Immer wieder muss der Flugzeugführer die Ju 188 über Waldabschnitte springen lassen, doch plötzlich taucht etwas vor ihnen auf, was ganz sicher kein Wald und keine Wiese ist – sowjetische Flugzeuge!

»Vorsicht! Jägerplatz!«, schreit Schneider und wirft sich an das MG 151/20.

Zum Einkurven ist es bereits zu spät. Schon überfliegt Unteroffizier Scherf die erste der abgestellten MiG-3; die Junkers huscht über das feindliche Rollfeld.

Scherf fliegt, Grasnarbe anliegend, im Tiefstflug, um der gegnerischen Flak das Schießen unmöglich zu machen, denn würden sie nun feuern, so träfen ihre Granaten die eigenen, am Platzrand abgestellten Maschinen. Doch ohnehin scheinen die Sowjets noch gar nicht bemerkt zu haben, wer da über ihren Platz fegt.

Am anderen Ende des Flugfelds stehen einige Sowjetsoldaten und winken dem vermeintlichen Kameraden sogar zu. Erst als Schneider die Flugzeuge, vor denen sie herumstehen, mit seinem Maschinengewehr durchsiebt, begreifen sie, was die Stunde geschlagen hat, und gehen schnellstens in Deckung.

Scherfs Funker, der Obergefreite Wegener, jagt zur gleichen Zeit einen Tankwagen hoch und schließlich lassen die Männer den Flugplatz hinter sich. Der Mechaniker, der bisher noch nicht zum Schuss kam, jagt nun noch schnell einige Garben zu den abgestellten Maschinen hinüber.

»Fred, zeichne den Platz in die Karte ein, der ist sicher noch unbekannt, und der Rest hält die Augen offen. Wenn die Brüder uns ein paar Jäger hinterherschicken, dann sieht es finster aus!«

Der Flugzeugführer nutzt jede Deckung, um die Junkers vor etwaigen neugierigen Blicken zu schützen, der Rest der Besatzung behält den Luftraum im Blick, doch nichts ist zu sehen. Durch ihr ungewolltes Husarenstück ist Schneiders Navigation etwas durcheinandergekommen.

»Max, such die Bahnlinie, damit …«, doch da ist sie schon unter der Maschine hindurchgerutscht.

Im selben Augenblick erkennen die Luftwaffensoldaten eine Lokomotive samt Waggons. Unteroffizier Scherf will einkurven, doch Schneider rät ihm davon ab, denn das Überraschungsmoment ist hinfällig und ohnehin hat der Zug offenbar nur Bauholz geladen.

In einer weit ausholenden Kurve fliegen sie wieder auf die Bahnlinie zu und schon jagen sie im Tiefflug über die Gleise hinweg. Schließlich stößt die Besatzung auf eine Unmenge von Rotarmisten, die am Schienenstrang arbeiten. Es sind anscheinend immer Trupps von 15 bis 20 Mann, die im Abstand von 200 Meter zueinander arbeiten.

Der Hauptgefreite Fred Schneider feuert in die arbeitenden Gruppen, einige Männer rutschen rechtzeitig auf dem Bauch in Deckung, andere bleiben verdutzt stehen und werden teilweise getroffen.

Immer wieder dreht die Ju 188 Kreise und die Besatzung feuert mit den Bordwaffen auf die Männer, bis sie schließlich abdrehen.

Die deutsche Maschine jagt weiter und letztlich haben sie ihre zugewiesene Strecke abgeflogen - eine weitere Eisenbahn entdecken sie nicht mehr.

»Was machen wir? Aufgeben können wir jedenfalls nicht, bevor wir unsere Bomben nicht irgendwo angebracht haben!«, meint Scherf trocken.

Nun müssen die Männer aufpassen, dass sie nicht mit einer Maschine der Kameraden zusammenstoßen, schließlich haben auch die anderen Maschinen Streckenabschnitte zugewiesen bekommen.

»Da, am Horizont, eine Dampfwolke - bestimmt ein Zug!«

Sofort richtet sich Schneider auf den Bombenwurf ein, wählt alle vier 250 Kilogramm schweren Bomben auf kurzen Abstand vor und dreht den Zündschalter auf Verzugszündung. Als sie näher heran sind, sieht Fred Schneider, dass der aufgeklärte Zug in einem größeren Bahnhof steht.

»Verdammt, wir sollen keine Bahnhöfe angreifen - zu gefährlich!«, denkt Unteroffizier Maximilian Scherf laut.

»Zu spät, abdrehen können wir nicht mehr. Also ran an den Feind!«, erwidert Schneider lapidar.

Scherf zieht die Junkers auf 15 Meter hoch und gleich darauf fallen die Bomben.

Ein turbulentes Bild bietet sich der Besatzung. Sie haben nicht nur einen, sondern gleich zwei Züge überrascht, einem mit geschlossenen Güterwaggons und einen, der mit Fahrzeugen beladen ist. Rings um die Gleisanlagen sind riesige Mengen an Benzinfässern aufgetürmt.

»Nicht schießen! Spritlager!«, brüllt Schneider durch die Bordsprechanlage.

In hellen Scharen laufen Soldaten, Eisenbahner und andere Menschen, die gerade auf dem Gelände beschäftigt sind, auf das Bahnhofsgebäude zu.

Es vergehen 14 lange Sekunden, dann detonieren 2.000 Meter hinter dem Kampfflugzeug 1.000 Kilogramm Bomben, reißen alles nieder, bringen die Benzinfässer zur Explosion und selbst in dieser Entfernung wird die Ju 188 wie ein welkes Blatt umhergeschüttelt.

Eine riesige Rauchsäule quillt zum Himmel empor und vereinigt sich mit den dicken, grauen Wolken.

Die Maschine fliegt eine Kurve, um damit Scherf und die anderen die Wirkung des Bombenwurfs einsehen können. Doch die Besatzung kann nur einen riesigen Rauchteppich erkennen. Dort, wo das Bahnhofsgebäude stand, ragt nun nur noch ein einsamer Schornstein aus dem Rauch heraus.

»Oje«, meint der Hauptgefreite Fred Schneider, »da gibt es nicht mehr viel festzustellen!«

18. April 1943

Nachmittags, östlich von Sankt Petersburg

»Deckung nehmen!«, schreit Feldwebel Stein seinen Männern zu. Sofort werfen sich Adomeit und seine Kameraden auf die feuchte Erde. Hinter ihnen hauen einige sowjetische Granaten in den Grund und werfen hohe Erdfontänen auf.

»Los, Sprung auf, Marsch, Marsch!«, erklingt nun wieder ein Befehl.

Adomeit rappelt sich hoch. Die feuchte, schmutzige Uniform klebt ihm am Körper, die Ausrüstung zerrt am Koppel.

Wieder gewinnen sie einige Meter, schon fliegen die nächsten Geschosse über den Helm. Eine MG-Garbe hämmert unmittelbar vor ihm in den Boden. Jeder Nerv im Körper des jungen Grenadiers schreit danach liegenzubleiben und sich an die feuchte russische Erde zu pressen – sich so klein wie möglich zu machen.

»Los, Sprung!«, befiehlt der Feldwebel erneut. Er will den Zug unbedingt näher an die feindliche Stellung bekommen.

So wie die anderen stemmt sich der Gefreite Adomeit wieder nach oben. Am linken Oberarm seiner Uniform prangt seit gestern das *Ärmelschild Leningrad.* Das 51 Millimeter mal 92 Millimeter messende Schild mit erhöhtem Rand zeigt stilisiert das Haus der Sowjets und davor einen deutschen Tiger-Panzer. Oberhalb des Schildes sitzt ein längliches, viereckiges Schild mit ebenfalls erhöhtem Rand auf, darin der Schriftzug *Leningrad.* Darunter die Jahreszahl 1943. Das Ärmelschild an sich ist für Heer und Luftwaffe silbern, die Kameraden der Kriegsmarine erhalten das Ihrige in traditionellem Gold.

Ein erdrückendes Pfeifen und Kreischen dringt nun an das Ohr des Grenadiers. Aus dem eigenen Hinterland beharken Nebelwerfer die sowjetischen Stellungen, um den eigenen Soldaten das Vorankommen zu erleichtern. Deutsche Haubitzen kämpfen letzte sowjetische Artilleriestellungen nieder. Die Luftwaffe hat es schwer, direkte Unterstützung zu leisten, denn die Wolken hängen an diesem Tag tief - schlechtes Flugwetter.

Adomeit vollführt ein paar lange Sprünge und schon wirft er sich wieder in die nasse Erde. Er atmet schwer. Der Schweiß rinnt ihm trotz der kühlen Temperaturen unter dem Helm hervor und am Rücken hinunter. Ein leichtes Seitenstechen macht sich bemerkbar.

Doch schon graben sich die Knobelbecher wieder in den Boden, die Fäuste stemmen den drahtigen Körper wieder hoch für die nächsten paar Meter. Neben sich sieht Adomeit einen Kameraden, der durch ein Geschoss nach hinten gerissen wird, auf dem Rücken landet und liegenbleibt. Weiter vorne wirft einer die Arme hoch, stürzt und ruft markerschütternd nach dem Sanitäter.

Trotz der Verluste machen sich die Landser weiter daran, in die sowjetische Stellung einzubrechen. Es soll die letzte starke Riegelstellung vor den Flüssen Lowat und Wolchow sein.

Rechts von sich sieht Adomeit Unteroffizier Erich Kempf vorwärtsstürmen. Plötzlich stoppt er mitten im Lauf und wirft sich Augenblicke später in Deckung. Adomeit hört den Kameraden, der wenige Meter neben ihm liegt, fluchen.

»Alles in Ordnung, Erich?«

»Ja, nur ein Streifschuss. Da müssen die Iwans schon besser zielen«, gibt dieser wütend zurück.

»Los, weiter!«

Handgranaten detonieren, Schreie ertönen und hallen über das Gefechtsfeld.

Der erste Graben der Rotarmisten ist erkennbar, der Einbruch in die sowjetische Verteidigungslinie steht kurz bevor.

Vor Adomeit tauchen zwei Sowjetsoldaten auf. Blitzschnell entsichert der junge Landser eine Stielhandgranate und wirft sie den beiden entgegen. Im gleichen Moment erhält auch er einen Streifschuss und geht zu Boden.

Das Projektil hat seinen rechten Unterarm gestreift, doch er würdigt der leichten Verwundung keiner großen Aufmerksamkeit.

Links und rechts von befinden sich sind die Kameraden bereits im feindlichen Graben und rollen ihn nach beiden Seiten auf. Auch Adomeit, Kemp, Stein, Weber und die anderen stehen nun im Graben. Der Widerstand der Sowjets bricht recht schnell zusammen und immer mehr Rotarmisten werfen die Waffen fort und heben die Hände.

18. April 1943

Abends, östlich von Sankt Petersburg

Feldwebel Esposito sitzt zusammen mit Unteroffizier Tomasi, dem Hauptgefreiten Salva und einigen anderen Männern in einem ehemaligen sowjetischen Bunker, den sie vor wenigen Stunden nach härtestem Kampf genommen haben. Nun spenden drei Hindenburglichter spärliches Licht, das bei jedem Windzug flackert.

Draußen hat es begonnen zu regnen, die Temperaturen befinden sich im einstelligen Bereich. Längst haben sich die Italiener die Zeltbahnen übergezogen. Der ein oder andere isst etwas aus der Eisernen Ration. Mit im Bunker sitzen drei Rotarmisten. Soweit es Tomasi verstanden hat, haben sich die drei von den Deutschen aus bis zu den Italienern durchgekämpft, da sie sich nicht von Deutschen gefangen nehmen lassen wollten. Was der Grund für dieses Verhalten ist, hat Tomasi nicht verstanden. Er kennt die Deutschen nur als anständige Menschen. Gelegentlich sind sie etwas arrogant, aber im Großen und Ganzen kommt er mit den deutschen Kameraden gut aus.

Feldwebel Esposito hat beschlossen, die drei Gefangenen vorerst mit ihnen im Bunker zu belassen, bis die Feldküche in der Nähe sein wird und Essenholer dann sowieso zurückgehen müssen. Diese sollen dann die Rotarmisten mitnehmen.

Wieder einmal beobachtet der Unteroffizier die drei. Zwei von ihnen sehen sehr asiatisch aus. Tomasi vermutet, dass deren Heimat wohl sehr weit entfernt liegt. Er weiß, dass das Sowjetreich riesig ist. Der Dritte im Bunde ist ein recht junges Kerlchen, blondes Haar, stahlblaue Augen. Er scheint so gar nicht zu seinen beiden Kameraden zu passen. Alle drei holten bei der

Gefangennahme ein Flugblatt hervor, auf dem ein Text auf Kyrillisch und auf Deutsch stand. Espositos Deutsch ist weit genug gediehen, um den Inhalt zu verstehen.

Mitten in den Gedanken des Italieners wird die klapprige Holztür des Bunkers aufgestoßen; sofort dringen kalte, nasse Luft und ein Schwall Regen in die Unterkunft. Der Gast wird von einer Flut von Schimpfwörtern empfangen, bis der Zugführer für Ruhe sorgt.

»Herr Feldwebel, die Feldküche ist da. Die Männer können die Verpflegung holen.«

Sofort machen sich die eingeteilten Männer bereit. Esposito winkt den drei Rotarmisten zu. »Los, macht euch fertig, Freunde!«, ruft er ihnen in einer Mischung aus Italienisch und Russisch zu.

Die drei angeln sich schnell wieder ihre Flugblätter. Wortlos folgen sie den Männern, die sich zum Essenholen verabschieden, nicken dem italienischen Zugführer jedoch zum Abschied nochmal freundlich zu.

Das Oberkommando der Wehrmacht gibt bekannt

... Im Kampfraum der Heeresgruppe Nordland kam es zu schwächeren Stoßtrupptätigkeiten des bolschewistischen Gegners. Alle Vorstöße konnten unter Verlusten für die Angreifer abgewiesen werden.

Die Heeresgruppe Nord meldet den Abschluss des Unternehmens »Livland«. Es werden nur noch kleinere Säuberungsaktionen durchgeführt. Die Heeresgruppe meldet dazu bisher 21.000 gefangene oder übergelaufene Rotarmisten, 102 erbeutete oder zerstörte Panzerkampfwagen, 321 zerstörte oder erbeutete Artillerie-, Panzerabwehr-, und Flugabwehrgeschütze. Die Zahlen an erbeuteten Infanteriewaffen sind noch nicht überschaubar.

Einem Bataillon der Reichsgrenadier-Division »Hoch- und Deutschmeister« gelang es in einem gewagten Unternehmen, den gesamten Stab der 59. Sowjetischen Armee unter Generalleutnant Iwan Terentjewitsch Korownikow gefangen zu nehmen. Des Weiteren konnten die Divisionskommandeure der 75. Schützendivision und der 80. Schützendivision gefangengenommen werden. Der Kommandeur der 314. Schützendivision, Generalmajor Afanasi Dmitrijewitsch Schemenkow, sowie der Kommandeur des 48. Schützenkorps, Generalmajor Sinowi

Sacharowitsch Rogosnji, schlossen sich noch auf dem Gefechtsfeld der Russischen Volksarmee General Wlassows an und befinden sich bereits auf den Weg nach Sankt Petersburg. Über dem Kampfgebiet kam es aufgrund der niedrigen Wolkendecke zu keinen größeren Luftoperationen.

Im Operationsraum der Heeresgruppe Mitte gelang es der dem XIII. Armeekorps der 2. Armee unterstellten 82. Infanteriedivision, den Nordteil einer bisher feindbesetzten Ortschaft zu nehmen. Die anschließenden Gegenangriffe der Bolschewisten konnten allesamt abgeschlagen werden. Bei Luftkämpfen über dem Heeresgruppenbereich vermochten unsere Jagdfliegerkräfte dank ihres entschlossenen Einsatzes 23 feindliche Flugzeuge zu vernichten. Schlachtfliegerverbände vernichteten ferner acht Kampfpanzer und zwei Artilleriestellungen.

Im Kampfraum der Heeresgruppe Süd schwächen sich die Angriffe der Bolschewisten mehr und mehr ab. Es gelang den ihnen nicht, einen operativen Durchbruch zu erzielen. Gemessen an den gewaltigen Verlusten sind die Gebietsgewinne der sowjetischen Streitkräfte marginal und stehen in keinem Verhältnis. Wieder einmal zeigt sich der skrupellose Umgang der Bolschewikenführung mit den eigenen Soldaten.

Der Slowakischen Schnellen Brigade gelang es, eine Kompanie der Sowjets einzukesseln und die Masse ihrer Soldaten gefangen zu nehmen.

Leutnant Erich Hartmann, Flugzeugführer in einem Jagdgeschwader, vermochte es an nur einem Tag fünf feindliche Flugzeuge zu vernichten.

Kampf- und Schlachtfliegerverbänden gelang zudem die Vernichtung von 51 Panzerkampfwagen, 22 Lastkraftwagen und sechs Artilleriebatterien.

Die strategische Bomberoffensive des Großdeutschen Kaiserreichs zur Schwächung der gegnerischen Rüstungs- und Logistikaktivitäten im Osten wurde trotz widriger Wetterbedingungen wieder aufgenommen. Verbände von He 177 griffen die Industriezentren um Tula und Moskau an. Motorenwerke und Instandsetzungsbetriebe konnten zum Teil schwerstbeschädigt werden.

Kampfgruppen von He 111, Ju 88 und Ju 188 griffen Bahnhöfe, Gleisanlagen, Brücken und Hafenanlagen entlang der gesamten Front an. Es konnten 13 Lokomotiven, 22 Waggons, fünf Bahnhofsgebäude und mehrere Brücken zerstört werden. Schienenstränge wurden an unzähligen Stellen unterbrochen und schwer beschädigt. Der Hafen von Taganrog wurde erfolgreich bombardiert.

Über Frankreich kam es zu einem Angriff von 12 Lockheed Ventura und 24 Supermarine Spitfire auf Bahnanlagen bei Abbeville. Es konnten durch französische Jagdfliegerverbände sechs Ventura und vier Spitfire abgeschossen werden.

Aus dem Mittelmeerraum vermelden französische Kampffliegerverbände die Versenkung eines Handelsschiffes mit 5.000 Bruttoregistertonnen.

Der italienischen Luftwaffe gelang der Abschuss von vier Aufklärungsflugzeugen der Typen Vickers Wellington und Supermarine Spitfire.

In der Schlacht um den Atlantik …

21. April 1943

Morgens, Neue Reichskanzlei, Berlin

Eine angespannte Stimmung herrscht im großen Kabinettssaal. Mit einem gewissen Aufatmen berichtet Admiral Canaris von den neusten Erkenntnissen der Abwehr.

Er teilt den anwesenden Ministern und Militärs mit, dass Stalin in Moskau wohl rase vor Wut. Er ist mit den Leistungen seiner Generalität alles andere als zufrieden. Nicht nur, dass er Leningrad - jene Stadt, der General Wlassow rasch ihren alten Namen Sankt Petersburg zurückgegeben hat - und das Gebiet bis zu den Flüssen Lowat und Wolchow verloren hat, auch die Offensive im Süden schlug nicht durch.

»Nun, da wir durch mehrere Kanäle durchsickern ließen, dass die Franzosen damit beginnen, Divisionen nach Russland zu verlegen, und auch die Italiener mit besseren Waffen für den Osten gerüstet werden, tobt der rote Zar im Kreml!«

»Wissen Sie, was Stalin plant?«, fragt Reichsaußenminister von Neurath frei heraus.

Canaris wiegt den Kopf hin und her.

»Man hört, dass Stalin mehr und mehr auf eine zweite Front pocht - und er fordert mehr Material von den Westmächten.«

»Wissen Sie, wo diese zweite Front eröffnet werden soll?«, erkundigt sich nun der Kaiser.

»Nein, darüber haben wir keinerlei Informationen. Unbestätigte Gerüchte sprechen vom Balkan. Aber auch Norwegen ist im Gespräch.«

»Was sagen Sie dazu, Generalfeldmarschall von Witzleben?«

Der stattliche Chef des OKW überlegt kurz.

»Norwegen wird wahrscheinlich ausfallen. Nicht nur, dass das Gelände unwegsam ist, es besteht auch keine direkte Landverbindung zum Reich. Die Alliierten müssten dann entweder mit einer Luft- und Landoperation in Dänemark oder der Deutschen Bucht landen, oder über Finnland in die Sowjetunion hineinstoßen. Beides unwahrscheinliche Szenarien, sage ich.«

»Und was ist mit dem Balkan?«

»Der Balkan weist ebenso schwieriges Gelände auf. Doch dort agieren nennenswerte Partisanenkräfte, die durchaus unterstützend wirken können. Darüber hinaus können die Alliierten bei einer erfolgreichen Landung relativ schnell und weniger problematisch bis in die Ostmark hineinstoßen.«

Louis Ferdinand I. stützt seinen Kopf in die rechte Hand und kratzt sich überlegend am Kinn.

»Der Balkan ist groß, Herr Feldmarschall von Witzleben. Was denken sie, wo es am wahrscheinlichsten zu einer Landung kommen wird?«

Der alte Feldmarschall lässt sich von seinem Adjutanten eine Karte reichen. Er breitet sie aus, die übrigen Männer beugen sich interessiert vor oder rutschen etwas näher heran.

»Kroatien, Albanien oder auch die jugoslawische Küste fallen wahrscheinlich aus. Die Nähe zum italienischen Festland wäre ein zu hohes Risiko. Bleibt Griechenland. Und genau dort verfügen wir auch nur über sehr überschaubare Kräfte! Genauer gesagt, einzig der Rahmen der alten 11. Luftwaffenfeld-Division befindet sich im Land. Wichtige Bestandteile wurden bereits zur Aufstellung der neuen Fallschirmjäger-Divisionen abgezogen.«

»Dann sollten wir ganz schnell einige Divisionen und Geschwader nach Griechenland entsenden!«, sagt Außenminister von Neurath unumwunden.

»Das ist ganz und gar unmöglich. Uns fehlen schon die Divisionen für die Ostfront. Von Manstein fordert immer eindringlicher, die 6. Armee unterstellt zu bekommen. Am besten auch die Einheiten der Heeresgruppe Afrika«, widerspricht der Feldmarschall.

»Dann soll er die 6. Armee bekommen und die Truppen der ehemaligen Heeresgruppe Afrika werden der Heeresgruppe E unterstellt.«

»So einfach ist das nicht, Herr Minister«, gibt von Witzleben zurück, »die Afrikaverbände haben ihren kompletten Bestand an schweren Waffen und an Fahrzeugen eingebüßt. Die müssen erstmal wieder neu ausgerüstet werden – das gleicht im Grunde einer Neuaufstellung.«

»Und das wird Zeit brauchen«, schaltet sich Rüstungsminister Speer ein. »Die Rüstungsindustrie arbeitet so effektiv wie möglich. Doch werden mir mehr und mehr Arbeitskräfte entzogen. Die Produktionszahlen sind kaum noch zu halten!«

»Pah, Sie meinen wohl, dass Sie keine Sklaven mehr bekommen!«, gibt Graf Schwerin von Krosigk bissig zurück.

»Das ist eine Frechheit, von Krosigk. Ich verbitte mir solche Anschuldigungen!«, antwortet Speer empört.

»Meine Herren, wir wollen doch sachlich bleiben, nicht? Anschuldigungen und Schuldzuweisungen helfen uns nicht weiter!«, interveniert der Kaiser, »doch der Arbeitskräftebedarf und ihre Bereitstellung ist in der Tat ein Thema, welches noch erörtert werden muss.« Dabei nickt er dem Reichsinnenminister Duesterberg und dem Reichsarbeitsminister Hierl leicht zu. »Doch zunächst möchte ich weitere Überlegungen für die Abwehr einer möglichen Invasion in Griechenland hören.« Er bedeutet Feldmarschall von Witzleben, fortzufahren.

»Eure Majestät, Generalfeldmarschall von Rundstedt meldet, dass wir durch das gerettete Stammpersonal der 999. und 500. Strafdivision und die Auflösung der Reste der beinahe aufgeriebenen 90. Leichten Afrika-Division sowie der 164. Leichten Afrika-Division, ferner durch die Zuführung des verstärkten Afrika-Regiments 361, der Artillerie-Abteilung 405, des Pionier-Bataillons 900 und weiterer Restteile aus Afrika die 10. und 15. Panzerdivision so weit wieder aufstellen, dass sie in wenigen Wochen Einsatzbereitschaft melden kann. Bis dahin sollte auch der Materialbestand weitgehend aufgefüllt sein und die die beiden Divisionen können ab dann wohl als frontverwendungsfähig angesprochen werden. »

Der Kaiser schaut skeptisch.

»Das ist schön zu hören, doch es ist trotzdem fraglich, ob wir auch mit diesen beiden Divisionen in der Lage sein werden, eine Landung zu verhindern oder einen angelandeten Feind wieder ins Meer zurückzuwerfen. Wir wissen ja noch nicht einmal, wo in Griechenland sie landen werden, selbst wenn wir davon ausgehen können, dass es Griechenland sein wird. – Was ist mit den Italienern und Franzosen; wie steht es mit deren Marinekräften?«

Daraufhin verweist Feldmarschall von Witzleben auf einen unscheinbaren Offizier.

Dieser stellt sich als Ia des Oberbefehlshabers Süd, Oberst i. G. Siegfried Westphal, vor.

»Eure Majestät, verehrte Minister, als Erstes möchte ich Ihnen mitteilen, dass die Zusammenarbeit mit den Verbindungsoffizieren und den Stäben der Italiener und Franzosen größtenteils reibungslos verläuft. Die Aufstellung beziehungsweise die Wiederaufrüstung der Verbände verläuft planmäßig. Die Umbauten des Baukommandos Becker erweisen sich dabei als von großem Wert. Die Italiener verfügen über einige Divisionen, welche einsatzbereit sind. Vielleicht sollten wir uns intensiver mit ihnen austauschen, um zu erfahren, welche Divisionen verfügbar sind. Die Franzosen arbeiten daran, ihre Truppenstärke auszubauen, wollen aber wohl zuerst ihr eigenes Territorium sichern.

Sowohl die Franzosen als auch die Italiener haben damit begonnen, die Fw 190 A zu produzieren und den DB 605 in ihre M.C. 202 und D.520 einzubauen beziehungsweise dementsprechende Anpassungen vorzunehmen.

Die ersten FW 190 wurden bereits an Einheiten übergeben und die Flugzeugführer werden von einigen unserer erfahrenen Piloten eingewiesen, ebenso die Mechaniker und so weiter.

Was die Kriegsmarine der Franzosen betrifft, so sind nur kleinere Einheiten einsatzbereit. Die schweren Einheiten liegen in italienischen Häfen und werden noch instandgesetzt. Bei den Italienern sind zwar auch Schlachtschiffe und schwere Kreuzer für den Kampf verfügbar, doch nach den schweren Verlusten während »Hannibal« sind sie den zu erwartenden Einheiten der US Navy und Royal Navy nicht gewachsen.

Ich fürchte, ein nochmaliges Husarenstück wie bei der Evakuierung der Afrika-Truppen wird uns wohl nicht gelingen, auch wenn es bereits einige neue jener Wunderwaffen gibt, mit denen wir zahlreiche Flugzeugträger, Schlachtschiffe und schwere Kreuzer versenken konnten.

Die Alliierten werden bei ihrer nächsten Operation unserer Einschätzung nach vorsichtiger sein. Sie haben sich bisher stets als lernfähig erwiesen und wiederholen Fehler nur äußerst selten.«

»Ich danke Ihnen für Ihren Bericht und ihre Lageeinschätzung, Oberst Westphal«, sagt der Kaiser und nickt dem Ia Rommels anerkennend zu. An von Witzleben gerichtet, versetzt er: »Herr

Feldmarschall, setzten Sie sich mit dem Oberkommando der Italiener und Franzosen in Verbindung. Berichten Sie Ihnen von unseren Kenntnissen und der Lageeinschätzung. Wir müssen wissen, ob und wie viele Truppen sie möglichst unauffällig nach Griechenland verlegen können. Ich erwarte schnellstmöglich Ihren Bericht in dieser Sache.«

Der Feldmarschall nickt und macht sich einige Notizen.

»Herr von Neurath«, richtet sich der Regent nun an seinen Reichsaußenminister, »weisen Sie unseren Botschafter in Sofia an, herauszufinden, wie sich die Bulgaren im Falle einer alliierten Landung in Griechenland verhalten werden! Und Admiral Canaris«, wendet er sich nun an den Abwehrchef, »wir müssen wissen, wie die Türken reagieren. Denen kann doch nicht daran gelegen sein, dass die Griechen durch eine Landung gestärkt werden …«

21. April 1943

Mittags, Atlantik

Es war Friedrichsberger gelungen, U 523 aus der gestellten Falle zu manövrieren. Seither verläuft die Fahrt ohne Vorkommnisse. Friedrichsberger sitzt nun in seiner Kajüte und genießt ein zünftiges Labskaus. Da erscheint die Ingenieurin am Schott und blickt sich suchend um.

»Oh, ich sehe, ich komme ungelegen«, sagt sie mit einem verlegenen Lächeln. »Dann komme ich lieber etwas später wieder, denn das, was ich auf dem Herzen habe, hat noch etwas Zeit. Guten Appetit, Herr Kapitänleutnant!«

Noch ehe Friedrichsberger etwas erwidern kann, macht die junge Frau auf dem Absatz kehrt. Dabei bleibt sie jedoch irgendwo hängen und fällt dem II. WO buchstäblich in die Arme. Der nutzt natürlich prompt die Gunst des Augenblicks. Strahlend zieht er die attraktive Frau an seine Brust und verdreht verzückt die Augen.

»Welch eine Freude, Frau Eberth, Sie können anscheinend Gedanken lesen! Solch eine Situation habe ich mir insgeheim gewünscht, seitdem ich sie auf dem Boot gesehen habe. Was für ein herrliches Gefühl. Nun fehlt nur noch ein Kuss!« Dabei spitzt

Bernau die Lippen, so als ob er jeden Augenblick einen Kuss erwarten würde.

Friedrichsberger muss sich zusammennehmen, um nicht laut loszulachen.

Helene Eberth ist von der Situation völlig überrumpelt. Sie kommt überhaupt nicht auf die Idee, es könne sich um einen Scherz handeln, und nimmt Bernaus Worte für bare Münze.

»Wagen Sie es ja nicht, mich zu küssen, Sie ... Sie ... unverschämter Kerl!«, faucht sie ihn an und wird rot vor Zorn.

Ihre Arme gegen die Brust des Zweiten Wachoffiziers stemmend, versucht sie sich aus seiner Umklammerung zu befreien. Drohend zeigt sie ihre weißen, ebenmäßigen Zähne.

»Lassen Sie mich sofort los, oder ... oder ich beiße Ihnen die Nase ab!«

Doch einmal vom Schabernack gepackt, will es Bernau auf die Spitze treiben.

»Wundervoll, eine Wildkatze! Genau mein Frauentyp! Wir beide werden uns sicher blendend verstehen!«

»Von wegen! Loslassen, sage ich, oder ich trete Ihnen in die Weichteile, dass Sie die Engel im Himmel singen hören und im Knabenchor auftreten können! Mal schauen, ob Sie dann immer noch so einen Blödsinn reden, Sie Westentaschen-Casanova!«

Es bleibt jedoch bei einer leeren Drohung, denn die Ingenieurin bekommt ihr Knie nicht hoch, da Bernau ihre Beine so gegen den Süllrand des Schotts drückt, dass daraus nur ein hilfloses Zappeln wird. Doch das stachelt Helene Eberth nur zu noch heftigerer Gegenwehr an. Voller Wut trommelt sie mit beiden Fäusten auf die Brust des II. WO.

»Loslassen oder ich schreie!

»Ach, eine Massage von zarten Frauenhänden!«, gibt der Leutnant zur See lachend zurück.

Der Smut, der mit einem Spiegelei für den Labskaus auf dem Bratenwender über den Teller von Friedrichsberger herumjongliert, ist zu einem Standbild erstarrt. Er ist von dem Schauspiel so fasziniert, dass ihm das Spiegelei auf den Boden klatscht.

Das reißt nun auch Friedrichsberger aus seinen Gedanken.

Der Smutje wird mit Sicherheit dafür sorgen, dass dieser *Spaß* durch das ganze Boot weitergetragen wird und dies wiederum kann durchaus dafür sorgen, dass es gänzlich unerwünschte Folgen haben könnte.

»Aber Frau Ingenieurin, wo bleibt denn Ihre gute Erziehung? Solche rabiaten Worte aus dem Mund einer hübschen Frau?«, greift der Kommandant nun ein und schüttelt dabei betont tadelnd den Kopf. Doch die junge Frau nimmt dies in ihrer Rage überhaupt nicht zur Kenntnis.

»Sie nehmen diesen harmlosen Jux des II. WO, den er sich hier erlaubt, doch nicht etwa ernst? Oder doch?«

Als Helene Eberth ihn mit zornfunkelnden Augen anschaut, beeilt er sich hinzuzufügen: »Ach du lieber Himmel, Herr Bernau, das können Sie doch nicht wollen! Da machen Sie mal schleunigst Schluss mit Ihrem falschen Spiel. Am Ende denkt unser reizender Gast noch, Sie wollen ihr tatsächlich an die Wäsche!«

Der Leutnant gibt die junge Dame daraufhin augenblicklich frei und bringt sich schnell vorsichtshalber einige Schritte in Sicherheit.

Doch die junge Wissenschaftlerin wirft ihm nur einen vernichtenden Blick zu und streicht sich die Kleidung glatt.

»Einen Jux nennen Sie das, Herr Kapitänleutnant? Ich nenne das einen geschmacklosen Unfug!« Sie taxiert Friedrichsberger mit bitterböser Miene.

»Treiben Sie mit Frauen hier an Bord immer solche infamen Spielchen?«

Kapitänleutnant Wolfgang Friedrichsberger zuckt lächelnd mit den Schultern.

»Selten, Frau Eberth, sehr, sehr selten, denn wir haben eigentlich keine weiblichen Gäste bei uns an Bord und damit keine Gelegenheiten zum Spaßen.«

Noch ehe sie darauf etwas erwidern kann, schaltet sich Leutnant Bernau ein. Theatralisch legt er seine rechte Hand aufs Herz und senkt mit verschmitztem Lächeln den Kopf.

»Ein Spaß, meine Gnädigste, denn nichts liegt mir ferner, als Ihnen zu nahe zu treten. Ich hoffe, Sie können mir noch einmal verzeihen?«

Ohne ein weiteres Wort zu verlieren, wendet sich die junge Frau ab und verlässt den Ort des Geschehens.

21. April 1943

Abends, Fliegerhorst Gilze Rijen

Am Nachmittag dieses Tages landet eine wahre Rarität auf dem niederländischen Fliegerhorst. Neben mehreren Junkers Ju 52 berührt das Fahrwerk eines Prototyps - die neue Heinkel He 219 »Uhu« - die Start- und Landebahn.

Die Mitglieder des Erprobungskommandos suchen Besatzungen für ein Vergleichsfliegen gegen die Ju 88 in der Nachtjagdversion. Natürlich wollen sich Unterfeldwebel Schwarz und seine Besatzung diese Chance nicht entgehen lassen und so melden auch sie sich, doch zunächst soll sich der Gruppenkommandeur dieser besonderen Herausforderung stellen. Nach der Landung zeigt sich der Offizier hellauf begeistert von der neuen Heinkel.

Die Maschine wird wieder aufgetankt und einige Ingenieure untersuchen sie gründlichst.

Nach mehreren Stunden Wartezeit sind dann Schwarz und seine Männer am Zug. Sie gehen auf Höhe und harren der Dinge, die da kommen.

»Haltet bloß die Augen offen! Es wird langsam dunkel, das ist unser Vorteil! Eberhard, zeigen deine Röhren was an?«

»Nein, nichts zu sehen, kein Zacken!«

»Hier ist auch nichts zu erkennen, Herr Unterfeld!«, meldet sich auch der junge Liebemann zu Wort, dessen Verhältnis zu Schwarz sich deutlich verbessert hat.

»Aber irgendwo müssen die Brüder sein!«, entgegnet der Flugzeugführer.

Augenblicke später scherrt eine zweimotorige Maschine von hinten unten dicht an ihrem Heck nach oben. Liebemann reißt vor Schreck sein Bord-MG herum und hätte beinahe das Feuer eröffnet.

»Da sind sie, zieh nach unten weg, hart rechtsherum!«

Die schwere Junkers schert nach unten weg und legt an Geschwindigkeit zu. Die Heinkel vollführt einen eleganten Slip und nimmt die Verfolgung auf. Als Schwarz die Ju wieder abfangen muss, nutzt er den Fahrtüberschuss, um Höhe zu gewinnen, doch die Heinkel sitzt ihnen wieder im Nacken. Was immer die Männer versuchen, sie können den Prototypen des neuen Nachtjägers in diesem Katz- und Mausspiel nicht abschütteln. Daran, dass auch sie die Heinkel jagen könnten, ist überhaupt nicht mehr zu denken. Den Männern steht der Schweiß auf der Stirn. Schwarz nutzt jeden ihm bekannten Fliegertrick, dennoch hätte sie die He 219 bereits mehrmals abschießen können.

Nach circa einer Stunde landen die beiden so ungleichen Flugzeuge wieder sicher auf dem Fliegerhorst. Begeistert eilt die Besatzung der Lucie II nach dem Aussteigen sofort zur Heinkel, um deren Besatzung zur beeindruckenden Leistung zu beglückwünschen.

»Mensch, das war ja ein starkes Stück. Ich konnte machen, was ich will, ihr habt mir immer an den Hacken geklebt. Die Geschwindigkeit, die Steigleistung, die Kurvenkampffähigkeit, das ist wirklich unglaublich!«, sagt Schwarz anerkennend zum fremden Flugzeugführer.

»Ja, die Uhu ist schon ein beeindruckender Vogel. Aber einige kleine Macken hat sie noch. Deshalb sind diese Vergleichsflüge so wichtig für uns.«

»Nun, den einzigen Vorteil, den ich vielleicht noch erkennen kann, ist die Reichweite unserer Junkers gegenüber der Heinkel«, gibt Schwarz unumwunden zu.

»Ja«, erwidert der Testflieger lachend, »da habt ihr tatsächlich einen gewissen Vorteil.«

Das Oberkommando der Wehrmacht gibt bekannt

... Im Kampfraum der Heeresgruppe Nordland kam es bei der dem XIX. Gebirgs-Korps unterstellten 2. Gebirgs-Division zu lebhaften Späh- und Stoßtrupptätigkeiten des Gegners, in deren Verlauf es der deutschen Truppe gelang, bei einem Gegenstoß mehrere feindliche Bunker und Unterstände zu vernichten. Der bolschewistische Feind verlor 100 Mann an Toten und Gefangenen und zahlreiche Infanteriewaffen. Es konnten wichtige Dokumente erbeutet werden.

Im Operationsraum der Heeresgruppe Nord haben unsere Verbände die erreichten Stellungen weiter ausgebaut. Schwere Artillerie und Sturzkampfbomberverbände bekämpften Bahnhöfe, Brücken und Gleisanlagen.

Im Raum der Heeresgruppe Mitte unternahmen im Bereich der 2. Armee und 2. Panzerarmee beide Seiten Stoßtrupptätigkeiten. Im Bereich der 134. Infanterie-Division trat massives Granatwerferfeuer auf, das unseren treuen Soldaten keine schweren Verluste beibringen konnte.

Bei der Heeresgruppe Süd griffen die Sowjets bei der der 17. Armee unterstellten 125. Infanteriedivision mit starker Artillerie- und Luftwaffenunterstützung an. Alle Angriffe konnten zum Teil im Gegenstoß erfolgreich abgewehrt werden.

Über dem gesamten Gebiet der Ostfront kam es zu teils heftigsten Luftkämpfen, in deren Verlauf es unseren Jagdfliegerkräften gelang, bei einem Verlust von 25 eigenen Maschinen 61 feindliche Flugzeuge zu vernichten.

Die deutsche Bomberoffensive zur strategischen Schwächung der gegnerischen Rüstungs- und Logistikpotenziale wurde weiterhin erfolgreich durchgeführt. Kampffliegerverbände mit He 177 griffen erneut Industriebetriebe rund um Moskau an und konnten eine Panzerinstandsetzungsfabrik schwer beschädigen, so dass damit zu rechnen ist, dass es dort zu längerfristigen Ausfällen kommen wird.

Einem Kampfverband, bestehend aus Ju 188 der I. KG 76, gelang es, einen Transportzug, beladen mit 25 sowjetischen Kampfpanzern des Typs T-34 sowie mehreren Panzerabwehrgeschützen, vollständig zu vernichten.

Über Frankreich und dem Reichsgebiet wurden keinerlei Feindeinflüge registriert. Über Italien und über dem Balkan kam es zu mehreren Einflügen von feindlichen Aufklärungsflugzeugen. Die italienische Luftwaffe meldet den Abschuss einer Supermarine Spitfire und von zwei Vickers Wellington, eine davon über dem griechischen Festland.

Im Atlantik …

25. April1943

Morgens, Paris

Generalfeldmarschall Erwin von Witzleben steht in seiner tadellosen feldgrauen Uniform samt sämtlichen Ehrenzeichen im Zimmer des französischen Ministerpräsidenten Pierre Laval. Auch General Maxime Weygand ist anwesend.

Der Feldmarschall hält ein Glas Rotwein in der rechten Hand und lehnt sich nachdenklich im Sessel zurück. Seine Augen sind auf die Bilder von verdienten französischen Persönlichkeiten gerichtet, die an der Wand im geräumigen Arbeitszimmer des Ministerpräsidenten hängen.

»Sie wissen, Herr Generalfeldmarschall, dass unsere beiden Völker in der Vergangenheit ein sehr schwieriges Verhältnis zueinander hatten«, wendet sich Laval an den hohen deutschen Offizier. Seine Worte werden sofort von einem Dolmetscher übersetzt.

Von Witzleben blickt auf und ein vieldeutiges Lächeln ist auf dem markanten Gesicht des grauhaarigen Stabschefs des OKW zu sehen.

»Jedoch haben die Zeiten sich grundlegend geändert. Wir haben nun gemeinsame Feinde, die die Zukunft unserer beiden Nationen gefährden!«, fährt der französische Politiker fort.

Erwin von Witzleben dreht das halbvolle Weinglas in seiner Hand. »Wir haben viele Gründe, um alte Feindschaften zu begraben und einen Neuanfang zu wagen. Das Hitler-Regime ist durch glückliche Umstände und nachfolgend entschlossenes Handeln beseitigt, doch haben wir noch nicht alle Ziele erreicht! Die Handlungen der Westalliierten waren so nicht vorhersehbar. Und dennoch muss ich glauben – glaube ich zutiefst – dass das, was wir in die Wege geleitet haben, von durchschlagendem Erfolg gezeitigt sein wird.«

»Auch wir sind dieser Meinung, dennoch will ich nicht verschweigen, dass es in unseren Reihen noch immer zahlreiche Männer gibt, die den Deutschen gegenüber zutiefst misstrauisch sind.«

»Auch bei uns herrscht – nun ja – eine gewisse Skepsis«, gibt von Witzlebend lachend zurück.

»Umso wichtiger ist es, dass Sie und der Kaiser bei der heutigen Truppenparade der Division Légion des Volontaires Français contre le Bolchévisme, der 1. Division d'Infanterie und der 27. Division d'Infanterie Alpine vor deren Verlegung an die Ostfront persönlich anwesend sind.«

»Ich weiß diese Truppenverstärkung nach so kurzer Zeit zu schätzen und mit mir unsere gesamte Regierung und die Wehrmachtsführung. Wir müssen uns im Osten den nötigen Freiraum verschaffen, um im Westen zu einem gerechten Frieden zu kommen. Mit den westlichen Alliierten kann man so manche Übereinkunft treffen, die beide Seiten zufriedenstellen, mit den bolschewistischen Horden wird es das jedoch nicht geben.«

25. April 1943

Mittags, östlich des Wolchow

Wieder ist die Besatzung Scherf-Schneider auf eine Bahnstrecke angesetzt.

Diesmal sind die Sowjets jedoch vorsichtiger. Aus den Männern unbekannten Gründen sind sie über den Anflug der Ju 188 rechtzeitig unterrichtet. Eingesetzte Eisenbahnpioniere und sonstige Infanteristen haben dadurch genügend Zeit, um in Deckung zu gehen.

Auf der den deutschen Fliegern zugeteilten Strecke bewegen sich keine Züge. Der Endpunkt dieser Strecke ist ein kleiner Bahnhof. Die anschließende Strecke wird zur gleichen Zeit von einer anderen Maschine abgeflogen. Daher ist es für die Besatzung rund um den Hauptgefreiten Fred Schneider zwecklos weiterzufliegen.

»Wir schmeißen unsere Bomben in den Bahnhof«, empfiehlt Schneider und Scherf ist damit einverstanden, obwohl es strikt verboten ist, größere Bahnhöfe allein und im Tiefflug anzugreifen.

Doch viel Zeit zum Überlegen bleibt den Deutschen ohnehin nicht, denn schon tauchen am Horizont die Umrisse einer Stadt auf.

Schneider stellt am Reihenabwurfautomaten seine 250-Kilogramm-Bomben auf geringen Abstand ein, dreht den

Zündschalter herum, greift nach der Kanone. Nun reißt Unteroffizier Maximilian Scherf die Maschine auf 20 Meter hoch, der Bahnhof liegt direkt vor den Augen der Kampfflieger.

Am hinteren linken Rand stehen vier Lokomotiven auf einer Drehscheibe vor einem großen Lagerschuppen.

»Da!«, ruft Schneider und deutet auf das ausgemachte Ziel. Scherf berichtigt einige Grad nach links und schon ruft der Hauptgefreite: »Jetzt!«

Er bekräftigt seinen Ruf mit einer abwärts gerichteten Handbewegung und der Unteroffizier drückt sofort den Auslöseknopf am Steuerhorn.

Haargenau zwischen den Lokomotiven schlagen die beiden ersten Bomben ein, die weiteren fallen in den Schuppen.

Jetzt schießt jedoch die sowjetische Flak!

Leuchtspurgeschosse tanzen um die Maschine; die Ju 188 hüpft über die Hausdächer, sucht das Ende der Stadt. Endlos lang erscheint der Abflug aus der Gefahrenzone. An der linken Fläche prangt das Einschussloch eines leichten Flugabwehrgeschosses. Von allen Seiten wird die Maschine unter Feuer genommen; den Fliegern steht der Schweiß auf der Stirn. Da kracht es in der Kanzel.

Rechts und links im Plexiglas ist ein kreisrundes Loch zu sehen, fünf Zentimeter vor Scherfs Nase ist ein MG-Geschoss vorbeigeflogen. Ein merkwürdiges Gefühl überkommt den Unteroffizier; seine Knie werden weich und vibrieren – Nervosität – Angst!

Endlich ist der Stadtrand erreicht. Sofort geht Scherf wieder an die Grasnarbe heran. Die Flak kann das Kampfflugzeug jetzt nicht mehr erreichen.

Eine Weile später zieht Scherf in die Wolken. Minutenlang sprechen die Flieger nicht. Als der Hauptgefreite Fred Schneider seine Ruhe wiedergefunden hat, sagt er zu Scherf: »Der Alte hat schon gewusst, warum er uns verboten hat, Bahnhöfe anzugreifen! Mein Bedarf ist jedenfalls für eine Weile gedeckt.«

25. April 1943

Nachmittags, Atlantik

»Was kann ich für Sie tun, werte Frau Eberth?«, sagt Friedrichsberger mit einem charmanten Lächeln in dem nun mittlerweile recht bärtigen und erschöpft wirkenden Gesicht.

»Wir sind nun schon sehr lange hier in dieser eisernen Kiste eingesperrt, umgeben von diesem penetranten Dieselgeruch, nach dem sogar das Essen schmeckt! Wie können Sie das nur dauerhaft aushalten?«, fragt die Ingenieurin.

Doch Friedrichsberger spürt, dass dies nur vorgeschoben ist. Es gibt einen anderen Grund, weshalb die Dame ihn um ein Gespräch gebeten hat.

»Nun, man gewöhnt sich an so einiges«, erwidert er, »Aber, was haben Sie wirklich auf dem Herzen?«

»Ist es möglich, dass man wenigstens ab und an mal nach oben dürfte, um frische Luft zu schnappen?«

»Auf die Brücke? Sonst gern, aber hier in diesem gefährlichem Seegebiet?« Friedrichsberger schüttelt den Kopf. »Unmöglich! Beim Alarmtauchen kommt es auf Sekunden an, deshalb geht es im freien Fall an den Leiterholmen hinab in die Zentrale. Sie haben darin keine Übung, können nicht mithalten. Sie würden uns behindern und somit das Boot gefährden. Da müssen Sie sich schon bis zum Seegebiet im Südatlantik gedulden, vorausgesetzt, uns sind da die Tommys nicht auch schon auf den Fersen.«

Die junge Frau macht ein betrübtes Gesicht.

»Nun lassen Sie mal den Kopf nicht hängen. Es ist nicht mehr weit bis in das besagte Seegebiet; wir kommen gut voran.«

Nach dem Gespräch nimmt der II. WO sie in Empfang: »Kommen Sie, Gnädigste, ich werde Ihnen zeigen, wie viele Seemeilen wir bis dorthin noch zurücklegen müssen. Dem Kommandanten fallen beinahe schon die Augen zu, er hat sich seine Mütze voll Schlaf redlich verdient. Wer weiß, wie viel er davon bekommt.«

Die beiden verlassen die enge Kajüte des Kommandanten.

Dankbar dafür streckt sich Friedrichsberger auf seinem Bett aus, zieht die Mütze über das Gesicht und versucht zu schlafen.

25. April 1943

Abends, Paris

Die führenden Männer des Großdeutschen Kaiserreichs und des État Français sitzen in einem prachtvoll ausgestattetem Zimmer des in den Jahren 1718 bis 1722 nach den Plänen des Architekten Armand-Claude Mollet gebauten Élysée-Palastes.

Bei den Anwesenden handelt es sich namentlich um Kaiser Louis Ferdinand I., Generalfeldmarschall Erwin von Witzleben, Carl Friedrich Goerdeler, Marschall Henri Philippe Benoni Omer Joseph Pétain, Ministerpräsident Pierre Etienne Laval und General Maxime Weygand.

»Die Roten verhalten sich im Moment ruhig. Unsere strategische Bomberoffensive auf die Rüstungsindustrie und die Infrastruktur zeigt mehr und mehr Wirkung. Aber auch die gezielte Propaganda General Wlassows hat ihren Anteil an unseren jüngsten Erfolgen. Die Zahl der Überläufer steigt kontinuierlich. Ferner fasst die Zivilbevölkerung im Hinterland wieder mehr Vertrauen zu uns und die Produktivität nimmt zu«, führt Generalfeldmarschall von Witzleben aus.

»Eh bien, Monsieur Marschall, das sind doch recht erfreuliche Nachrichten«, erwidert der in seiner Uniform eines Marschalls von Frankreich in einem bequemen Ledersessel sitzende Pétain. »Mit den Divisionen, die wir Ihnen zur Verfügung stellen, sollte es uns gelingen, den roten Horden Einhalt zu gebieten und sie weiter zurückzudrängen.«

»Nun, verehrter Marschall, ich bin guter Dinge, dass die Sowjets auf lange Sicht ein innerrussisches Problem sein werden. Je stärker General Wlassows Russische Volksarmee wird, desto eher haben wir Truppen frei, um Druck auf die Westalliierten auszuüben«, versetzt der Großdeutsche Kaiser und schwenkt sein Glas, gefüllt mit süßem Rotwein, »doch wir werden uns mit dem Gedanken abfinden müssen, dass die Westmächte eine Landung in Griechenland durchführen werden. Wann und wo genau – das ist die alles entscheidende Frage.«

»Was veranlasst Sie zu dieser Annahme, Eure Hoheit?«, schaltet sich Ministerpräsident Laval ein.

Der Kaiser nickt Generalfeldmarschall von Witzleben zu.

»Nun, wir haben von unserem Abwehrchef Admiral Canaris erfahren, dass die feindlichen Truppen in Nordafrika auf eine mögliche Landung auf dem Kontinent vorbereitet werden. Darüber hinaus wissen wir, dass einige Truppenteile Anlandungen üben. Auch die verstärkte Aufklärungstätigkeit der gegnerischen Luftwaffen über dem Balkan und Süditalien spricht dafür, dass es nicht mehr lange dauern kann.«

»Nun gut, Feldmarschall von Witzleben, aber was hätte eine Landung der Alliierten in diesem Raum für politische Auswirkungen? Die militärischen sind mehr oder minder offensichtlich.«

Nun ist es Carl Friedrich Goerdeler, der das Wort ergreift: »Um das herauszufinden, ist Reichsaußenminister von Neurath in die Türkei aufgebrochen. Den Türken dürfte an einem starken, unabhängigen, von den Westmächten unterstützten Griechenland nicht gelegen sein. Den Bulgaren wohl ebenso wenig. Doch dürfen wir die Zerwürfnisse zwischen den Bulgaren und den Türken ebenfalls nicht außer Acht lassen. Es ist unklare Gemengelage – noch.«

Das Oberkommando der Wehrmacht gibt bekannt

... Aus dem Operationsraum der Heeresgruppe Nordland wurden keine nennenswerten Kampfhandlungen gemeldet.

Im Operationsgebiet der Heeresgruppe Nord gelang es der italienischen Legion Italica, feindliche Bereitstellungen durch Artilleriefeuer zu zerschlagen.

Im Raum der Heeresgruppe Mitte kam es zu vereinzelten Spähtrupptätigkeiten, welche jedoch allesamt abgewiesen wurden. Dabei wurden zahlreiche Gefangene eingebracht.

Bei der Heeresgruppe Süd kam es zu einem bolschewistischen Vorstoß an der Nahtstelle zwischen der 3. Rumänischen Division und der 9. Infanterie-Division unserer Wehrmacht. Der Vorstoß konnte unter hohen Verlusten für die Bolschewisten abgewiesen werden. Eigene Artillerie bekämpfte erfolgreich Fahrzeugansammlungen der Roten.

Es gelang zudem zwei deutschen Ju 88, in den Luftraum über Malta und Tunis einzudringen und kriegsentscheidende Erkenntnisse über den Gegner zu sammeln.

Über der gesamten Ostfront kam es zu teils schweren Luftkämpfen. Leutnant Walter Nowotny, ein Flugzeugführer in einem Jagdgeschwader, gelang an einem Tag der Abschuss von sechs feindlichen Flugzeugen. Er wurde mit sofortiger Wirkung zum Oberleutnant befördert. Insgesamt verloren die Bolschewisten 113 Flugzeuge verschiedener Typen.

Durch die fortgesetzte strategische Bomberoffensive des Großdeutschen Kaiserreichs zur Zerschlagung der gegnerischen Kriegskapazitäten gelang es Kampfverbänden mit Ju 88, Ju 188, He 111 und He 177, zahlreiche Verladehöfe, Eisenbahnbrücken, Gleisanlagen und Instandsetzungseinrichtungen zu zerstören oder für längere Zeit unbrauchbar zu machen. Es konnten fünf Lokomotiven und 32 Waggons zerstört werden.

Die Anglo-Amerikaner griffen das Staatsgebiets Frankreichs und das Reichsgebiet in einem heimtückischen Raid mit insgesamt 140 Flugzeugen an. Als Angriffsziele waren eine Waggonfabrik in Tours, ein Reichsbahnausbesserungswerk in Lingen und Industrieanlagen bei Oberhausen, Duisburg und Bonn ausgewählt worden. Nach bisherigen Meldungen konnten acht Feindmaschinen vom Typ B-17 durch Flugabwehrgeschütze und weitere zwölf Maschinen durch französische und deutsche Jagdflugzeuge abgeschossen werden, darunter neun B-17 und drei P-38 Lightning.

In Italien griffen 75 Feindflugzeuge die Stadt Bari an. Drei Werfthallen und ein Geräteersatzteillager wurden zerstört, aber auch Teile der historischen Innenstadt, wobei es zu zahllosen Verletzen und Toten in der Zivilbevölkerung kam – ein Resultat, dass der Gegner offensichtlich in Kauf genommen hat. Durch italienische Jäger konnten fünf Maschinen abgeschossen werden, zwei weitere durch die Flugabwehr am Boden.

Im Atlantik, genauer in der Biscaya, gelang es einer Kampfgruppe von FW 200, drei Transportschiffe zu versenken.

Mehrere italienische und deutsche Unterseeboote operieren zur Stunde an einem Geleit in Südatlantik.

Es wird gemeldet …

26. April 1943

Morgens, Neue Reichskanzlei, Arbeitszimmer des Kaisers

Der Kaiser lässt sich in den Sessel gleich neben dem Rüstungsminister fallen. Im Kamin knistert das Feuer. Die Ordonanz hat Kaffee serviert. Rüstungsminister Albert Speer lächelt den Monarchen an.

»Und, Speer, wie läuft die Produktion der Kanonen und Panzer?«

Die dunklen Augenringe im Antlitz des Regenten ähneln denen Speers. Manchmal erscheint es ihm, als ob jeder Mann im Reich ihn sprechen müsse, doch nun sieht er, dass wohl auch sein Rüstungsminister etliche schlaflose Nächte hinter sich hat.

Auch bei ihm laufen unzählige Fäden zusammen … auch er muss Entscheidungen treffen, die auf das Leben hunderttausender Menschen Einfluss haben, denkt sich der Kaiser in diesem Moment.

»Die Produktion läuft, aber sie könnte besser laufen, Eure Majestät!«, gibt Speer unumwunden zurück.

Louis Ferdinand I. schaut seinen Rüstungsminister verwundert an.

»Was wollen Sie damit sagen?«

»Die Repatriierung der Zwangsarbeiter aus den Rüstungskonzernen und der Rohstoffgewinnung bereitet mehr und mehr Probleme.«

Speer legt beinahe endlose Zahlentabellen vor, um zu belegen, welche Auswirkung der Verlust der Arbeitskräfte für die Rüstungsanstrengungen, aber auch die Landwirtschaft des Reiches hat. Der Kaiser nimmt einige der Dokumente an sich und überfliegt sie

»Was schwebt Ihnen vor, Herr Speer?«

»Nun, Eure Majestät, wenn wir die Arbeiter schon nicht unter Zwang behalten können, dann wenigstens freiwillig. Wir sollten die Anwerbung von Arbeitern forcieren und als Anreiz die Zustände und die Bezahlung verbessern. Vielleicht könnte man auch mit Wlassow reden, um das Arbeitskräftepotential unter den Kriegsgefangenen auszuschöpfen, wenn auch die Arbeitsbedingungen verbessert werden müssen.«

Der Minister legt eine kurze Pause ein, ehe er hinzufügt: »Doch bei all dem müssen wir uns im Klaren darüber sein, dass die Kosten durch derlei Maßnahmen exorbitant ansteigen werden.«

Der Kaiser überlegt, seufzt und erwidert: »Das werden wir wohl in Kauf nehmen müssen, um weiterhin hohe Ausstoßzahlen der Rüstungsindustrie sicherzustellen. Wir brauchen schließlich mehr Waffen, nicht weniger.« Abschätzend forscht er in den Gesichtszügen Speers. »Doch ich habe das Gefühl, dass das noch nicht alles ist … Herr Speer?«

Ein anerkennendes Grinsen huscht kurz über das übermüdete Gesicht des Ministers.

»Nein, Eure Majestät. In der Tat ist das noch nicht alles. Mir kam der Gedanke, die politischen Gefangenen, welche noch nicht an der Front in Strafdivisionen eingesetzt sind, sondern in Gefängnissen sitzen, zur Zwangsarbeit heranzuziehen.«

Louis Ferdinand schaut verwundert auf, denn ihm ist natürlich bewusst, auf welchem Terrain sich Speer mit diesem Vorschlag bewegt, doch er kann der Idee auf Anhieb einiges abgewinnen.

»Ich werde es mit dem Justizminister und mit Herrn Goerdeler besprechen, Speer. Sobald ich mich dann endgültig entschieden haben, werde ich es Sie wissen lassen.«

26. April 1943

Mittags, westlich des Wolchow

Liebe Eltern,

heute komme ich wieder dazu, einige Zeilen zu schreiben.

Sicherlich habt ihr in der Wochenschau bereits gesehen, was hier im Norden der Ostfront was los war. Nun sind unsere Stellungen jedoch gefestigt und wir als gepanzerte Division haben recht wenig zu tun. Manches Mal dachten wir schon, die Roten haben unendlich viele Soldaten und Gerät, aber nun haben wir ihnen anscheinend einen Schlag verpasst, an dem sie zu knabbern haben.

Ein Kamerad aus meinem Zug kommt aus unserer Gegend. Ich habe ihm einen Brief und ein paar Filmrollen mitgegeben. Wolfgang Anders, so heißt der Kamerad, hat versprochen, sie vorbei zu bringen. Ich denke, dass geht schneller als mit einem Päckchen. Aber gebt ihm kein Päckchen für mich mit, das herumzutragen ist bei der Abfahrt nämlich nicht angenehm, er wir sicherlich schon genug zu schleppen haben.

Mir selbst geht es zurzeit so weit gut. Unser treuer Panzer lässt uns nicht im Stich. Aber ich fürchte, man wird uns bald verlegen, denn bei den Preußen ist es nichts mit auf der faulen Haut liegen, Vater weiß ja, wovon ich rede.

Vor einiger Zeit sind zwei Feldwebel versetzt worden, keiner weiß genau wohin, aber man munkelt, dass sie wohl als Offiziere zurückkommen werden. Mal schauen, wann es unseren Oberfeld erwischt, wäre eigentlich schade drum, da er ein feiner Kerl ist, aber ich würde es ihm gönnen.

Vielleicht sollte ich mal mit dem Oberfeld reden wegen eines Unterführerlehrgangs.

Schickt mir bitte mal wieder etwas Tinte und Schreibpapier. Ich werde euch die Tage ein Päckchen mit Keksen, Schokolade, Zahnpasta und anderem Nützlichen schicken. Hier haben wir zurzeit tatsächlich genug davon. Wir haben sogar schon etwas an die russische Familie, bei der wir einquartiert sind, abgegeben. Auch einiges von unseren Wintersachen, die das nächste Jahr wohl nicht mehr erlebt hätten, haben wir an die Babuschka abgegeben. Erstaunlich, was sie aus den Sachen für die kleinen Kinder, die bei uns mit herumwuseln, macht. Auch sonst ist es in der Kate sehr angenehm. Die beiden Russinnen kümmern sich gut um uns, waschen unsere Wäsche und zaubern uns aus wenigen Zutaten das beste Essen. Ihr seht also, keine Bange.

Nun muss ich aber langsam Schluss machen. Ich freu mich, von euch zu hören.

Euer Franz

»He, Franz! Hörst du nicht? Sitzt du auf den Ohren?«

Der Stabsgefreite Franz Breitfelder blickt auf und legt seinen Brief weg.

»Was ist denn los, Otto? Du machst ein Theater, als ob der Frieden ausgebrochen wäre!«

Der Gefreite lacht laut auf.

»Na ja, nicht ganz, aber Darja hat das Essen fertig und du sollst kommen. Sie hat ausdrücklich nach dir gefragt!«, meint der Ladeschütze und zwinkert seinem Kameraden verschmitzt zu.

»Ach, hör doch auf«, antwortet Breitfelder und strengt sich an, nicht rot zu werden, denn er kann nicht abstreiten, dass auch er Gefallen an der jungen Russin gefunden hat. Immer öfter zeigt sich, dass diese Zuneigung wohl auf Gegenseitigkeit beruht.

Breitfelder knickt das Papierstück und steckt es in seine Uniformjacke. Schnell eilt er zusammen mit seinem Kameraden in die kleine Kate.

Beim Anblick der jungen Frau mit ihren mittellangen, braunen Haaren und der weiblichen Figur wird Breitfelder, der eiskalt berechnende Richtschütze eines tödlichen Tiger-Panzers, mit wohliger Wärme erfüllt.

Die Russin dreht sich um und erblickt die beiden deutschen Panzersoldaten. Die Blicke Breitfelders und Darjas treffen sich und der Stabsgefreite versinkt in ihren leuchtenden, grünen Augen.

»Nun steh doch nicht so rum wie ein Ölgötze, Franz!«, sagt der Obergefreite Peter Schneider und der Richtschütze wird aus seiner Erstarrung gerissen.

Darja stellt den deutschen Soldaten je eine Schüssel mit Borschtsch hin und dazu einen großen Laib Brot. Die Soldaten essen zusammen mit der jungen Frau, der Babuschka und den beiden Kindern von Darjas Schwester, die sich zurzeit in Sankt Petersburg aufhält.

Die kleine Gemeinschaft kratzt bald die Reste aus den Schüsseln, da wird die Holztür der Kate aufgerissen.

»Wir sollen verlegt werden. Der Chef meint, wir sollen uns unverzüglich vorbereiten!«

26. April 1943

Nachmittags, Feldflugplatz südliche Ostfront

»Mensch, macht doch endlich mal was gegen diese verdammten Ladehemmungen!«, schnauzt Feldwebel Emil Siegler seine Warte an, noch bevor er aus der Kanzel hinausgestiegen ist.

Die Mechaniker, die die gelandete Hs 129 umringen, schauen sich fragend an.

»Was ist denn heute wieder dein Problem, Emil?«

Der Angesprochene schnallt sich ab und schält sich mit Hilfe von Unteroffizier Blechschmitt aus der beengten Maschine. Er steigt auf die Tragfläche, springt auf den feuchten Boden und spukt aus.

»Na, was wohl! Diese verfluchte MK 101 wieder. Dieses Drecksteil hat mehr Ladehemmungen als Granaten!«

»Schon wieder?«

»Ja, natürlich. Meinst du, sonst würde ich hier herumspringen wie Rumpelstilzchen? Diesmal hätte es mich beinahe den Hals gekostet!«

Blechschmitt hebt beschwichtigend die Arme.

»Wir machen, was wir können. Langsam haben wir allerdings auch keine Ideen mehr. Aber was ist denn passiert?«

Der Flugzeugführer nestelt an seiner Fliegerjacke herum und angelt eine zerknitterte Zigarettenschachtel aus der Tasche. Er zieht eine Zigarette heraus und der Unteroffizier streckt ihm sein Sturmfeuerzeug entgegen. Er nimmt einen tiefen Zug und bläst den graublauen Qualm aus.

»Ich danke dir, ist gut für die Nerven«, meint er, während er eine weitere Wolke auspustet, »wollte gerade einen T-34 knacken, also flieg ich ihn von hinten an, um ihm ein paar Granaten ins Heck zu knallen. Zwei Granaten verlassen das Rohr, dann ist Feierabend. Nichts geht mehr. Der verdammte Panzer tuckert fröhlich weiter, mein Rohr bleibt kalt und ich bekomme ein paar Granaten von der Russenflak hinterhergeschickt.«

Blechschmitt und die übrigen Mechaniker lassen nach diesen Worten ihre Augen über die Henschel gleiten und entdecken zahlreiche Einschusslöcher im Leitwerk, den Tragflächen und im Rumpf.

»Und so, wie ich gesehen habe, erging es den anderen nicht anders. Kaum einer von uns konnte die Bordkanone lange einsetzen! Das ist doch kein Zustand«, fügt er zähneknirschend hinzu.

»Na, mach jetzt erstmal ruhig. Wir sollten froh sein, dass du heil wieder hergekommen bist. So wie die Maschine aussieht, hätte es auch schiefgehen können. Wir stellen den Vogel erstmal unter und schauen ihn uns an!«

Er winkt zum Obergefreiten Dombrowski hinüber.

»Heinz, hol das Kettenkrad, wir ziehen den lahmen Vogel in die Box. Danach kümmerst du dich um die MK. Vielleicht findest du ja was.«

An den Obergefreiten Distelfink gewandt, ruft er: »Und du schnappst dir den Flieder und dann schaut ihr, was ihr noch retten könnt.«

Dombrowski läuft zu einer kleinen Holzbarrake, in dem das Sd.Kfz 2 untergestellt ist. Flugs schwingt er sich auf das Gefährt und knattert davon, so dass er wenige Minuten später schon wieder bei der Hs 129 ist. Die Kameraden klinken das Schlachtflugzeug an und langsam und vorsichtig zieht Dombrowski das Gespann zu einer Splitterbox.

Dort wird umgehend abgekoppelt und mit vereinten Kräften bugsieren sie den Stahlvogel zu seinem angestammten Platz.

26. April 1943

Abends, südliche Ostfront

Es wird unweigerlich Abend und in den ansteigenden Hängen mit leichtem Baumbewuchs fallen bereits die Nachtschatten ein. Mit müden Schritten schreitet Feldwebel Klaus Riedel an einem kleinen Bach entlang.

Von wegen eine halbe Stunde und ich bin da. Nun latsch' ich schon eine Stunde durch die Gegend.

Der Hauptmann hat ihm nicht gesagt, dass die Zweite Kompanie, zu der er sich begeben soll, ganz am rechten Flügel des Regimentsabschnittes liegt.

Entlang des Bachufers beginnt eine Gestrüppreihe. Bis zum geschlossenen Waldgürtel sind es noch rund 500 Meter. Etwa auf der Hälfte des Weges wird Riedel angerufen.

»Runter auf den Boden, Mann! Feindeinsicht! Oder willst du 'nen kalten Arsch kriegen?«

Der Feldwebel springt in den Schutz eines Gestrüpps und das war keine Sekunde zu früh. Dort, wo er eben noch gestanden hat, schlägt sirrend eine Kugel ein.

»Komm hierher!«, tönt eine Stimme aus einer vor ihm liegenden schmalen Rinne. Zwei Grenadiere liegen bäuchlings darin und sehen ihm neugierig entgegen.

»Das war knapp, was? Ja, mein Lieber. – Oh, Entschuldigung, Herr Feldwebel, das habe ich vorher nicht gesehen.«

»Ach, nur keine Aufregung. Ich dank' dir auch. Ohne euch würde ich jetzt tatsächlich einen kalten Arsch haben. Der Iwan dort drüben schießt anscheinend nicht schlecht. Aber wo ist denn der Leutnant?«

»Der Chef ist noch weiter vorn. Vielleicht 300 Meter. Aber wenn ich Ihnen einen Rat geben darf, dann warten Sie die Dunkelheit ab. Der Weg zum Alten ist noch ein paar Mal einzusehen. Und der Iwan schießt auf jede lausige Katze, die sich blicken lässt.«

Also verbringt Riedel noch eine halbe Stunde in der Stellung der beiden Grenadiere, bis es richtig dunkel ist, dann begibt er sich auf den weiteren Weg.

Der Leutnant, ein junger Mann von vielleicht 24 Jahren, ist über das Kommen des Scharfschützen informiert. Er erwartet Riedel in einem Achtmannzelt und bietet ihm an, auf einer leeren Munitionskiste Platz zu nehmen.

»Setzen Sie sich, Feldwebel. Heute ist schon Feierabend. Wie mir der Bataillioner sagte, hat er Sie bereits über die Situation hier aufgeklärt. Also brauchen wir kein langes Gerede mehr. Morgen zeigt Ihnen der Kompanietruppführer die Stelle, an der uns die Sowjets die Leute wegschießen.

Zu essen haben ich heute leider nichts mehr für Sie. Aber ich nehme an, ein Mann wie Sie verhungert auch nicht gleich innerhalb weniger Stunden. Hauen Sie sich gern hinten auf das Moospolster und pennen Sie sich richtig aus. Das ist leider auch das Einzige, was ich für Sie machen kann. Ich selbst muss nochmal hinaus, die Stützpunkte meiner Leute kontrollieren.«

Da Riedel genügend Hartwurst und Brot bei sich führt, isst er noch ausgiebig und legt sich dann, seine Zeltplane ausbreitend, auf das aufgeschüttete Moos. Er genießt es, wieder einmal ausgestreckt schlafen zu können.

Als der Leutnant von den Stützpunkten zurückkommt, schläft Riedel bereits tief und fest.

Das Oberkommando der Wehrmacht gibt bekannt

… Bei der Heeresgruppe Nordland griff der Feind die dem XIX. Armee-Korps unterstehende 3. Gebirgs-Division an und konnte unter horrenden Verlusten einen vorgeschobenen Stützpunkt einnehmen. Gegenmaßnahmen sind jedoch bereits im Gange.

Im Raum der Heeresgruppe Nord kam es hingegen zu keinen nennenswerten Kampfhandlungen.

Im Operationsgebiet der Heeresgruppe Mitte meldet sowohl die 2. Armee als auch die 2. Panzer-Armee mehrere feindliche Vorstöße und örtliche Spähtrupps. Der bolschewistische Feind erlitte schwere Verluste an Menschen und Material.

Im Kampfraum der Heeresgruppe Süd kam es, abgesehen von einem Feindangriff bei der Slowakischen Schnellen Brigade unter vorrübergehender Aufgabe einer Höhe, zu keinen nennenswerten Vorkommnissen. Der slowakischen Einheit ist es mit Unterstützung der rumänischen Legion »Mihai Viteazul« gelungen, die beherrschende Höhe wieder zurückzugewinnen. Dabei konnten zahlreiche Gefangene eingebracht werden.

Über der Ostfront kam es zu vereinzelten Luftkämpfen, wobei nach bisherigen Meldungen 13 feindliche Flugzeuge abgeschossen wurden. Dabei wurden vier eigene Flugzeuge verloren – ein Flugzeugführer hat unversehrt den Weg zur eigenen Truppe gefunden.

Kampfverbände der Typen He 111 und Ju 188 führten unsere Bomberoffensive weiter und vernichteten Gleisanlagen, Instandsetzungswerke und Bahnhöfe. Dabei wurden wieder vier Lokomotiven und zwölf Waggons vernichtet. Die Kampfgruppen beklagen den Verlust von drei Flugzeugen.

Der anglo-amerikanische Feind griff mit 93 Feindflugzeugen das Reich und Frankreich an. Es konnten Verminungen der Atlantikküste, insbesondere bei La Rochelle und in der Gironde-Mündung, aufgeklärt werden. Durch Flak und Nachtjäger vermochten die französische und die deutsche Luftwaffe elf Feindmaschinen der Typen Avro Lancaster und Vickers Wellington abzuschießen.

Über dem Skagerrak flogen zehn Avro Lancaster von England aus an, es konnten zwei Feindbomber durch deutsche Tagjäger vernichtet werden.

Im Raum Groningen-Emden-Norden-Cuxhaven-Helgoland führten 13 Feindflugzeuge wahrscheinlich Verminungen durch. Der Flakabwehr gelang es, vier Feindflugzeuge zu beschädigen.

Im Mittelmeer griffen Feindflugzeuge Flugplätze auf Sardinien, Korsika, Sizilien, Kreta und Athen an. Es kam zum Verlust von 53 eigenen Flugzeugen, 13 weitere wurden beschädigt. Der italienischen Flak- und Jagdabwehr gelang es, zwölf Feindflugzeuge der Typen Supermarine Spitfire, P-38 Lightning und Douglas A-20 abzuschießen.

In der Schlacht um den Atlantik …

26. April 1943

Morgens, Neue Reichskanzlei

»... na, dann schicken Sie doch einfach ein paar der Kampfgeschwader in den Süden und versenken Sie die feindlichen Transportschiffe in den Häfen!«, ereifert sich Graf Schwerin von Krosigk.

Generalfeldmarschall Albert Kesselring, der Oberbefehlshaber der Luftwaffe, schaut den Minister ungläubig an.

»Herr Minister, das kann unmöglich Ihr Ernst sein!«, gibt der Feldmarschall zurück.

»Wieso denn nicht?«, hakt der Finanzminister nach.

»Weil wir unsere Kampfflieger damit sinnlos opfern würden, Herr Minister!«

Ein verächtliches »Pfff« ist die Antwort.

Nun ist es der Kaiser, der sich zum Eingreifen veranlasst sieht. Ruckartig steht er auf und stützt sich mit seinen Armen auf die Holzplatte des großen Konferenztisches.

»Minister von Krosigk, ich muss schon bitten! Wir pflegen hier einen vernünftigen Umgangston! Ich habe den Herrn Generalfeldmarschall Kesselring und General Zeitzler zu unserer Besprechung eingeladen, um deren Meinung aus erster Hand zu hören und ich denke, wir sollten die Einschätzung dieser beiden verdienten Offiziere ernstnehmen.«

Einen Augenblick herrscht Ruhe im Raum. Der Blick des Kaisers schweift zum Reichsmarschall, der an diesem Tag erstmals wieder an einer Besprechung teilnimmt. Dem vorausgegangen war eine Aussprache zwischen Vater und Sohn.

»Also, Herr Feldmarschall Kesselring, wie lautet Ihre Einschätzung der Lage?«

Der fränkische Offizier strafft sich.

»Mein Kaiser, sehr verehrte Herren Minister, aus den Quellen der Abwehr und dank der Aufklärungsergebnisse der Luftwaffe wissen wir, dass im Hafen von Malta vier Truppentransporter, ein Zerstörer, zwei Unterseeboote und zwei leichte Kreuzer ankern. Bei Lampedusa sind fünf Wachboote, drei sogenannte LCT-Boote und fünf LCM ausgemacht worden. In Bone befinden sich zwei leichte Kreuzer, drei Zerstörer, fünf Wachboote, zwölf S-Boote, drei LCT, zehn LCM und zwölf Truppentransporter, so unsere Kenntnisse.

Und ich muss darauf aufmerksam machen, dass es sich bei den genannten Häfen samt und sonders um kleinere Häfen handelt. Was in Alexandria, Tunis, Tripolis vor sich geht, wissen wir nicht, doch es wird um einiges mehr sein!«

»Umso wichtiger ist es, die erkannten Ziele anzugreifen und zu vernichten!«, versucht es nun wieder der Reichsfinanzminister.

»Diese Auffassung hat einiges für sich, Herr von Krosigk«, stimmt Minister Duesterberg zu.

»Eben nicht, meine Herren«, widerspricht Kesselring entschieden. »Die afrikanische Küste ist hervorragend überwacht, besser geschützt ist wohl nur noch die englische Südküste, und genau deshalb haben wir ja unsere Kampfverbände von der französischen Küste abgezogen. Wir hätten kaum Erfolge gehabt und dafür schwere Verluste hinnehmen müssen. Im Osten allerdings können unsere Kampfverbände immense Erfolge erzielen – nicht nur in der direkten Unterstützung der Bodentruppen, sondern auch durch unsere strategische Bomberoffensive zur Unterbindung der logistischen und rüstungstechnischen Fähigkeiten der Sowjets. Bereits jetzt liegen uns übereinstimmende Informationen von Überläufern und Gefangenen vor, die bestätigen, dass die Bolschewisten mehr und mehr Schwierigkeiten haben, Truppen zu verschieben. Und die Frontverbände leiden teilweise an Nachschubmangel.«

»Also sollen wir warten, bis die Westalliierten landen?«, fragt der Kaiser unsicher.

»Jawohl, Eure Majestät. Der Angriff mit unzureichenden Verbänden gegen einen gut vorbereiteten Gegner wäre mehr als töricht«, lautet die Antwort des Generalfeldmarschalls.

»Wie steht es um die Geheimwaffen? Jene Flugkörper und die Beethoven-Gespanne?«, hakt der Reichsmarschall nach, während er sich eine neue Zigarre anzündet.

»Auch für deren Einsatz bräuchten wir beachtliche Kampffliegerverbände. Sie zu verlegen, würde den Druck von den Sowjets nehmen, und es ist fraglich, ob wir erneut einen vergleichbaren Erfolg erzielen könnten wie damals bei *Hannibal*.«

»Dennoch müssen wir zumindest Jagdfliegerkräfte zum Verlegen bereithalten!«, mahnt der Regent.

»Sehr richtig, Eure Majestät. Daher werde ich befehlen, dass im Rahmen von *Drohende Gefahr Südost* Jagdflieger- und Schlachtfliegerverbände zur schnellstmöglichen Verlegung in den Südost-Raum vorbereitet werden. Darüber hinaus müssen dann natürlich Einrichtungen in den besagten Gebieten vorbereitet werden – Fliegerhorstkommandanturen, Splitterboxen, Unterkünfte, Fernsprechverbindungen, Fernschreib- und Funkmessanlagen. Darüber hinaus auch die Bevorratung mit Munition, Betriebsstoff und Zusatztanks.«

Der Kaiser kratzt sich nachdenklich am rasierten Kinn.

»Das halte ich für vernünftig. Leiten Sie alles Entsprechende in die Wege. Die Einrichtungen müssen instandgesetzt und gegebenenfalls erweitert werden. Die Verbände, die Sie dafür bestimmen, sollen so weit wie möglich vorbereitet werden, doch eine Verlegung ist noch nicht gestattet und bleibt meiner ausdrücklichen Zustimmung vorbehalten!«

Der Generalfeldmarschall nickt und fertigt eilfertig einige Notizen an.

»Doch dies ist ja nur ein Teil der ganzen Geschichte. Wie sieht es mit den Bodentruppen für den vermuteten Landungsraum aus, General Zeitzler?«

Der General mit dem auffälligen Oberlippenbart erhebt sich und ordnet einige Dokumente vor sich.

»Eure Majestät, verehrte Minister, Herr Generalfeldmarschall, die Bodentruppen im Balkanraum sind – gelinde gesagt – sehr überschaubar. Die beiden nächsten Legionen sind verfügbar, namentlich die italienische Legion ›Legio Martia‹ und die ungarische Legion ›Arpad‹. Beide werden nach Griechenland verlegt.

Im Fall einer Landung in Griechenland werden wir auch einige bulgarische Einheiten erhalten.

Die wiederhergestellte 6. Armee wird Ende des Monats wieder zur Heeresgruppe Süd stoßen. Darunter befindet sich das 1. Garde-Panzerkorps mit den Garde-Panzerdivisionen ›Großdeutschland‹ und ›Fredericus Rex‹ sowie der Garde-Panzergrenadier-Division ›Kaiserstandarte‹.

Die Italiener haben zugesichert, dass sie Divisionen verlegen werden, sobald der Landungsort bekannt ist. Sie fürchten natürlich, dass die Alliierten doch auf dem italienischen Festland oder auf Sizilien landen könnten. Nach Rücksprache mit Feldmarschall Kesselring steht auch die Fallschirm-Division *Hermann Göring* wieder bereit, nachdem die schweren Verluste aus den Kämpfen in Nordafrika wieder ausgeglichen werden konnten. Ebenso gelten die 2. Fallschirm-Jäger-Division, durch Auffüllung des Personals der aufgelösten Luftwaffen-Feld-Divisionen aufgefrischt, und die 3. Fallschirm-Jäger-Division, deren Kern die ehemalige Brigade ›Ramcke‹ bildet und die ebenfalls mit Personal der Luftwaffen-Feld-Divisionen aufgefüllt worden ist, als feldverwendungsfähig.«

Der Kaiser nickt anerkennend.

»Sehr gut, General Zeitzler. Also haben wir zwei Legionen auf dem Weg nach Griechenland und drei Fallschirm-Divisionen als rasch verlegbare Truppen zu unserer Verfügung«, fasst Louis Ferdinand I. die Lage zusammen. »Wie sieht es mit Transportflugzeugen aus, Feldmarschall Kesselring?«

»Die III. und IV. Gruppe des Kampfgeschwaders z. b. V. 1 liegen in Südfrankreich, doch sind sie nicht voll aufgefüllt, da sie bei *Hannibal* schwere Verluste hinnehmen mussten. Das Kampfgeschwader z. b. V. 323, ausgestattet mit Me 323, liegt in Italien, jedoch ebenfalls durch *Hannibal* noch angeschlagen. Ebenfalls zur Verfügung steht die III. Gruppe des Luftlandegeschwaders 1, welche mit Lastenseglern und Do 17 als Schleppflugzeug ausgestattet ist. Der Stab und die I. Gruppe des Luftlandegeschwaders 2 liegen in Nancy und sind einsatzbereit. Hinzu kommen noch die übriggebliebenen Maschinen des Lufttransportführers ›Mittelmeer‹.«

»Na, das sieht doch gar nicht so schlecht aus. Könnte natürlich mehr sein, aber wir haben dennoch eine gewisse Stärke, um schnell schlagkräftige Truppenverbände zu verlegen«, meint der Kaiser optimistisch.

»Ja, wenn wir genug Jagdschutz für die Transporter und Lastensegler zusammenkratzen können!«, raunt der Reichsmarschall und bläst blaugrauen Rauch aus, der sich in einer dichten Wolke über ihm sammelt.

»Das ist ein sinnvoller Einwand … wie sieht es mit unseren Jägerkräften aus, Herr Generalfeldmarschall?«

Dieser muss erst einige Blätter sortieren und beginnt dann: »Wir haben den Stab, die II. und III. JG 53, die 10. Jabo 53 sowie die I. Nachtjagdgeschwader 2 in Italien. Das Jagdgeschwader 27 liegt im Reich und wird dort auf He 280 umgerüstet, ist also noch nicht einsatzbereit. Es hat seine, aus Afrika und *Hannibal* übriggebliebenen Me 109 und Fw 190 an die Gruppen des JG 53 abgegeben, so dass diese das Erreichen der Sollstärke melden konnten. Damit bliebe das JG 53, um Jagdschutz über Griechenland zu stellen, bis auf die I. Gruppe.«

»Gut, veranlassen Sie, dass das JG 53 voll einsatzbereit ist. Es wird für den Schutz der Transportflugzeuge zuständig sein.«

26. April 1943

Mittags, südliche Ostfront

Es ist bereits Mittag, als Riedel aufwacht. Nun erhebt er sich. Als er ächzend seine zerschlissenen Socken in die Schnürstiefel zwängt, wird die Eingangsplane des Zeltes zurückgeschlagen.

Er blickt auf und er erkennt einen Unteroffizier vor sich.

»Na, Unteroffizier, was ist los? Werde ich benötigt?«

»Herr Feldwebel, der Chef hat gesagt, ich soll Sie einweisen.«

»Ist mir recht. Hock dich doch auf die Kiste dort drüben, ich muss noch schnell mein Zeug einpacken.«

Feldwebel Riedel verschnürt seine wenigen Habseligkeiten im Futteral seiner Waffe und legt diese dann auf seine Zeltbahn zurück.

»Wie heißt du eigentlich?«

»Busch!«

»Ich heiße Riedel. – Busch, du musst dafür sorgen, dass niemand an mein Gewehr herankommt. Wo kann ich das Futteral am besten hintun?«

Der Unteroffizier überlegt kurz.

»Leg es am besten dort hinten zu den Sachen vom Chef. Du kannst dir sicher sein, dass keiner auch nur in die Nähe der Sachen geht. Der Alte kann es nicht leiden, wenn einer an seinem Gepäck herumfingert.«

Die beiden treten aus dem Zelt.

»Wie willst du mich denn herumführen?«, will Riedel wissen.

»Es ist wohl am sinnvollsten, wenn wir im rechten Kompanieabschnitt an der Nahtstelle anfangen. Und dann mogeln wir uns langsam nach links rüber. Wir haben ja den ganzen Tag Zeit dazu.«

Bei zwei Grenadieren, die sich hinter einem großen Gestrüpp ein geräumiges Erdloch geschaufelt haben, legen sie einen Halt ein.

Hier fällt das Gelände kaum spürbar zum Feind hin ab. Doch in einer Entfernung von ungefähr 100 Meter geht es steil in eine schmale Schlucht hinunter. In 50 Meter ergießt sich dann ein Bach aus einem Felsgewirr heraus in jene Schlucht.

Jenseits der Schlucht steigt das Gelände steil an und oben auf der Höhe sitzen die Sowjets. Sie können also buchstäblich auf die Deutschen herabsehen. Dazu kommt noch, dass das jenseitige Gelände mit Krüppelkiefern und niedrigem Buschwerk bewachsen ist. Hinter diesem Bewuchs kann sich der Gegner natürlich hervorragend Deckung verschaffen.

»Na, Staudinger, rührt sich was?«, will der Unteroffizier wissen.

»Bisher nicht. Und unsere Köpfe lassen wir schön hinter den Stauden. Ich bin nicht scharf darauf, einen Kopfschuss zu kassieren!«

Unteroffizier Busch zeigt zur feindlichen Stellung hinüber.

»Da unter dem Buschwerk stecken die Scharfschützen. Und wir können ihnen nicht das Geringste anhaben, weil wir keinen zu Gesicht bekommen.«

Riedel mustert durch das Gestrüpp hindurch den Hang jenseits der Schlucht. Sein geübtes Auge sieht sofort, dass dort drüben ein paradiesisches Versteck für Scharfschützen liegt. Kein Wunder, dass die Sowjets sich vollkommen sicher fühlen.

»Busch, gehen wir jetzt an die anderen Stellen. Ich muss mir ein Bild vom ganzen Abschnitt machen. Es wird auch gut sein, wenn du mir jeweils zeigst, wo Kameraden von Scharfschützen getroffen wurden.«

Bei manchem Schützenloch bleiben sie stehen und sprechen mit den Grenadieren. Erst, als sie das Zentrum des Kompanieabschnittes erreichen, wird der Unteroffizier vorsichtiger.

»Riedel, noch zehn Meter, dann müssen wir runter. Auf einer Länge von gut 20 Meter kann der Iwan uns einsehen. An dieser Stelle sind schon mehr als zehn Mann gefallen!«

»Wie?«

»Durch Kopfschuss!«

»An welcher Stelle des Kopfes oder wo im Gesicht lagen die Einschüsse? Sag mir das so genau wie möglich. Weißt du auch, wie die Toten lagen, als sie gefunden wurden? Das alles muss ich wissen!«

»Ein wenig viel verlangt«, seufzt der Unteroffizier. »Ich weiß nur, dass die meisten den Einschuss in der rechten Kopfseite hatten. Auch bei den Schüssen im Gesicht lagen die Einschüsse immer auf der rechten Seite. Aber sag, warum willst du das denn wissen?«

»Warum? Weil ich jetzt schon ungefähr weiß, wo der Scharfschütze sich versteckt hält. Schau, wenn die Einschüsse alle rechts waren, dann muss der Bursche auch rechts drüben am Hang irgendwo sitzen. Und ich werde ihn erwischen!«

26. April 1943

Abends, Neues Palais

Der Kaiser lehnt sich erschöpft in einem der bequemen Sessel im Wohnzimmer des Schlosses zurück. Fahrig umschließt seine Hand ein kristallenes Weinglas. Zum ersten Mal an diesem Tag hat er die obersten Goldknöpfe seiner schwarzen Uniformjacke geöffnet. Oberstleutnant Maximilian von Reichenbach, der im Laufe der Zeit zu einem wichtigen Berater und sogar zu einem Freund des Kaisers geworden ist, beobachtet, wie die Augen des Kaisers seinen Kindern folgen.

Der Kaiser genießt die wenigen Augenblicke des scheinbar sorglosen Familienlebens. Kaiserin Kira Kirillowna, die ihre dunklen Haare in einem strengen Zopf trägt, sitzt nun den Männern gegenüber und beobachtet ebenfalls ihre Kinder, dabei streicht sie liebevoll über ihren Babybauch.

Von Reichenbach kommt sich beinahe wie ein Eindringling in diese Familienidylle vor. Doch das Kaiserpaar freut sich über die Anwesenheit des Oberstleutnants, der seit dem gescheiterten Attentat auf den Kaiser auch für Kira zu einer wichtigen Bezugsperson geworden ist.

Die Kaiserin selbst ist eine starke, eher schweigsame Frau, die ihre Rolle darin sieht, ihren Mann zu stützen und zu unterstützen, wann immer es ihr nötig erscheint. Der Kaiser jedoch ist ein Mann der Tat, dies hat Kira schon immer imponiert. Sie versteht ihren

Gatten, sie glaubt an ihn und Louis Ferdinand kann sein Schicksal nur verwirklichen, weil ihm seine Frau zur Seite steht, ihm wenn nötig Rückzugsmöglichkeiten gibt und er sich natürlich sicher sein kann, dass seine Kinder bei ihr in guten Händen sind.

»Du weißt, Maximilian«, sagt der Kaiser beinahe geistesabwesend und beobachtet den Wein im glitzernden Kristallglas, »die Alliierten werden in nächster Zeit auf dem Balkan landen, mit einiger Sicherheit irgendwo an der griechischen Küste.«

Wenn die beiden Männer unter sich sind, benutzen sie seit einiger Zeit das vertrauliche »Du«.

»Wir werden es nicht verhindern können, Louis.«

»Nein, werden wir nicht. Den feindlichen Marinekräften, die laut Canaris und den Aufklärungsergebnissen im Mittelmeer versammelt sind, haben wir nicht viel entgegenzusetzen. Flugzeugträger, Schlachtschiffe, schwere Kreuzer und noch mehr. Sie haben die Geleitzugsicherungen ausgedünnt und selbst aus dem Pazifik Einheiten abgezogen.«

Der Kaiser gönnt sich einen großen Schluck des lieblichen Rotweins.

»Aber es gibt auch gute Nachrichten, vergiss das nicht! Stalin hat in einer Wutrede über den Transport der französischen Divisionen zur Ostfront verkündet, dass er Europa bis zur Atlantikküste besetzen wird. Die Reaktionen der Bevölkerung in den Niederlanden, in Belgien und sogar in Norwegen und Finnland fiel entsprechend aus … Tausende haben sich freiwillig zu den Waffen gemeldet. Auch unsere Kontakte zum polnischen Untergrund sprechen davon, dass die federführenden Personen alles andere als begeistert von der Aussicht auf eine bolschewistische Besetzung sind.«

Ein verschmitztes Grinsen zeichnet sich nun auf dem Gesicht des Kaisers ab.

»Ja, der rote Zar im Kreml hat genauso reagiert, wie wir es uns dachten!«

Auch von Reichenbach kann sich ein Grinsen nicht verkneifen.

»Und die Japaner haben im Pazifik auch etwas Luft bekommen. Vielleicht können sie es ausnutzen. Wir werden sehen. Unsere Informationen haben wir ja so weit wie möglich weitergegeben.«

Der Kaiser wird auf einmal ernst gegenüber seinem Freund. Ein Feuer lodert wieder in seinen Augen.

»Wir müssen der Öffentlichkeit in den europäischen Ländern ein positiveres Bild bieten, was unser Kaiserreich betrifft, um sie von unserem guten Willen zu überzeugen und uns als das einzige ernstzunehmende Bollwerk gegen den drohenden Bolschewismus anzubieten. Wir müssen so viele Länder um uns scharen wie möglich, um den Westalliierten gar keine andere Wahl zu lassen, als endlich an den Verhandlungstisch zu kommen.«

Das Oberkommando der Wehrmacht gibt bekannt

... Aus dem Operationsraum der Heeresgruppe Nordland werden weiterhin keine nennenswerten Kampfhandlungen gemeldet.

Bei der Heeresgruppe Nord gelang es der der 18. Armee unterstehenden 11. Infanterie-Division, einen feindlichen örtlichen Angriff abzuwehren. Ansonsten kam es aufgrund der schlechten Wegverhältnisse zu keinen Kampfhandlungen von taktischer Bedeutung.

Die Heeresgruppe Mitte meldet, dass die der 2. Armee unterstellte 75. Infanterie-Division eine beherrschende Höhe in Besitz bringen und gegen bolschewistische Angriffe verteidigen konnte.

Im Rahmen der 3. Panzer-Armee gelang es der dem XX. Armee-Korps unterstehenden 31. Infanterie-Division und der 183. Infanterie-Division, zwei kraftlose sowjetische Angriffe zurückzuschlagen. Aufgrund sich verschlechternder Wegeverhältnisse kam es auch hier ansonsten zu keinen größeren Kampfhandlungen.

Im Operationsgebiet der Heeresgruppe Süd konnten die gewonnenen und gehaltenen Frontlinien gefestigt werden. Der bolschewistische Feind unternahm keine Offensivhandlungen.

Aufgrund der schlechten Wetterlage kam es zu keinen nennenswerten Luftkämpfen. Auch unsere strategische Bomberoffensive ist aufgrund des Wetters zu einer kurzen Pause gezwungen.

In Norwegen kam es in der Nacht zu einem Einflug von 14 Feindbombern im Raum Haugesund-Stavanger, bei dem zwei Feindflugzeuge vom Typ Handley Page Halifax abgeschossen werden konnten.

Über Frankreich kam es am Tage zu einem Einflug von bis zu 40 Supermarine Spitfire und P-47 Thunderbolt. Bei einem Luftkampf mit deutschen und französischen Jagdflugzeugen konnten acht Feindjäger bei einem Verlust von sieben eigenen Flugzeugen abgeschossen werden.

Zu einem Einflug von Feindbombern kam es nicht.

Im Mittelmeerraum kam es erneut zu Angriffen von A-20 Boston und P-38 Lightning gegen Flottenstützpunkte und Flugplätzen auf Sizilien und auf dem italienischen Festland. Auch Flugplätze bei Athen, Saloniki, auf Kreta und Korfu wurden angegriffen.

Im Mittelmeer selbst konnten rege Aktivitäten schwerer feindlicher Marinekräfte aufgeklärt werden.

Kampfgruppen, ausgerüstet mit Fw 200, gelang es in der Biscaya und im Mittelatlantik, feindliche Schiffe anzugreifen und Frachtraum in der Größenordnung von 20.000 Bruttoregistertonnen zu versenken. Sie führten ferner deutsche und italienische Unterseeboote an ein Geleit heran …

29. April 1943

Morgens, Neues Palais

Ein lautes Klopfen reißt den Kaiser aus seinen Träumen. Verschlafen reibt er sich die Augen, steht auf und wirft sich den Morgenmantel über.

»Herein!«

Die Tür öffnet sich langsam und der Kopf von Oberstleutnant von Reichenbach wird sichtbar.

»Was gibt es denn, Maximilian?«

»Es beginnt! Die Invasion!«

Sofort ist der Regent wie elektrisiert.

»Was? Ich komme sofort!«

Von Reichenbach verlässt das Schlafgemach des Kaiserpaars.

Kaiserin Kira schaut ihren Mann schlaftrunken an. »Was ist den los, mein Liebster?« Der Kaiser ist schon dabei, schnell in seine bereitliegende Uniform zu schlüpfen.

»Es ist alles in Ordnung, schlaf ruhig weiter. Nichts, was du nicht auch in ein paar Stunden erfahren könntest.«

Schnell ist der Regent angekleidet und verlässt das Gemach.

»Was meinst du damit, Max? Was meinst du mit ›Es ist so weit‹?«

Oberstleutnant von Reichenbach hat bereits eine Karte ausgebreitet und winkt den Monarchen heran.

»Generaloberst Löhr meldet bisher Fallschirmangriffe hier, hier, hier und hier!«

Dabei zeigt von Reichenbach auf die Inseln Rhodos, Karpathos, Santorin und Milos.

»Begleitet werden die Angriffe von massiven Luftangriffen, vor allem Rhodos ist betroffen. Die kleineren Garnisonen auf den drei übrigen Inseln werden wohl nicht lange standhalten können.«

»Wie sieht es auf Kreta aus? Hat Generalleutnant Flottmann sich bereits gemeldet?«

»Nein, bisher wohl noch nicht. Generalfeldmarschall von Witzleben bittet allerdings dringend zur Lagebesprechung in ›Maybach II‹!«

29. April 1943

Morgens, südlich von Grenoble

»Los, los, los, werdet ihr euch wohl bewegen, ihr lahmen Hunde!«, brüllt der Spieß und treibt die Männer so zur Eile an. Vor einer Stunde wurde die gesamte Division *Hermann Göring* alarmiert. Die Männer wissen noch nicht, was genau geschehen ist, doch wurden sie in den vergangenen Tagen bereits durch mehrere Übungen, Einweisungen und Impfungen darauf vorbereitet, dass es wohl in den Süden – in Richtung Balkan gehen könnte.

Die Männer mit den weißen Spiegeln und den Ärmelbändern mit der Aufschrift *Hermann Göring* haben ihre persönlichen Sachen gepackt, springen aus den Lastkraftwagen und eilen zu den bereitstehenden Transportmaschinen des Typs Junkers 52.

Schnell steigen auch der Hauptgefreite Max Stüwe sowie der Obergefreite Lothar Müller in die altbewährten Transporter. Kaum haben sie sich gesetzt, schon wird die Tür der Junkers geschlossen. Die drei BMW-132-Motoren brüllen bereits auf und die Ju 52 setzt sich schaukelnd in Bewegung.

»Was meinst du, wo es hingeht, Max?«, ruft der Obergefreite Müller gegen den ansteigenden Lärm an.

Stüwe blickt etwas verunsichert unter seinem Fallschirmjägerhelm hervor. »Wenn ich das wüsste … aber ich denke, der Alte wird uns schon noch ins Bild setzen.«

Kaum ausgesprochen, wendet sich Feldwebel Otte an seine Soldaten.

»Männer, es ist wieder einmal so weit! Der Feind ist mit Fallschirmjägern auf mehreren Inseln in der Nähe des griechischen Festlandes gelandet. Wir werde uns ihnen entgegenstellen und sie von dort wieder vertreiben! Ob es das Vorspiel für die erwartete Invasion ist, wird sich herausstellen; das ist für uns jedoch nicht weiter von Belang! Wir werden den Feind schlagen, wo wir ihn treffen! Wir werden zusammen mit unseren Kameraden nach Foggia transportiert und von dort aus geht es dann ins Zielgebiet. In Foggia werden wir erfahren, ob es zu einem Sprungeinsatz kommt oder nicht. Bis dahin gilt: Ruht euch aus, sammelt eure Kräfte, es wird schon schief gehen.«

29. April 1943

Mittags, OKW-Hauptquartier Maybach II bei Zossen

»Meine Herren, die Lage ist ernst. Der Feind ist an mehreren strategischen Punkten gelandet. Wie erwartet sind Karpathos, Milos und Santorin bereits gefallen. Um Rhodos toben noch heftige Kämpfe. Die dortigen Truppen werden standhalten. Es wurden weitere Absprünge über Naxos, Paros und Andros gemeldet. Auch dort werden wohl die Kämpfe bald enden. Starke Flottenverbände wurden in der Ägäis gemeldet. Es sind mindestens vier Flugzeugträger, zwei britische und zwei amerikanische aufgeklärt worden. Darüber hinaus haben wir es mit mindestens fünf Schlachtschiffen und anderen Schiffseinheiten zu tun. Vor allem die Schlachtschiffe und schweren Kreuzer bombardieren Kreta. Doch von dort sind noch keine Anlandungen gemeldet. Auch die Luftwaffenkräfte aus Nordafrika sind nicht zu unterschätzen.«

Während Generalfeldmarschall von Witzleben dies ausführt, zeigt er die entsprechenden Orte auf einer großen Lagekarte an der Wand des Lagebunkers. Unentwegt kommen Melder hinein und reichen den anwesenden Offizieren die neusten Meldungen von der Front. Gerade, als der Feldmarschall weitere Ausführungen vornehmen will, ergeht eine weitere Meldung. Von Witzleben überfliegt den Zettel, den ihm ein Melder gereicht hat. Der Kaiser beobachtet, wie sich die Augen des alten Feldmarschalls weiten.

»Feldmarschall Rommel meldet soeben, dass es massive Bombenangriffe auf die italienischen Flottenstützpunkte La Spezia, Tarent und Bari sowie den französischen Stützpunkt Toulon gab. Nach bisherigen Meldungen erlitten italienische und französische Schiffe schwerste Beschädigungen. Ebenfalls wurden Luftwaffenstützpunkte bei Rom, Palermo, Catania und Foggia angegriffen!«

Der Kaiser stützt sich mit den Ellenbogen auf die Tischplatte und reibt sich mit der rechten Hand das müde Gesicht.

»Was können wir tun, um General Löhr zu unterstützen?«

»Nun, mein Kaiser, eigentlich sollte General Zeitzler über die angelaufenen Maßnahmen des Heeres Vortrag halten, doch leider ist dieser noch nicht anwesend«, erwidert der Chef des OKW-Stabes. Der Kaiser schaut verwundert auf.

»Wie? General Zeitzler ist noch nicht da? Das sieht ihm aber nicht ähnlich … was ist der Grund für die Verspätung?«

»Das kann ich Ihnen leider nicht beantworten, Eure Majestät. Seitdem Zeitzlers Adjutant meldete, dass sie aufgebrochen seien, haben wir von beiden nichts mehr gehört. Ich habe bereits die Feldgendarmerie damit beauftragt, der Sache auf den Grund zu gehen.«

Der Kaiser nickt zufrieden.

»Gut, was können Sie mir über unsere Luftwaffenkräfte im Raum sagen?«

»Wie geplant wurden durch das Stichwort ›Drohende Gefahr Südost‹ Jagd- und Schlachtfliegerverbände verlegt beziehungsweise befinden sich in der Verlegungsphase.

Die Fallschirm-Division *Hermann Göring* befindet sich bereits auf dem Weg nach Foggia, doch es müssen einige Transportmaschinen nun wohl umgeleitet werden, je nachdem, wie stark der Platz beschädigt ist. Darum kümmert sich jedoch Major von Below«, dabei nickt von Witzleben dem 36-jährigen Offizier zu, der bis zu Hitlers Tod dessen Luftwaffenadjutant war und nun im Stabe Generalfeldmarschall von Witzlebens tätig ist.

»Es war eigentlich geplant, dass die Junkers in Foggia auftanken und dann die *Hermann Göring* direkt in den Kampfraum transportieren. Ich hoffe, durch die alliierten Luftangriffe wird der Einsatz der Division nicht allzu sehr verzögert werden. Nachdem die *Hermann Göring* gelandet ist, sollen die Junkers und die anderen

Transportflugzeuge nacheinander die 2. und 3. Fallschirm-Division transportieren. Begleitet werden sie von den Jägern des JG 53, auch die I. Gruppe des Nachtjagdgeschwaders 2 verlegt mit ihnen und wir dann bei Athen stationiert.«

Der Monarch nickt anerkennend.

»Nun, das klingt ja bisher recht vielversprechend«, sagt Louis Ferdinand I. und versucht Zuversicht auszustrahlen, »was sagen die Italiener?«

Die Italiener sind noch zurückhaltend, haben aber bereits die 1. Alpini-Division ›Taurinense‹, die 3. Alpini-Division ›Julia‹ und die 132. Panzerdivision ›Ariete‹ in Marsch gesetzt. Von den Luftwaffenverbänden werden wir erst Genaues wissen, wenn die Meldungen über die Schäden durch die Angriffe hereingekommen sind.«

»Gut, halten Sie mich dahingehend auf dem Laufenden! Haben Sie schon Kontakt mit den Bulgaren aufgenommen?«

»Ja, Eure Majestät, die Bulgaren haben uns die 9. Infanterie-Division ›Pleven‹, die 21. Infanterie-Division, die 24. Infanterie-Division und die 1. Kavallerie-Brigade sowie ihre Panzerbrigade unterstellt. Doch diese Einheiten sind nur mangelhaft ausgestattet, die Panzerbrigade zum Beispiel verfügt nur über Panzer 38(t), eine Hand voll französische R-35 und ein paar alte Panzer IV in der Ausführung E. Es sind keine modernen Panzerabwehrwaffen vorhanden, ganz zu schweigen von Flugabwehrgeschützen. Die Infanteriedivisionen sind allesamt auf Pferdefuhrwerke angewiesen.«

Wieder kratzt sich der Kaiser nachdenklich am Kinn.

»Nun ja, besser als nichts, würde ich sagen. Wann sind die ungarische und italienische Legion vor Ort?«

»Die werden noch zwei Tage benötigen, ehe sie Athen erreicht haben werden.«

Mitten in der Debatte stürmt der Ia von Generalfeldmarschall von Witzleben herein.

»General Zeitzler ist tot!«

29. April 1943

Nachmittags, Flugplatz Foggia

Als die Transportmaschinen zur Landung ansetzen, sind die Schäden der Bombardierungen durch Feindflugzeuge der Royal Air Force noch lange nicht beseitigt. Gerade einmal die Hauptlandepiste ist freigeräumt und die Bombentrichter aufgefüllt. Neben den Landepisten liegen noch die rauchenden Trümmer von mehreren M.C. 200, M.C. 202, Re 2001 und einigen Cant Z. 1007. Doch auch britische und amerikanische Flugzeuge sind als glühende Schrotthaufen in der Landschaft auszumachen.

Die Junkers Ju 52 und vor allem die Me 323 haben trotz der aufopfernden Arbeit der italienischen Soldaten auf dem Gelände Schwierigkeiten zu landen. Gut die Hälfte der deutschen Transportmaschinen und der sie begleitenden Me 109-Jäger mussten bereits vorher auf Flugfelder bei Rom, Neapel und Perugia umgeleitet werden.

Die Fallschirmjäger wissen von den neusten Ereignissen nichts und sind über das Ausmaß der Zerstörung entsetzt.

»Meine Güte, da haben die Tommys aber ganz schön reingehagelt«, platzt es aus Müller heraus.

»Wie kommst du darauf, dass es die Tommys waren?«, gibt Stüwe zurück, während sie die Junkers verlassen und über das Rollfeld eilen.

»Na, der Schrotthaufen dort drüben sieht doch wie der Überrest einer Spitfire aus, oder nicht?«

»Ja, klar, aber dort liegt auch eine Maschine mit Ami-Stern.«

»Schluss jetzt mit dem Gerede! Sammelt euch dort hinter bei der Baracke. Mal sehen, ob der Alte schon was weiß, wie es weitergehen soll.«

Als Stüwe und seine Kameraden zur Holzbaracke kommen, sehen sie im Inneren eine dampfende Feldküche stehen. Dahinter befindet sich ein älterer Küchenbulle und grinst breit.

»Na, Kameraden, schöne Grüße von Feldmarschall Rommel. Wir wurden gestern hierher beordert, weil es hieß, dass heute Besuch ankommt.«

»Es scheint aber, dass ihr vorher schon Besuch hattet und der hat sich anscheinend etwas danebenbenommen«, gibt Müller zurück.

Die Miene des Küchenbullen verfinstert sich.

»Das könnt ihr aber laut sagen. Eine Stunde, bevor ihr hier gelandet seid, kam eine ganze Horde von denen – Amis und Tommys im Verbund. – Haben einen ganz schönen Rabatz veranstaltet. Die Flak der Itaker hat getan, was sie konnte, hat auch ein paar der Flieger abgeschossen. Einige der Italiener meinten, es seien Trägerflugzeuge der Tommys und Amis, aber wer weiß das schon.«

Er hebt einen der Deckel, nimmt seine Kelle und rührt in dem großen Kessel herum.

Müller und Stüwe steigt ein lieblicher Duft in die Nase. Hinter ihnen stellen sich immer mehr Fallschirmjäger, aber auch Flugzeugführer der Transportmaschinen und der wenigen Jäger an.

»Na los, Kameraden, es ist angerichtet. Es gibt heute passenderweise Nudeln mit Tomatensoße.«

29. April 1943

Nachmittags, südliche Ostfront

Stundenlang liegt Riedel schon bewegungslos im Gebüsch. Die spärliche Sonne, die sich durch die Wolken gekämpft hat, wärmt ihn wenigstens ein wenig.

Na ja, immerhin kein Regen mehr.

Er weiß, dass er an dieser Stelle richtig liegt.

Noch einmal sucht er rund um den vor ihm liegenden Felskegel das Gelände ab. Es ist unmöglich, dass keinerlei Fußspuren hinterlassen werden.

Das Aufpeitschen eines Schusses lässt ihn einhalten. Links von ihm ertönt ein langgezogener Schrei. *Verflucht, da hat es schon wieder einen Kameraden erwischt! Wo steckt dieser verfluchte Schütze?*

Seine Sicht wird durch einige Latschenkiefern behindert, deren Nadelkleid ungefähr einen halben Meter über dem Untergrund endet. Sie gestatten überhaupt keinen Einblick. Wenn dort ein Sowjet drunter liegt, wird es schwierig, ihn auszumachen.

Doch Riedel ist das Warten und Lauern gewohnt. Ein Scharfschütze darf niemals ungeduldig werden. Gerade das Warten ist eine Stärke.

Den ganzen Vormittag über hat er bereits mit bloßem Auge und dann wieder mit seinem Zeiss-Glas gesucht – ohne Erfolg.

Infanteriefeuer flammt auf, doch es dauert nicht lange an, dann kehrt wieder Ruhe ein.

Aus dem Hinterland erschallen dumpfe Explosionen.

Werden wohl sowjetische Schlachtflugzeuge sein. Verrückt bei dem Wetter.

Plötzlich hält er inne.

Hab' ich dich!

Wie zufällig ist sein Blick an einer Latschenstaude hängengeblieben. Dabei hat Riedel genau gesehen, wie sich das Gewächs bewegt hat.

Mit ruhigen Bewegungen, die Augen nicht mehr von dem kleinen Bäumchen abwendend, legt er das Fernglas aus der Hand und nimmt dafür das Zielfernrohr auf. Mit dem Fadenkreuz sticht er das Gewächs an. Darunter muss der Gegner verborgen sein.

Wir wird er wohl liegen? Mit dem Kopf nach unten, aber das wäre für das Zielen schlecht. Nein, der Kumpel liegt sicher mit den Füßen am Boden auf und hat den Oberkörper zwischen den zähen Ästen der Latschenkiefer hochgeschoben. Nur in dieser Stellung kann der Bursche waagerecht liegen und schießen.

Wenn es so ist, wie er vermutet, muss der Gewehrlauf aus dem Geäst hervorragen. Wenn auch nicht in seiner vollen Länge, aber doch mindestens rund 20 Zentimeter.

Ob Riedel will oder nicht, er muss anerkennend durch die Zähne pfeifen. Der feindliche Scharfschütze dort drüben ist ein gerissener Kerl. Hat er doch tatsächlich die Laufmündung mit einem biegsamen Latschenzweig, der an das Rohr gebunden ist, getarnt. Wenn man nicht genauestens beobachtet, ist der Lauf kaum zu erkennen.

Doch nun ist das Rätsel gelöst.

Müsste eigentlich mit zwei schnellen Schüssen erledigt sein.

Auch wenn die Geschosse von den Zweigen abgelenkt werden, so treiben sie den Mann trotzdem aus seiner Deckung. Und dann kann der Russe ihm nicht mehr entkommen. Vielleicht liegt dort drüben tatsächlich der Scharfschütze, der in den letzten Tagen fast ein Dutzend Kameraden abgeschossen hat.

Riedel schießt schnell und präzise.

Den zweiten Schuss setzt er einen Meter hinter dem ersten auf. Dann tritt ein, was er vermutet hat. Die Zweige der Latschenkiefer heben sich hoch und daraufhin erscheint der Kopf des sowjetischen Scharfschützen. Er hat den Mund weit aufgerissen und es ist zu sehen und sogar zu hören, wie er schreit.

Der Russe will den linken Fuß aus dem dichten Gestrüpp ziehen, aber er hat offenbar nicht mehr die Kraft dazu. Trotzdem versucht er verzweifelt vom Boden wegzukommen, doch es gelingt ihm nicht. Er rudert mit den Armen in der Luft herum, um das Gleichgewicht zu halten. Mitten in diese Bewegung hinein trifft ihn der tödliche Schuss. Lautlos kippt er vornüber und bleibt auf den Latschenkieferzweigen liegen.

Feldwebel Klaus Riedel rührt sich nicht. Er wartet. Seine bisherige Erfahrung sagt ihm, dass sich bald etwas tun wird. Natürlich werden sie nicht einfach daher spazieren. Aber sie werden kommen, dessen ist er sich sicher. Nur wie sie es anfangen werden, das weiß er noch nicht.

Mitten in sein Warten hinein setzt plötzlich schweres Granatwerferfeuer ein. Die Einschläge springen aus dem Gelände und erfüllen die Luft mit ihrem höllischen Rauschen. Es sind immer drei Einschläge auf engstem Raum.

Dann beginnt ein Maxim-MG zu tackern. Das liegt jedoch weiter links. Ihm antwortet wenige Augenblicke später ein deutsches MG 42. Einige Garben bringen das Maxim zum Schweigen.

Verflucht, das war aber nah!

Die Splitter einer Granatwerfersalve surren über Riedel hinweg. Es ist gut, dass er so tief unter einem Strauch am Boden liegt. Wenn er nicht direkt einen Volltreffer bekommt, kann ihm der Beschuss eigentlich nichts anhaben.

Plötzlich kommen zwei Rotarmisten suchend um den Felskegel herum und springen auf das Feld mit den Latschenkiefern zu. Der Vorderste hat den toten Scharfschützen sofort gesehen. Er hält einen Atemzug lang inne und wirft einen schnellen Blick zur deutschen Stellung herüber. Danach ruft er seinem Hintermann etwas zu und beide springen in die Latschenniederung hinein.

Riedel nimmt den zuletzt laufenden Soldaten ins Visier. Der Kopf mit dem wuchtigen Stahlhelm kommt ins Blickfeld und schon ist die Kugel aus dem Lauf.

Der Getroffene taumelt in den Bewuchs. Wie erstarrt bleibt der andere Rotarmist einen kurzen Moment lang stehen. Dann schreit er vor Schreck auf und läuft an dem Toten vorbei hügelabwärts auf den kleinen Bach zu. Nur dort befindet er sich im toten Winkel zu den deutschen Stellungen und kann von den Landsern nicht mehr gesehen werden.

Doch auch dieser Rotarmist hat keine Chance. Er kommt noch ein paar Meter weit, dann erreicht ihn das tödliche Geschoss aus Riedels Karabiner. Er sinkt zusammen und bleibt liegen.

29. April 1943

Abends, OKW-Hauptquartier Maybach II bei Zossen

Der Kaiser hielt sich den ganzen Tag über in der großräumigen Bunkeranlage des OKW auf. Er wollte keine einzige Meldung, und erschien sie auch noch so unbedeutend, von der neuen Front in Griechenland verpassen. Doch auch über die neusten Erkenntnisse zum Tod von General Zeitzler möchte der Monarch laufend unterrichtet werden. Zurzeit steht jedoch nur fest, dass der General, sein Adjutant und ihr Fahrer durch eine Autobombe ums Leben gekommen sind.

Von jenem Mercedes-Benz, mit dem die drei Männer nach Zossen fuhren, ist nur ein qualmender Haufen Altmetall übriggeblieben. Oberstleutnant von Reichenbach begab sich sofort nach der erschreckenden Nachricht zusammen mit Leutnant von Stimmer und zwei weiteren Gardesoldaten auf den Weg zum Unglücksort.

Doch auch in Griechenland ist die Lage am Ende des ersten Kampftages angespannt. Die alliierten See- und Luftstreitkräfte bekämpfen die deutschen Truppen auf Kreta und drängen sie sukzessive zurück.

Die übrigen, kleineren Inseln der Kykladen sind bereits besetzt worden. Auf Rhodos toben weiterhin heftige Kämpfe mit feindlichen Fallschirmjägern und angelandeten Bodentruppen.

Gerade kommt wieder eine neue Meldung herein.

Ein Stabsoffizier nimmt sie in Empfang und berichtet mit belegter Stimme: »Die Truppen auf Rhodos müssen sich weiter zurückziehen. Die Stellungen sind nicht mehr zu halten, der dortige Befehlshaber, ein Hauptmann Präger, teilt mit, dass alle Offiziere vom Major aufwärts entweder gefallen, schwer verwundet oder in Gefangenschafft geraten seien. Sollte die Truppe nicht bis spätestens morgen Mittag evakuiert oder entscheidend verstärkt werden, müsse er vor dem Feind die Waffen strecken!«

Betretendes Schweigen herrscht für einige Augenblicke im Raum.

Louis Ferdinand sieht Feldmarschall von Witzleben fragend an. »Wie steht es um Rhodos? Besitzt diese Insel noch irgendeinen strategischen oder taktischen Wert für uns, der es rechtfertigt, die Männer dort weiter kämpfen zu lassen?«

»Nun, mein Kaiser, laut den letzten Meldungen ist die alliierten Invasionsflotte bereits an Kreta und Rhodos vorbei und weiter ins ägäische Meer vorgerückt. Truppenanlandungen werden aus Legrena, Pefka und Agia Marina gemeldet. Feindliche Fallschirmjäger haben strategisch wichtige Brücken und Kreuzungen südlich von Athen besetzt.«

»Mit anderen Worten, Rhodos hat keine unmittelbare Bedeutung mehr für uns, richtig?«, hakt der Kaiser ungeduldig nach.

»Nein, Eure Majestät. Abgesehen von der Bindung feindlicher Kräfte …«, lautet die sehr betretene Antwort des Feldmarschalls.

»Sehen Sie eine realistische Chance, die Männer von der Insel runterzuholen?«

»Nein, mein Kaiser. Nicht mit den uns momentan zur Verfügung stehenden Mitteln.«

Der Regent schlägt laut mit der rechten Hand auf die Tischplatte. Umstehende Führer und Unterführer zucken teils erschrocken zusammen.

»Gut, dann geben Sie dem Hauptmann unverzüglich volle Handlungsfreiheit und teilen Sie ihm mit, dass er und seine Männer mit dem nächsthöheren Orden ausgezeichnet werden!«

»Aber, wir wissen nicht, wie viele Kräfte durch das Ausharren der Truppen auf Rhodos gebunden werden«, versucht von Witzleben auf den Kaiser einzuwirken.

Dieser winkt jedoch barsch ab. »Ganz genau, wir wissen nicht, wie viele Kräfte durch unsere Soldaten gebunden werden. Was wir jedoch wissen, ist, dass unsere tapferen Kämpfer dort geopfert werden. Und das wird es nicht mehr geben!« Der Kaiser atmet kurz hörbar durch, dann setzt er nach: »Lassen Sie meinen Befehl durchgeben!«

Von Witzleben dreht sich zu einem der umstehenden Stabsoffiziere um. »Frohberg, kümmern Sie sich, dass der Befehl unverzüglich weitergegeben wird. Notfalls senden Sie unverschlüsselt!«

Der angesprochene Offizier macht sich sofort auf den Weg.

»Wie sieht es mit unseren Fallschirmjägern aus? Gibt es da schon etwas Neues?«, will der Monarch nun wissen.

»Nein, mein Kaiser, nicht seit der letzten Meldung. Die Einheiten der *Herrmann Göring* mussten ja leider aufgrund der Luftangriffe des Gegners einige nicht geplante Zwischenstopps und Umwege in Kauf nehmen, schon allein, weil wichtige Treibstofflager getroffen wurden und daher der Sprit nicht für alle Transporter und den Begleitschutz zugleich gereicht hat. Die Entscheidung von Feldmarschall Sperrle, die Transporter nicht ohne Jägergeleit starten zu lassen, obwohl dann mehr Transporter hätten weiterfliegen können, trage ich noch immer uneingeschränkt mit!«

Das Oberkommando der Wehrmacht gibt bekannt

Aus dem Raum der Heeresgruppe Nordland sind neben beidseitigen Stoßtrupptätigkeiten keine Kampfhandlungen von Bedeutung zu nennen.

Bei der Heeresgruppe Nord verlief der Tag außer geringer Spähtrupptätigkeit über den Wolchow ruhig. Sämtliche Spähtrupps des Gegners konnten abgewehrt und Gefangene eingebracht werden. Durch Propagandatätigkeiten von Einheiten der Russischen Volksarmee vermochten unsere Verbündeten zahlreiche Überläufer zu gewinnen. Eine Kompanie ist geschlossen zu den Wlassow-Truppen übergetreten.

Im Operationsraum der Heeresgruppe Mitte kam es bei der 2. Armee zu zwei schwächeren Feindangriffen gegen den linken Flügel der 75. Infanteriedivision. Die Angriffe konnten unter hohen Verlusten an Menschen und Material für die Bolschewisten abgewiesen werden.

Die 2. Panzer-Armee meldet vor ihrem rechten Flügel lebhafte Späh- und Stoßtrupptätigkeit. Beim XXXXI. Panzer-Korps konnte die 383. Infanterie-Division, nachdem sie vorrübergehend eine vorgeschobene Stellung verlor, einen Feindangriff in Bataillonsstärke mit Panzerunterstützung und dank starker Artillerievorbereitung zurückschlagen und weitere Bereitstellungen des Gegners vereiteln.

Im Kampfraum der Heeresgruppe Süd kam es zu einem Feindangriff in Kompaniestärke bei der 57. Infanterie-Division und zu teils starkem Störfeuer.

Die Heeresgruppe E meldet den Beginn der lang erwarteten Landung der Westalliierten auf den griechischen Inselgruppen der Kykladen. Kreta liegt unter stärksten Luftangriffen und Artilleriefeuer schwerer Schiffsgeschütze. Auf Rhodos kam es zu einer Landung feindlicher Fallschirmjäger. Unsere dortigen Besatzungstruppen leisten dem angloamerikanischen Feind Widerstand bis zum Äußersten und fügen ihm schwerste Verluste an Mensch und Material zu.

Auf dem griechischen Festland kam es zu Anlandungen an drei Abschnitten und der Landung von feindlichen Fallschirmjägern. Überall schlägt den alliierten Invasoren verbissener Widerstand entgegen, so dass diese nicht aus ihren Landeköpfen ausbrechen können. Sofortige Gegenmaßnahmen wurden seitens des Oberbefehlshabers Süd, der verdiente Herr Generalfeldmarschall Rommel, der Heeresgruppe sowie der Luftflotte 2 getroffen. Die Landung konnte uns nicht überraschen.

Auf dem griechischen Festland kommt es nun zu verstärkten Bandentätigkeiten. Italienische Truppen führen im Raum Kastoria Säuberungsaktionen mit drei verstärkten Bataillonen durch. Bei einer weiteren Unternehmung im Raum Lamia-Volos-Pharsala kam es zu kleineren Gefechten mit starken und aus dem Hinterhalt agierenden Banden, doch es konnte ein Bestand von 500 Stück Vieh und 50 Maultiere sichergestellt werden.

Über dem Reichsgebiet kam es in der Nacht zum Einflug von 140 Feindflugzeugen in das rheinisch-westfälische Industriegebiet. Der Angriffsschwerpunkt lag bei bei Essen mit dem Einflug von 80 Feindbombern. Die Krupp-Werke wurden getroffen und geringfügig beschädigt.

Nach bisherigen Meldungen konnten vier Feindbomber durch die Flugabwehr und acht Feindflugzeuge durch Nachtjäger abgeschossen werden. Unter den Feindverlusten befinden sich vier schwere Bomber des Typs Avro Lancaster als auch Short Stirling.

Im Mittelmeerraum kam es zu schweren Angriffen durch elf Jagdbombern des Typs P-38 Lightning auf den Flugplatz von Catania, 21 B-24 Liberator auf Tarent, zwölf B-17 Flying Fortress auf Flugplätze rund um Rom, zehn Avro Lancaster auf Bari und durch Trägerflugzeuge auf Foggia.

Im Atlantik gelang es einer Gruppe, bestehend aus neun Fw 200-Kampfflugzeugen, einen Geleitzug von mindestens 23 Schiffen anzugreifen und fünf Schiffe zwischen 3.000 und 5.000 Bruttoregistertonnen zu versenken. Herangeführte Unterseeboote konnten weitere zwei

Handelsschiffe mit einer Gesamttonnage von 10.000 Bruttoregistertonnen versenken. Die Geleitzugschlacht dauert noch an.

...

30. April 1943

Morgens, Südatlantik

»Fliegeralarm!«, erklingt der Schrei des Signalmaats. Dessen ausgestreckter Arm weist nach Steuerbord.

»Drei nicht identifizierte Flugzeuge im Anflug dicht über der Wasserfläche aus Null-Vier-Neun! Schnell näherkommend!«

Friedrichsberger und die übrigen Besatzungsmitglieder auf dem Turm fahren herum und richten ihre Gläser in die angegebene Richtung.

»Tatsächlich, drei Flugzeuge im Anflug!«

Noch sind sie zu weit entfernt, um zu erkennen, um welchen Flugzeugtyp es sich handelt, doch das ändert sich sehr schnell.

Ganz gleich, wer es ist. Mit einem Flieger könnten wir es schlimmstenfalls noch aufnehmen, doch mit dreien auf keinem Fall, geht es Friedrichsberger durch den Kopf.

Er schlägt auf den Alarmknopf.

»Auf Tauchstation! Klar zum Alarmtauchen! Vorfluten!«

Die Männer lassen sich in den Turm fallen. Als Letztes folgen der II. WO und Kapitänleutnant Friedrichsberger selbst.

»Turmluk ist dicht! Fluuuten! Ruder hart Backbord! Neuer Kurs Drei-Drei-Acht! Beide E-Maschinen dreimal AK voraus!«

Mit optimal gelegten Tiefenrudern und aller Maschinenkraft schert U 523 aus dem Kurs, hinunter in die schützende Tiefe. Sie müssen schnellstens weg von dem schäumenden Schwall, der in der recht ruhigen See möglicherweise den Flugzeugen den Tauchpunkt verrät.

»Na, das war ja ein kurzes Vergnügen! Diese Schlipssoldaten gönnen einem auch gar nichts, nicht einmal dieses herrliche Wetter!«, meckert der II. WO. »Keine Liebe mehr unter den Menschen.«

»Schlipssoldaten, Herr Bernau? Wieso? Meinen Sie, die sind von Land angeflogen? Nur keine voreiligen Schlüsse, können auch

Trägerflugzeuge der Tommys sein! Ich hoffe nur, dass die uns nicht schon gesehen hatten!«

»Kurs Drei-Drei-Acht liegt an!«, meldet der Rudergänger.

Der LI schließt sich an: »Beide Maschinen machen Umdrehungen für dreimal AK voraus. Es gehen gerade 40 Meter durch, Boot gewinnt schnell an Tiefe.«

Die Maschinen sind erst spät entdeckt worden, da sie flach über dem Wasser anflogen, und sie haben das deutsche Unterseeboot ebenfalls bemerkt.

U 523 unterschreitet soeben die 70-Meter-Marke auf der Tiefenanzeige, als achteraus die ersten Bomben detonieren.

Verdammt nahe, zum Glück mit geringer Tiefenwirkung, stellt Friedrichsberger erleichtert fest.

Nur die Druckwelle holt das abtauchende Boot ein und schüttelt es ordentlich durch. Beides verrät dem erfahrenen Kommandanten die Art der eingesetzten Bomben.

»Das sind keine Wasserbomben, sondern normale Fliegerbomben, II. WO. Spreng- oder Splitterbomben, die beim Aufschlag auf die Wasseroberfläche detonieren.«

Eine neue Detonationswelle röhrt durch die Tiefe. Noch näher, so dass die Männer unwillkürlich den Kopf einziehen, aber die Tiefenwirkung bleibt wieder aus.

»Tommys, die es halt versuchen. Frage Tiefe, was geht durch?«

»Es gehen 80 Meter durch, Boot fällt weiter!«

»Das reicht! Stopp, Tiefe! Auf 80 Meter einpendeln! Beide E-Maschinen Umdrehungen für sechs Knoten.«

Eine dritte Bombenreihe detoniert nicht minder harmlos im Kielwasser von U 523.

Der LI grinst. »Viel Lärm um nichts, Herr Kaleu. Das müssen Anfänger sein, sonst würden die ihre Bomben nicht unnötig opfern.«

»Abwarten, Fischer«, mahnt Friedrichsberger den Leitenden Ingenieur, »noch ist alles drin. Die wissen, dass es uns hier gibt. Vielleicht hat uns eines der U-Boote gemeldet, denen wir ein Schnippchen geschlagen haben.«

An den I. WO gewandt, meint der Kommandant: »Was würden Sie jetzt an deren Stelle tun, Kehl?«

»Als britischer Flugzeugführer würde ich natürlich versuchen eine U-Jagdgruppe herbeizurufen, falls sich eine in der Nähe aufhält. Falls nicht, würde ich kreisen, in der Hoffnung, dass wir so leichtsinnig sind, mit dem Boot irgendwann aufzutauchen«, sagt der I. WO und grient dabei unmilitärisch, »dann würde ich uns gehörig eins auf den Deckel geben.«

Friedrichsberger hat Mühe, ein Schmunzeln zu unterdrücken.

Trotz seiner Macken ist der Kehl doch ein recht cleveres Kerlchen. Aus dem wird bestimmt mal ein hervorragender Kommandant, überlegt der Kapitänleutnant.

»Schön, Kehl, und als Kommandant eines Bootes, was würden Sie da tun?«

»Unten bleiben und horchen, Herr Kaleu«, kommt es wie aus der Pistole geschossen. »Eine Jagdgruppe verrät sich durch ihre Schraubengeräusche. Bleiben die aus, würde ich erst auftauchen, wenn ich sicher sein kann, dass denen da oben der Sprit ausgegangen ist. Das kann nicht lange dauern, denn bis zur nächsten Küste ist es noch ein ganzes Stück!«

»Gut gebrüllt, junger Löwe!« Friedrichsberger ist durchaus der Meinung, dass hier ein Lob in dieser Form angebracht ist.

»Dann fragen Sie doch mal nach, ob sich die U-Jagdgruppe möglicherweise schon ankündigt!«

Wieder ist ein Grinsen auf dem stoppelbärtigen Gesicht des Offiziers zu sehen.

»Brauch' ich eigentlich nicht, denn am GHG sitz der Steiger und der macht sich Hoffnungen, nach dieser Feindfahrt zum Maat aufzusteigen. Daher hab' ich ihm erst vor Kurzem erklärt, was ein Kommandant oder Wachoffizier von einem Horchgast an Eigeninitiative erwartet, um eine Beförderung zu befürworten - aber Fragen kostet ja nüscht. - Horchraum, Frage von Zentrale: Was erzählen die Fische?«

Die Antwort kommt prompt: »Keine Schraubengeräusche!«

Kapitänleutnant Wolfgang Friedrichsberger kann es sich einfach nicht verkneifen und klopft dem I. WO anerkennend auf die Schulter, zumal auch der LI und der II. WO anerkennend schmunzeln.

30. April 1943

Mittags, OKW-Hauptquartier Maybach II bei Zossen

Der Kaiser befindet sich noch immer im Bunkerkomplex des OKW-Hauptquartiers, um auf dem Laufenden zu bleiben. Soeben ist Generaloberst Guderian in Zossen eingetroffen.

»Ah, Herr Generaloberst, sehr schön, dass Sie so schnell erscheinen konnten.«

»Eure Majestät, was kann ich für Sie tun?«

»Herr Guderian, Sie haben sicherlich von der – nun, gelinde gesagt – unerfreulichen Sache mit General Zeitzler gehört. Nichtsdestotrotz müssen wir handlungsfähig bleiben. Daher ernenne ich Sie hiermit unter gleichzeitiger Beförderung zum Generalfeldmarschall zum neuen Oberbefehlshaber des Heeres!«

Guderian schaut den Monarchen überrascht an, doch ergreift er schnell die ihm angebotene Hand.

»Ich danke Ihnen, Eure Majestät, und fühle mich geehrt.«

»Sie haben es verdient, Guderian, doch ich hatte gehofft, dass sowohl der Anlass als auch die Örtlichkeit feierlicher gewesen wären! Ihren Nachfolger als Generalinspekteur der Panzertruppen können Sie gern selbst bestimmen. Vielleicht haben Sie ja schon einen passenden Kandidaten im Kopf?«

Der frischgebackene Generalfeldmarschall überlegt kurz, dann sagt er nachdrücklich: »Mein Kaiser, ich schlage Generaloberst Model vor. Er ist zwar ein recht harscher und manchmal sogar ruppiger Offizier, aber auch kühn, unermüdlich und kompetent.«

Der Kaiser muss bei der Einschätzung Guderians hinsichtlich Generaloberst Models lachen, doch er vertraut auch der Einschätzung des verdienten Offiziers.

»Gut, Guderian, dann veranlassen Sie alles Weitere und seien Sie versichert, sobald die Lage wieder unter Kontrolle ist, werden Sie eine standesgemäße Zeremonie bekommen. Doch nun will ich sie nicht weiter aufhalten. Sie haben nur sehr wenig Zeit, sich in Ihren neuen Posten einzuarbeiten!«

Wieder reicht Louis Ferdinand I. dem nunmehrigen Generalfeldmarschall und Oberbefehlshaber des Heeres die Hand und empfiehlt sich.

Der Kaiser verlässt den Vorbunker und begibt sich wieder zu Feldmarschall von Witzleben und seinen Stabsoffizieren.

»Gibt es was Neues, von Witzleben?«

Der OKW-Stabschef schaut den Kaiser aus müden, blutunterlaufenen Augen an. Doch Louis Ferdinand I. ist sich sicher, dass er selbst nicht viel besser aussieht. Die Männer haben seit der alliierten Landung kaum geschlafen.

»Nein, Eure Majestät, seit der letzten Meldung von Generaloberst Löhr, in der er berichtete, dass die Alliierten nun zum Vormarsch auf Athen ansetzen würden, nachdem sie die Nacht über in ihren erreichten Stellungen ausgeharrt hätten, und der Meldung, dass die Besatzung von Rhodos sich den Alliierten ergeben habe, gibt es nichts Neues zu berichten.«

In diesem Augenblick tritt Oberstleutnant von Reichenbach in den muffigen Bunker.

Beim Anblick des Kaisers samt dessen müden Augen und dem erschöpften Gesicht erschrickt von Reichenbach etwas.

»Mein Kaiser, Eure Gemahlin hat nochmals angerufen und nachdrücklich darum gebeten, Sie und sich und dem Stabe des Feldmarschalls von Witzleben Ruhe gönnen!«

Der Kaiser schaut seinen engen Vertrauten verwundert an und will gerade etwas entgegnen, da wird er vom Oberstleutnant abgewürgt: »Die Kaiserin lässt weiterhin ausrichten, Eure Majestät möge es nicht auf eine Diskussion mit ihr ankommen lassen, da sie in einem empfindlichen körperlichen Zustand sei und darüber hinaus meine Wenigkeit zur Verantwortung gezogen werden könnte!«

Bei der letzten Äußerung muss von Reichenbach sich ein Lachen verkneifen.

»Daher muss ich aus Eigeninteresse ebenfalls mit Nachdruck darauf bestehen, dass Eure Majestät nun mitkommen!«

Nun ist es der Kaiser, der laut auflacht, denn er sieht die verwunderten und verunsicherten Blicke der umstehenden Stabsoffiziere.

»Gut, Oberstleutnant von Reichenbach, dann wird mir wohl nichts anderes übrigbleiben, um zu vermeiden, dass Unschuldige geopfert werden.«

30. April 1943

Nachmittags, südliche Vorstadt von Athen

Schwarze Rauchschwaden hängen nun über der antiken Stadt und vermengen sich mit der staubigen Luft der Umgebung. Beißender Geruch kriecht durch die Straßen, mal undurchsichtig dick, mal aufgelockert wie dünne, dunkelschwarze Nebelschleier. Es ist ein Gemisch aus Pulverschmauch und dem Qualm der lodernden Schwelbrände. Atmet man zu viel davon ein, kratzt es im Hals und sticht in der Lunge.

Die Fallschirmjäger hören pausenlos das Grollen der schweren Schiffsgeschütze. Hin und wieder rumst es. Wenn die schweren Granaten in näherer Entfernung detonieren, rieselt etwas Kalk und Staub von der Kellerdecke jenes Gewölbes, in dem Müller, Stüwe und die anderen Landser Schutz gesucht haben.

»Verdammte Tommys. Hätte nie gedacht, dass sie tatsächlich Athen beschießen und ihre verdammten Eier abschmeißen. Die schöne Stadt ... eine Schande ist das!«

»Aber zwischendurch höre ich auch unsere eigenen Geschütze – Granatwerfer! Schätze, die schlagen ein paar Straßen weiter in die Häuser ein.«

»Der Alte meinte vorhin, die Tommys landen eine Division nach der anderen an. Gefällt mir überhaupt nicht. Das stinkt doch wieder nach einem verdammten Rattenkrieg. Dieses Mal halt nicht in Stalingrad, sondern in Athen«, sagt einer der Fallschirmer, der, bevor er zur Division *Hermann Göring* gekommen ist, in einer Einheit diente, die in Stalingrad kämpfte.

Müller hört den Jägern aufmerksam zu. Sie sprechen mit gedämpften Stimmen, die eigenartig rau und trocken klingen. Die deutschen Fallschirmjäger liegen nun schon seit zwölf Stunden in ihren Stellungen. In dieser Zeit hat sich das Erscheinungsbild der Stadt stark verändert. Die deutschen und italienischen Einheiten haben den Befehl, sich nur in den Vororten festzusetzen, nicht jedoch in der Stadt selbst. Doch dies hält die Alliierten nicht davon ab, die griechische Hauptstadt mit Bomben, Granaten und Schiffsartillerie einzudecken.

Stellung halten, lautet das Gebot der Stunde. Und genau das machen die Männer mit den weißen Spiegeln am Kragen.

Der Zug, zu dem Müller und Stüwe gehören, hält das vorderste Haus des Straßenzuges besetzt. Die Gruppe von Müller und Stüwe im Keller, eine andere Gruppe im Erdgeschoss, eine weitere im oberen Stockwerk. Im Erdgeschoss sitz auch der Leutnant mit dem Rest des Zugtrupps. Im Nachbaranwesen befinden sich zwei MG-Nester und kontrollieren die Straße. In einem der Nachbarhäuser hockt zudem noch eine Gruppe Pioniere. Doch wo genau, das weiß Müller nicht.

Hin und wieder krepieren in Häusern oder Stellungen, die bereits von den Engländern besetzt worden sind, die Granaten einer 5-cm-Pak, welche ebenfalls in der Nähe in Stellung gegangen ist.

Mehrfach haben die Tommys am Morgen versucht vorzurücken, doch jeder Angriff wurde durch heftiges Feuer der beiden MG 42, Granatwerfer und der Panzerabwehrkanone blutig gestoppt.

Zudem haben die Fallschirmpioniere ein paar Sprengfallen ausgelegt, in die die Briten prompt hineinliefen. Es liegen noch immer Leichen auf der Straße und in den Trümmern der Hausruinen.

30. April 1943

Abends, Feldflugplatz bei Athen

»Wir werden den Feind hier«, dabei zeigt der Gruppenkommandeur auf mehrere Planquadrate, »stellen und angreifen! Es ist mit starkem Begleitschutz zu rechnen. Mehr brauche ich wohl nicht zu sagen. Absolute Funkstille bis zum Angriff! Diesmal sollen die Engländer nicht im Voraus informiert werden, dass wir auf sie warten!«

Die Männer sehen den jungen Gruppenkommandeur an. Sie warten noch auf ein Wort von ihm.

»Natürlich, wilde Sau!«

Die Besatzungen atmen befreit auf. Also kann jeder jagen, wo er will und wen er will.

»Im Übrigen werde auch ich mit raufgehen! Das hier unten kann auch ein anderer machen!«

Schwarz sieht, wie der Kommodore seinem Adjutanten zuwinkert. Schließlich wird hier in Griechenland jede flugfähige Maschine in der Luft gebraucht.

Was nutzt es da, wenn ein hervorragender Flugzeugführer seine Männer von einem improvisierten Leitstand aus führt, obwohl er »oben« viel mehr gebraucht wird? Die Führungsoffiziere sind tüchtig genug, dass sie auch ohne ihn die Gruppe vernünftig führen können – erst recht, wenn Not am Mann ist und der Feind mit einer erdrückenden Übermacht gegen die dünnen deutschen Stellungen fliegt.

»Die Tommys dürfen keine Bombe mehr auf Athen werfen!«

»Es wird schwer sein, sie davon abzuhalten«, meint der Führer der Zweiten Staffel.

»Einige hundert schwere Viermots sind kein Pappenstiel! Und die Nachtjagd verfügt in Griechenland nur über drei Gruppen.«

»Meine Herren, wenn wir sie in den angegebenen Räumen stellen und auseinanderjagen, machen sie nicht mehr viel!«

Der Gruppenkommandeur, Hauptmann Patuschka, ist Optimist. Er sieht auch eine Chance, wenn andere längst schon resigniert haben.

»Das Müssen ist stärker als das Wollen!«

Es ist warm draußen und die Männer des Bodenpersonals schwitzen in ihren einteiligen, schwarzen Drillichanzügen.

Die Maschinen stehen startklar in den improvisierten Splitterboxen. In der Luft liegt ein helles Singen und Sirren – Geräusche von Fahrzeugen, vielleicht auch von Kuriermaschinen.

»Achtung, Achtung – Feindmaschinen im Anflug auf Athen!«

»Alarm!«

»An die Maschinen! Start frei!«

Nacheinander schwingen sich die Nachtjäger in den Abendhimmel. Es ist kurz nach 21 Uhr. Über dem gebirgigen Land zucken immer wieder helle Blitze – Mündungsfeuer von Geschützen aller Art.

Wieder beginnt das grausame Spiel. Doch dieses Mal treibt es die Junkers-Nachtjäger in einem weit ausholenden Bogen, um die alliierte Invasionsflotte zu umgehen, hinaus aufs Mittelmeer.

Die Besatzung Schwarz-Leder-Liebemann und die anderen wissen, um was es geht. Gelingt es den britischen Bombern die schwachen deutsch-italienischen Truppen durch Bombenteppiche zu zerschlagen, so können die feindlichen Kräfte am Boden problemlos, die griechische Hauptstadt einnehmen, und das wäre ein riesiger propagandistischer Sieg.

Die improvisierten Bodenleitstellen in ihren transportablen Funkmessanlagen geben den genauen Kurs der Feindverbände an. Leder sucht in seinem Gerät, findet jedoch nichts. Keine einzige Maschine.

Die Landfront liegt bereits hinter ihnen und sie fliegen über die See. Eine halbe Stunde sind sie nun bereits in der Luft, die Flugzeugführer schweigen. Es herrscht eine unheimliche Stille im Äther. Nur die quäkende Stimme des Führungsoffiziers, 2.000 Meter tiefer, durchdringt sie.

»Helmut!« Leder zieht erschrocken die Augenbrauen zusammen. Es klingt wie ein Aufschrei. »Da kommen sie – Planquadrat K23!«

»Los!«, antwortet Schwarz, sonst nichts.

Der Hauptgefreite dirigiert den Unterfeldwebel in den richtigen Kurs. Über 100 schwere Bomber fliegen in Richtung Athen.

Die Borduhr zeigt 21:43 Uhr!

»Da vorn!«, ruft Leder laut aus. Jetzt erkennt auch Schwarz die Viermotorige.

»Liebemann, jetzt genauestens aufpassen. Es werden genug Begleitjäger in der Luft sein.

Im nächsten Augenblick stürzt sich Helmut Schwarz schon auf die als Lancaster erkannte Feindmaschine. Schon der erste Feuerstoß trifft anscheinend einen der Tanks. Die Flammen schießen in einer Explosionswolke hoch, erhellen den Nachthimmel und lassen damit die anderen Maschinen erkennen. Aber da lässt Schwarz die Ju 88 schon wieder wegtauchen.

»Wo ist der Nächste?«

Nun zucken überall am Himmel Flammen auf.

»Links hinter uns stürzt einer zur Erde! Und dort wieder ein Abschuss!«, ruft der junge Liebemann von hinten aufgeregt.

Schwarz unterfliegt indes eine weitere Lancaster, zieht dann kurz hoch, drückt auf die Auslöser der Bordwaffen. Es gibt keine Rettung mehr für den schweren Bomber; er zerplatzt förmlich.

Der Himmel ist voller Brände. Die drei Jagdgruppen finden ihre Ziele und halten grausige Ernte unter den einfliegenden britischen Bombern. Doch auch so manche deutsche Maschine wird ein Opfer der feindlichen Nachtjäger oder der Garben aus den Maschinengewehren der britischen Bordschützen.

Der Himmel ist voller Brände. Riesenfackeln taumeln zur Erde. Der erste Verband scheint auseinandergerissen zu sein.

»Bomben fallen in die See – Feindverband löst sich auf!«

Die Nachtjäger lassen jedoch nicht locker. Sie wissen genau, dass sich noch mindestens ein Bomberstrom nähert.

Schwarz beißt die Zähne zusammen. Es dürfe keine Bombe auf Athen fallen, meinte der Gruppenkommandeur.

Schweiß rinnt dem Unterfeldwebel am Hals hinunter.

»In 500 Meter voraus ein weiteres Ziel, gleiche Höhe!«, gibt Leder durch.

Es sind genau drei Minuten vergangen, seitdem der letzte Abschuss durch Schwarz erfolgte, und schon stürzt sein nächstes Opfer in die Tiefe. Diesmal ist es eine Short Stirling.

Unterfeldwebel Helmut Schwarz steuert die Ju 88 in einen anderen Planquadranten. Dort scheinen sich zahlreiche Viermots zu sammeln.

»Auf 1.600 Meter – neues Ziel!«

»Den nehm' ich!«, ruft Schwarz.

Der Bomber fliegt etwas abseits der anderen Maschinen.

Die Bordwaffen feuern.

Treffer im Rumpf!

Noch eine Serie.

Die Treibstofftanks brennen, die Maschine, wieder eine Stirling, schmiert ab.

Die Bodenleitstelle meldet bereits den nächsten Verband.

Athen brennt unlängst. Es sind Bomber durchgebrochen. Die weiteren Feindmaschinen werfen ihre Bomben einfach in die Flammen oder, noch besser, in die dunklen Flecken zwischen den Flammen.

»Angreifen! Angreifen!«

Patuschkas Befehl an alle wird verstanden. Die Nachtjäger kurbeln, schießen, tauchen weg, jagen, wehren sich und finden immer wieder einen Ausweg, den tödlichen Geschossen der sie verfolgenden Begleitjäger der Typen Mosquito und Beaufighter zu entkommen.

Immer wieder können Feindflugzeuge durchbrechen.

Kurz vor 24 Uhr gelingt es Schwarz, den fünften Bomber in dieser Nacht abzuschießen. Wieder kommt ein neuer Verband von viermotorigen Bombern angeflogen.

Mit hoher Wahrscheinlichkeit wissen sie sehr genau, wie es den beiden vorherigen Verbänden ergangen ist. Schon bei den ersten

Angriffen deutscher Nachtjäger löst sich der Verband auf und die Bomber versuchen einzeln und auf eigene Faust durchzubrechen.

Es spielen sich erbitterte Kämpfe in 1.700 Meter Höhe ab.

Die Briten fliegen mit Absicht so tief. Sie können auf diese Weise die Wirkung ihrer Bombenabwürfe besser beobachten und auch die Nachtjäger haben sie in dieser geringen Höhe nicht erwartet. Die Luftkämpfe über Nordfrankreich und dem Reich spielen sich in weit größeren Höhen ab.

Das Oberkommando der Wehrmacht gibt bekannt

... Im Raum der Heeresgruppe Nordland kam es erneut zu keinen nennenswerten Kampfhandlungen.

Im Operationsgebiet der Heeresgruppe Nord kam es zu starken Artillerieeinsätzen auf Ziele bei Wolchow, Awrowo, Syasstroy und Aleksino. Der Feind unternahm schwache Fliegerangriffe auf einzelne Stellungen der deutschen Artillerieregimenter ohne durchschlagenden Erfolg.

Im Kampfraum der Heeresgruppe Mitte konnte die 75. Infanterie-Division erneut bolschewistische Angriffe in Kompaniestärke abwehren.

Bei der Heeresgruppe Süd kam es zu neuerlichen Angriffen sowjetischer Verbände mit vorherigem trommelartigen Artillerievorbereitungsfeuer. Alle Angriffe konnten blutig abgeschlagen werden. In einzelnen Regimentsabschnitten zählten unsere Truppen bis zu 1.200 Tote des Gegners. Bei den schweren Abwehrkämpfen konnte sich vor allem die 97. Jäger-Division auszeichnen. Bis auf wenige Stützpunkte befindet sich die Hauptkampflinie wieder vollständig in der Hand der deutschen Wehrmacht. Im gesamten Abschnitt der Ostfront kam es zu vereinzelten Luftkämpfen.

Im Raum der Heeresgruppe E setzten sich die Säuberungen in Kroatien westlich von Koprivnica fort.

In Griechenland wird die Bandenbekämpfung durch italienische Truppen planmäßig und ohne Pardon fortgesetzt.

Athen wurde durch schwere britische Bomber getroffen und es kam zu Bränden in der Innenstadt, die teilweise noch andauern. Deutschen Nachtjagdverbänden gelang der Abschuss von 23 Feindbombern, meist vom Typ Lancaster und Stirling. Einmal mehr ist es die Zivilbevölkerung, die unter den Angriffen der sogenannten Westalliierten leidet.

Anglo-amerikanische Invasoren setzen ihre Angriffe auf Athen fort, dabei werden sie massiv durch Jagdbomber und schwere Schiffartillerie unterstützt. Den deutsch-italienischen Verteidigern gelang es bisher, alle Feindangriffe unter enormen Verlusten für den Gegner abzuwehren.

…

01. Mai 1943

Morgens, Neue Reichskanzlei

Soeben hat der Minister seinen Vortrag über die aktuellen Zahlen der Waffen- und Munitionsproduktion beendet. Der Kaiser zeigt sich sehr zufrieden. Auch der Vorschlag, inhaftierte NS-Größen, die nicht in die Strafdivisionen versetzt wurden, zur Zwangsarbeit in Rüstungsbetrieben eizusetzen, um so wenigstens teilweise den Wegfall der ausländischen Zwangsarbeiter auszugleichen, wurde diskutiert und schließlich angenommen.

Nun ist es an Generalfeldmarschall von Witzleben, den Kaiser und die Reichsminister über die jüngsten Entwicklungen an der Front zu informieren. Der Feldmarschall beginnt mit der neuen Front in Griechenland:

»Die Bandentätigkeit auf dem Balkan ist sprunghaft angestiegen. Die dort stationierten deutschen, italienischen, kroatischen und bulgarischen Truppen können sich teilweise nicht mehr halten und müssen sich sogar aus einigen Regionen zurückziehen, um zu verhindern, dass ihre wenigen Stützpunkte eingekesselt und die Männer aufgerieben werden. Infolge einer Minensprengung ist 22 Kilometer südwestlich von Agram ein Güterzug mit Truppen und Material entgleist. Es gab Tote und Verwundete. Die Bahnstrecke ist jedoch wieder befahrbar. Doch werden durch den Bandenkrieg die Truppentransporte an die Front verzögert, so dass die zahlenmäßige alliierte Überlegenheit immer mehr zunimmt. Die bereits eingesetzten Truppen der *Hermann Göring* und der 2. Fallschirm-Jägerdivision stehen in härtestem Abwehrkampf in den Vororten von Athen. Doch beide Divisionen sind noch nicht vollzählig im Einsatzgebiet angekommen; die Luftangriffe auf die italienischen Flugplätze und die damit einhergehende Zerstörung von Treibstofflagern und Einrichtungen wirken sich verzögernd auf unsere Bemühungen aus, Kräfte in ihre Einsatzräume zu verlegen.«

»Wie sieht es mit den Franzosen und Italienern aus? Können deren Kriegsmarinen nicht gegen die alliierte Flotte vorgehen, so dass wir die Bodentruppen vom Nachschub abschneiden?«, fragt der Kaiser seinen Feldmarschall.

»Nein, Eure Majestät. Die Luftangriffe auf die italienischen Flottenstützpunkte, vor allem auf La Spezia, Tarent und Bari haben sowohl italienische als auch französische Einheiten stark in Mitleidenschaft gezogen. Laut Feldmarschall Rommel sind lediglich zwei Schlachtschiffe und fünf schwere Kreuzer einsatzbereit - mit Einschränkungen. Es wäre Selbstmord für diese Einheiten, die gewaltige alliierte Flotte anzugreifen. Ich muss konstatieren, dass der Gegner ganz genau wusste, wie er uns treffen muss, um den größtmöglichen Schaden anzurichten ...«

»Pah, schöne Verbündete!«, schaltet sich der Reichsmarschall in verächtlichem Ton ein, während er sich eine neue Zigarette anzündet.

Sofort wirft der Kaiser seinem Vater einen wütenden Blick zu, doch verzichtet er auf eine Zurechtweisung.

01. Mai 1943

Mittags, südliche Ostfront

Es kommt, wie Riedel es sich gedacht hat. Gegen Mittag beschießen die Sowjets das, was sie ihrer Berechnung nach als deutsche HKL ansehen. Granaten schwerer Kaliber und gut getarnte Maxim-Maschinengewehre beschießen pausenlos die Buschgruppen im deutschen Abschnitt. Zwei Grenadiere der Kompanie, die sich zur Ablösung nach vorn in ein Schützenloch begeben wollen, werden von einem Scharfschützen tödlich getroffen.

Riedel begibt sich sofort zum Ort des Geschehens. Zusammen mit Unteroffizier Busch bringt er die Gefallenen hinter einem Strauch in Sicherheit. Ein Grenadier hat den Einschuss direkt über dem linken Auge.

»Beide waren sofort tot. Da gingen die Lichter aus, noch bevor sie überhaupt wussten, was geschehen war.« Der zweite Soldat weist einen Herzschuss auf.

Riedel stellt sich vor, wie die beiden gegangen sein müssen. Beide bekamen die Geschosse von vorn in den Kopf beziehungsweise den Körper. Also muss der sowjetische Scharfschütze auf halber Höhe am gegenüberliegenden Hang versteckt gewesen sein.

»Busch«, sagt Riedel zu dem Unteroffizier, »ich werde mich gleich hier in diesen Stauden einnisten. Sei so gut und lass die zwei Toten wegbringen. Um mich brauchst dich nicht mehr zu kümmern. Ich muss schauen, dass ich den Burschen da drüben erwische.«

Wie eine Schlange windet sich Feldwebel Riedel in das Gebüsch hinein. Er muss ziemlich weit kriechen, um einen guten Ausblick rüber zur anderen Seite zu erhalten.

Obwohl er sich alle Mühe gibt, die Stauden so wenig wie möglich zu bewegen, wird er von seinem unsichtbaren Gegner wahrgenommen. In schneller Folge peitschen zwei Schüsse auf. Die Kugeln fahren über ihm in die Zweige und sirren dann als Querschläger davon.

Riedel kriecht trotzdem weiter. Er reißt sich an dem Hagedorngestrüpp die Finger blutig, aber das kümmert ihn im Augenblick wenig. Hauptsache, er erreicht ungeschoren den Rand des Gestrüpps, um zu seinem Ausblick zu kommen.

Wieder schießt der Rotarmist. Dieses Mal hat er tiefer angehalten. Nur knapp über den Rücken des kriechenden Feldwebels schlägt das Geschoss gegen die fingerdicken Stauden.

Riedel hat die Tiefe des Gebüsches falsch eingeschätzt. Als der Hagedorn sich lichtet, sind zwei Meter freie Fläche zu überqueren. Dann erst ragen die schlanken Triebe einer Haselnussstaude empor. Das Wurzelwerk des Haselnussstrauches wölbt sich am Boden etwa einen halben Meter empor und würde Riedel eine ideale Deckung bieten.

Ob der Bursche dort drüben wohl so hoch sitzt, dass er die freie Fläche zwischen Hagedorn und dem Haselnussstrauch einsehen kann, überlegt er.

Feldwebel Klaus Riedel bleibt einen Augenblick lang liegen. Mit der Zunge leckt er die kleinen blutenden Risse an seinen Händen ab.

Die Dornen waren scharf und haben ihm ganz schön zugesetzt. Währenddessen denkt er darüber nach, ob er die freie Fläche vor sich lieber kriechend oder sprintend überqueren soll.

Er entschließt sich für das Kriechen.

Der Haselnussbusch muss ihn gegen Sicht von drüben genügend abdecken.

Das Gewehr fest in der rechten Hand haltend, schiebt er sich aus dem dornigen Gesträuch hinaus. Jetzt kommt es halt darauf an. Wenn der sowjetische Scharfschütze ihn sehen kann, dann ist Feierabend für ihn.

Einen guten Meter kann er zurücklegen, dann knallt es drüben. Es gibt einen klirrenden Schlag am rechten Fuß. Zugleich wird sein Bein nach links geschleudert. Schmerz verspürt er keinen. So schnell wie möglich bewegt er sich weiter.

Da ist auch schon das Wurzelwerk. Er kauert sich dahinter. Zuerst betrachtet er seinen Bergschuh. Und dann sieht er auch, was geschehen ist. Die Kugel hat zwei große Nägel von seinem Schuhabsatz gerissen. Daher der klirrende Aufschlag. Ein bisschen weiter oben und der Fuß wäre am Knöchel zertrümmert worden.

Man muss halt auch mal Glück im Leben haben!

Riedel reißt einige kleine, blätterreiche Zweige ab und gewinnt dadurch einen freien Ausblick auf den Hang vor ihm. Jetzt heißt es wieder suchen.

Wo steckt der andere?

Welches Gebüsch ist am besten für ein Versteck geeignet?

Es gibt hier kleine Fichtengruppen, Haselnusssträucher und auch Hagedornbüsche. Dazu kommen niedrige Latschenwucherungen. Riedel nimmt sich zuerst einmal die Haselnussstauden vor. Gerade diese Stauden mit ihren Bodenwülsten bieten die beste Deckung. Zudem sind sie nicht so unbequem wie der scharfe Hagedorn.

Knall und Einschlag sind ein einziger Laut. Die Kugel haut vor ihm in das Wurzelwerk und schleudert trockene Erde empor.

Hast du mich ausgemacht oder vermutest du mich hier, denkt sich der Feldwebel. *Solange ich aber hinter diesem dichten Wurzelwerk liege, kannst du mich nicht treffen.*

Das dort drüben ist kein Anfänger, er versteht sein Handwerk.

Wirst mich nicht aus meiner Deckung treiben, fährt Riedel mit seinen Überlegungen fort.

Wieder peitscht ein Schuss auf. Die Kugel schlägt einen Meter über dem Boden in die dicht stehenden, daumendicken Stauden ein und kurz vor Riedel fällt das zerdrückte Geschoss zu Boden.

Seine Feldmütze ist so weit in die Stirn gezogen, dass er kaum noch das Fernglas an die Augen setzen kann. Das Gewehr hat er griffbereit rechts neben sich liegen.

Mit dem scharfen Okular holt er sich das Gebüsch drüben direkt vor seine Augen. Jeden Ast und jede noch so kleine Bodenerhebung sucht er ab. Immer und immer wieder nimmt er sich das Gelände quadratmeterweise vor. Dabei stellt er fest, dass drüben zwei Gegner liegen.

In regelmäßigen Abständen schießen die beiden sowjetischen Scharfschützen auf seine Deckung oder in das grüne Astgewirr über ihm. An dem Knall der Abschüsse kann er erkennen, dass der eine Gegner sich ihm direkt gegenüber befinden muss, während sich der andere Schütze vermutlich ein Stück weiter links am Hang postiert hat.

Dem Feldwebel scheint es aber wichtiger zu sein, zuerst den Schützen ihm gegenüber auszumachen, denn der ist viel gefährlicher.

Wieder schlagen zwei Geschosse über ihm ein. Blätter und kleine Zweige segeln nach einer Weile herunter.

Sitzt der Iwan in einem Erdloch? Es ist kein Mündungsfeuer auszumachen. Irgendwie muss er aber aus einer überdeckten Stellung heraus schießen.

Riedel fällt ein, wie er sich bei einem Einsatz kurz zuvor an einem Hang ein Erdloch aushob und das so tief, dass er sich noch eine Schießscharte durch die Erde graben konnte. Wenn er nicht gerade auf der Lauer lag, verstopfte er die Scharte von innen mit künstlichem Gras, das er sich nach der natürlichen Farbe des auf dem Hang wachsenden Grases aus einem mitgeführten Vorrat aussuchte – ein Tipp des Ausbilders auf seinem Scharfschützenlehrgang.

Viele Tage verbrachte er in diesem Loch und lieferte sich mit dem sowjetischen Scharfschützen erbitterte Duelle.

Seine Aufmerksamkeit konzentriert sich jetzt auf den Boden. Von rechts nach links, hangauf und hangab, sucht er die Erdfläche ab, die mit niedrigem, grünem Waldgras bepflanzt ist.

Nichts!

Der Sowjet ist einfach nicht auszumachen. Meister der Tarnung waren die Roten schon immer.

Der Feldwebel setzt das Glas ab und schließt für einen Moment die Augen. Es hat keinen Zweck, stundenlang in ununterbrochener Folge auszuspähen. Wie oft ist es schon passiert, dass er lange suchte und nichts entdecken konnte. Dann, nach einer kurzen Pause, bekam er das gesuchte Ziel plötzlich vor die Augen.

Ohne sich mit dem Oberkörper zu bewegen, nestelt er mit der rechten Hand den Feldspaten aus der Schlaufe und beginnt sich eine höhere Deckung zu verschaffen.

01. Mai 1943

Nachmittags, südliche Vorstadt von Athen

»Verflucht, den Holzer hat es erwischt!«, donnert Fuchs.

Müller ist tief in seine Gedanken versunken, als er das Gewehr schultert und aufsteht.

»Ich hole das Wasser!«, spricht er überzeugt aus.

»Bleib stehen. Zwei Mann haben wir schon verloren! Dort liegt irgendwo ein Tommy auf der Lauer!«, hört Müller noch, kümmert sich aber nicht darum.

Entschlossen springt der Fallschirmer von Deckung zu Deckung. Schnell ist er an der Stelle angekommen, an der der Gefreite Heina liegt. Müller kniet sich hin.

Kopfschuss, denkt sich der Obergefreite. Blut und Hirnreste haben sich zwischen dem Schutt verteilt, der Fallschirmjägerhelm liegt in einer Ecke.

Müller öffnet den Knochensack und die Fliegerbluse, bricht die unter Hälfte der Erkennungsmarke ab und steckt sie ein. Danach steht er wieder auf und pirscht einige Meter weiter vor, bis er Oberjäger Wagner erreicht. Auch dort kniet er sich hin – ebenfalls Kopfschuss. Wieder zieht er fest an der dünnen Kette der Erkennungsmarke, zieht sie hervor und bricht das untere Stück ab, um es zu dem anderen zu stecken.

Danach greift er nach den Feldflaschen, die der Oberjäger bei sich hatte, umklammert die Lederriemen und rennt geduckt los.

Aus dem Hintergrund jagen die beiden deutschen MG-Bedienungen ein paar Salven aus ihren MG 42 gen Feind. Sie wollen so eine Art Sperrfeuer schießen, um Müller zumindest eine kleine Überlebenschance einzuräumen.

Ohne es wirklich zu wissen, hat sich der Obergefreite auf einen Wettlauf mit dem Tod eingelassen. Geduckt hetzt er durch die Trümmerlandschaft der Athener Vorstadt. Seine Fallschirmspringerstiefel suchen sicheren Halt im Gewirr aus Steinen, Holzbalken und Eisenteilen. Aufkommendes Gewehrfeuer verstummt schnell wieder. Er huscht in die nächste Seitenstraße, hält an und lehnt sich gegen die Hauswand. Sein Brustkorb hebt und senkt sich rasend schnell. Er ringt nach Luft. Gleichzeitig breitet sich ein leichtes Gefühl von Euphorie aus.

Ich habe es geschafft! Ich konnte das Wasser für meine Kameraden holen.

Nach einer kurzen Pause läuft er weiter geduckt die Straße entlang, jede sich bietende Deckung nutzend. Er erkennt ein kleines, ausgebombtes Straßencafé. Hier kamen sie vorbei, ehe sie ihre Stellungen bezogen haben. Müller weiß nun genau, dass er auf dem richtigen Weg ist. Nach etwa zehn Minuten erreicht er eine halb zerfallene, weiß und blau angepinselte Mauer. Er hat sie sich beim Vorrücken eingeprägt, doch damals war sie noch intakt. Niemand schießt mehr auf ihn, er fühlt sich sicher.

Plötzlich erklingt ein Ruf: »Halt!«

Der Obergefreite erschrickt beinahe zu Tode und bleibt wie angewurzelt stehen.

»Wer bist du? Gib dich zu erkennen!«

Deutsche!, schießt es Müller durch den Kopf.

»Nicht schießen! Ich bin es, Obergefreiter Lothar Müller von der Gruppe Mattstett!«

Gemurmel ist zu hören, doch Müller kann es nicht verstehen.

Schließlich erschallt ein »Komm langsam her.«

Müller macht ein paar Schritte nach vorn, versucht zu erspähen, wo der Kamerad in Stellung liegt, doch er kann nichts erkennen. Dann bewegt sich etwas. Zwei Fallschirmjägerstahlhelme heben sich zwischen Geröll und Schutt empor. Die Karabiner der Landser sind immer noch auf ihn gerichtet. Erst als die beiden Männer ihn als einen der ihren erkennen, senken sich die Gewehrläufe.

»Du hast ja vielleicht Nerven! Rennst da mitten am Tag auf uns zu. Was ist denn los?«

Der Obergefreite Lothar Müller erklärt mit wenigen Sätzen die Lage. Während einer der Landser interessiert zuhört, wendet der zweite sich ab und dreht sich eine Zigarette.

»Kamerad, es wundert mich nicht, dass ihr in dieser Situation seid. Die Tommys haben uns ganz schön zugesetzt mit ihren Fliegern und den verdammten Schiffsgeschützen.«

Derjenige, der sich die Zigarette gedreht hat, zündet sie nun an und mischt sich danach ins Gespräch ein. Rauch quillt aus seinem Mund, als er meint: »Aber den Weg hättest du dir fast sparen können. Ich weiß aus sicherer Quelle, dass wir morgen Unterstützung erhalten und die Alliierten wieder ins Meer zurückjagen!«

»Bis dahin sind wir verdurstet«, antwortet Müller und deutet auf die Feldflaschen.

»Falls sich in den letzten paar Stunden nichts geändert haben sollte, findest du Feldküche, Versorgungstross und Kompaniegefechtsstand an einem Fleck.«

Der andere übernimmt das Wort: »An deiner Stelle würde ich dem Alten kurz die Lage schildern, bevor du die Flaschen auffüllst!«

»Ich weiß doch gar nicht, ob er gerade da ist«, entgegnet Müller.

»Geh trotzdem hin, irgendeiner von den Herren wird schon vor Ort sein. Wenn du es nicht machst, dann bekommst du mit Sicherheit später einen mordsmäßigen Einlauf!«

Ein Schuss knallt, einige MG-Garben zischen durch die Trümmer. Die beiden Landser senken die behelmten Köpfe und auch Müller geht in Deckung.

Bereits wenige Minuten später ist alles wieder ruhig.

Der Raucher flucht und beginnt Müller den Weg zum Kompaniegefechtsstand zu erklären. Dann reicht er dem Obergefreiten seine Feldflasche.

»Hier, trink!«

Gierig setzt er sie an. Erst jetzt merkt er, wie ausgedörrt seine Kehle eigentlich ist. Nachdem er mindestens die halbe Flasche geleert hat, gibt er sie zurück.

»Vielen Dank.«

»Schon gut«, sagt der Landser und hebt zum Abschied die Hand zum Gruß.

01. Mai 1943

Nachmittags, Bahnlinie in Richtung Mariupol

»Verfluchte Rumkutscherei!«, schimpft der Obergefreite Riethmüller und schlägt mit der flachen Hand gegen die Holzwand des Waggons.

Schon stundenlang rattern die Wagen über die weite Unendlichkeit der sowjetischen Einöde.

»Was motzt du denn nun schon wieder herum?«, erkundigt sich Klaudius bei dem Soldaten.

»Dieses verfluchte Land scheint ja gar kein Ende zu nehmen, Herr Oberfeld. Das macht mich fertig! Hier kann man stundenlang durch die Gegend fahren und man sieht nicht mal 'ne Kleinstadt!«

Klaudius sieht den Obergefreiten verwundert an und lacht auf.

»Mensch Riethmüller, dass ist mit einer der Gründe, weshalb ich mich nach dem Krieg hier niederlassen werde!«

Lautes Gelächter schallt nun im Waggon auf.

Nur Riethmüller lacht nicht.

»Na ja, so kann man es auch sehen. Aber bei mir daheim gibt es sowas nicht. Von Duisburg aus sieht man bereits die nächsten Städte, wenn man auf den Türmen der Schmelzöfen steht. Und hier? Nichts!«

Klaudius kann die Gefühle seines Kameraden nur bedingt nachvollziehen, denn auch in der Gegend rund um Tilsit kann man manchmal stundenlang laufen, ohne einer Menschenseele zu begegnen. Gerade das kostete Klaudius in seiner Jugend oft aus. Doch selbst das ist natürlich kein Vergleich zu den Weiten Russlands. Sie fahren nun schon einige Tage durch die Gegend, nur von wenigen Stopps unterbrochen.

Die gesamte Division »Hoch- und Deutschmeister« wird mit Mann und Maus verlegt. Wo genau es hingeht, das weiß selbst Klaudius nicht, doch er hat sich damit abgefunden, dass man bei den Preußen halt nur das erfährt, was man auch unbedingt wissen muss.

01. Mai 1943

Abends, südliche Vorstadt von Athen

Müller war froh, als er den Gefechtsstand wieder verlassen konnte. Er gab seine Lagebeurteilung und die beiden Erkennungsmarken ab, seine Feldflaschen wurden gefüllt, er bekam eine Zeltbahn voll mit Konserven und Kommissbroten und sogar ein Landser mit großem Essenkanister wurde ihm mitgegeben.

Schon nach kurzer Zeit erreichen die beiden Männer jene Kameraden, die Müller zuvor den Weg zum Kompaniegefechtsstand erklärt haben. Danach bewegen sie sich an einer halb zerfallenen Mauer entlang und gelangen schließlich ohne Zwischenfall in die kleine Seitenstraße, in der Müller das erste Mal eine Rast einlegte.

»Wenn wir hier um die Ecke gehen, dann können uns die Tommys einsehen«, warnt Müller den Kameraden mit dem Essenbehälter auf dem Rücken.

»Verflucht, müssen wir laufen?«

»Keine Ahnung, es ist ja schon dunkel. Der Tommy muss sich ja auch mal aufs Ohr hauen.«

»Wenn wir langsam gehen, dann sind wir leiser, als wenn wir laufen!«, meint der Kamerad. »Wir sollten es riskieren!«

Müller ist unschlüssig und das merkt der Kamerad ihm wohl an.

»Wie weit ist es denn überhaupt von hier bis zu eurem Keller?«

»Schwer zu sagen. Vielleicht 500 Meter. Können aber auch 800 Meter sein.«

»Das ist sowieso zu weit zum Rennen! So vollgepackt, wie wir sind, schaffen wir höchstens 300 bis 400 Meter. Wir müssen uns langsam vortasten, so gut wie möglich schleichen und dann lospreschen, wenn es heiß wird«, sagt er.

»Gut, so machen wir es. Bereit?«

Müller und der Kamerad bewegen sich um die Ecke. Vor sich sieht der Obergefreite das gewohnte Bild: Trümmer, Krater und Schutthalden mit herausstehenden Eisenteilen. So tiefgeduckt wie möglich bewegen sich die beiden vorwärts. Es ist still – beinahe friedhofsstill.

Ob die Tommys pennen?

Obwohl es in Müllers Erinnerung näher ist, muss er feststellen, dass die Entfernung bis zum Keller wohl doch eher 800 Meter beträgt.

Das Auftreten mit den Stiefeln ist deutlich zu hören. Es knirscht und knackt. Vom Schleichen kann man wirklich nicht sprechen. Müller überfällt ein mulmiges Gefühl. Angst kriecht seinen Nacken herauf. Die Hände beginnen feucht zu werden. Schweiß läuft ihm von der Stirn.

Müller ist sich sicher, dass ihre Konturen im Mondlicht sehr gut zu erkennen sind.

Sie bewegen sich so schnell wie möglich durch das Gewirr aus Steinen, Mauer- und Hauswandresten. Mit einer Hand hält er die Zeltbahn und mit der andern seinen Karabiner.

Die beiden Landser haben das erste Drittel des Weges zum Kellerunterstand beinahe geschafft, als es losgeht. Ein einzelner Schuss eröffnet den Höllentanz. Es folgen Maschinengewehrsalven, deren Projektile knapp über Müller und seinen Kameraden hinwegpfeifen, um sich anschließend im Trümmerfeld zu verlieren oder als Querschläger erneut zur Gefahr zu werden.

»Runter!«, schreit der Landser mit dem Essensbehälter auf dem Rücken.

Plötzlich steigt eine Leuchtkugel in den dunkeln Himmel. Dem Obergefreiten stockt der Atem.

Sofort suchen beide Deckung. Sie springen zur Seite und ducken sich hinter einem großen Schutthaufen. Müller liegt am Rand eines Trichters. Übler Geruch steigt nach oben. Ein Blick in den Trichter bestätigt die grauenvolle Vorahnung. Der aufgedunsene Körper eines Gefallenen ist zu erkennen.

»Verdammt, wir sitzen fest«, brüllt der Fallschirmjäger hinter dem Obergefreiten und presst sich gegen die Wand aus Geröll.

Lothar Müller vernimmt ein helles *Pling* ganz in seiner Nähe und ein Querschläger zischt über seine Wange.

»Verdammter Mist!«, entfährt es Müller.

Seine Hand wandert über die Wunde. Blut läuft ihm in den Kragen.

Der fremde Landser öffnet schnell seine Tasche.

»Halb so wild, ich kann dich gleich verarzten!«

Die Schießerei verstärkt sich immer mehr. Eine Granate detoniert auf der alliierten Seite.

»Das sind unsere Jungs«, rutscht es Müller schon fast freudig heraus. Im Augenwinkel erkennt er, dass der Kamerad mit dem Essensbehälter auf dem Rücken neben dem Gefallenen liegt, dessen Taschen leert und nach einer Erkennungsmarke sucht.

Als er fertig ist, kriecht er wieder nach oben.
»Ich kenne ihn nicht, doch seine Hinterbliebenen sollen wissen, was mit ihm passiert ist.«
»Wieso glaubst du, dass er welche hat?«
»Jeder hat doch irgendjemanden und«, er stockt kurz, »ich habe einige Fotos gefunden.«
Er zeigt Müller Fotos von einer jungen Frau, einem kleinen Kind und ein Familienfoto, auf dem der Soldat mit derselben Frau zu sehen ist.
»Wir – wir müssen – müssen weiter. Unsere Leute schießen Sperrfeuer«, stößt Müller aus und merkt, wie sich ein flaues Gefühl in seinem Magen ausbreitet.
»Wie weit noch?«
»Vielleicht 500 Meter!«
Die beiden Fallschirmer warten eine kurze Feuerpause der Engländer ab. Als das Zischen und Sirren der britischen Maschinengewehre für einen Moment abebbt, stemmen sie sich nach oben und hassten los.
Die Angst hat die Fallschirmjäger nun vollends gepackt. Das Gefühl, das die beiden antreibt, ist unbeschreiblich. Es ist, als ob sich eine unsichtbare Hand nach ihnen ausstreckt und die Fingerspitzen jeden Moment den Nacken berühren werden.
Sie rennen so schnell sie können. Die Lungenflügel drohen zu platzen, Seitenstechen stellt sich ein.
Die beiden Maschinengewehrbesatzungen jagen eine Salve nach der anderen aus ihren MG 42. Die Pak feuert zusätzlich Sprenggranaten in Richtung der alliierten Soldaten. Müller und sein Kamerad erreichen jene Stelle, an der am Nachmittag der Gefreite Heina getroffen wurde. Er liegt noch immer dort. Die Beine der beiden Landser werden schwer. Müller wirft sich in Deckung. Kurz darauf plumpst der zweite Landser neben ihm zu Boden. Auch er ist schweißgebadet und keucht wie ein Pferd.
Das Feuer verstummt nun vollends.
Als sich die beiden einigermaßen erholt haben, fragt der Kamerad mit dem Essensbehälter auf dem Rücken: »Ist das einer, von denen du erzählt hast?«
»Ja«, antwortet Müller knapp.
Er stemmt sich wieder hoch. Es fällt kein Schuss droben beim Feind. Stattdessen beginnen die beiden MG 42-Nester wieder

damit, die Alliierten zu beharken. Müller prescht los und hört schnelle Schritte und schweres Schnaufen hinter sich.

Er folgt mir also.

Stimmen werden lauter. Die Kameraden im Keller feuern die beiden Landser an.

»Lothar! Lauf, Junge! Prima!«

Müller sieht den Kellereingang und rutscht mehr hinunter, als er noch läuft. Hinter ihm erreicht auch der zweite Landser unversehrt den Eingang.

»Du Teufelskerl hast es geschafft!«, jubeln die Fallschirmjäger.

Schnell werden die Feldflaschen mit dem kostbaren Wasser, dann das Essen ausgeteilt.

»Stüwe, lauf zu Leutnant Westermann und sag ihm, dass Lothar wieder zurück ist!«, meint Mattstett zum Hauptgefreiten.

»Ach, ja«, fügt Müller noch hinzu,« hab vom Alten noch eine Meldung für Westermann mitbekommen.«

Er kramt den Zettel hervor und gibt ihn Stüwe mit.

Mattstett grinst: »Und sie sollen ihre Kochgeschirre mitbringen, das Essen reicht für alle!«

02. Mai 1943

Abends, Feldflugplatz, südliche Ostfront

»Ich hoffe, ihr habt alles zusammen, was wir mitnehmen müssen. Wenn morgen früh die Jus hier aufklatschen und es stellt sich heraus, dass die Hälfte fehlt, dann zieh ich euch die Hammelbeine lang!«, ruft Unteroffizier Blechschmitt mit scharfer Stimme.

Die Mechaniker und Waffenwarte liegen bereits erschöpft in ihren Feldbetten und verfluchen innerlich den Unteroffizier. Das dieser im Grunde recht hat, interessiert sie nicht im Geringsten.

Kurz vor dem Mittagessen haben die Männer den Befehl erhalten, sich zur Verlegung bereit zu machen. Werkzeug, Ausrüstungsgegenstände und auch die persönlichen Sachen der Männer sollten schnellstmöglich zur Verladung vorbereitet werden.

Dann, gegen Abend, kam die Meldung, dass die benötigten Junkers-Transporter erst am nächsten Morgen in der Früh eintreffen würden. Das Gefluche und Gejammer der Männer war riesig.

Die fliegenden Einheiten der Gruppe befinden sich bereits auf dem Weg. Kurz vor dem Abflug haben die Flugzeugführer endlich auch erfahren, wohin die Reise gehen soll: Griechenland!

Natürlich haben die Luftwaffensoldaten erfahren, was dort für eine Schweinerei passiert ist und dass die Alliierten in Griechenland Fuß fassen wollen.

Viele der Mechaniker gaben den fliegenden Kameraden bereits einige persönliche Dinge mit und schauten ihnen mit gemischten Gefühlen nach, als sie am späten Nachmittag starteten.

»Meine Herren, kann der alte Schinder uns nicht mal ein paar Minuten Ruhe gönnen? Schließlich haben wir es geschafft, das ganze Zeug in Rekordzeit zusammenzutragen, und diese verdammten Maschinen sind noch gar nicht da!«, schimpft Dombrowski vor sich hin, so dass nur der neben ihm liegende Steimel es hören kann.

»Ja, recht hast du. Es ist morgen früh noch genug zu tun, wenn wir die Junkers beladen müssen!«

Das Oberkommando der Wehrmacht gibt bekannt

... Im Kampfraum der Heeresgruppe Nordland kam es zur erfolgreichen Abwehr feindlicher Vorstöße und Umgehungsversuche unserer festen Stützpunkte.

Aus dem Operationsgebiet der Heeresgruppe Nord werden abgesehen von schwacher feindlicher Artillerietätigkeit keine nennenswerten Kampfhandlungen gemeldet.

Bei der Heeresgruppe Mitte wurden verstärkte Spähtrupptätigkeiten festgestellt, welche jedoch alle abgewiesen werden konnten.

Die Heeresgruppe Süd meldet vereinzelte schwache Feindangriffe, die von den rumänischen und slowakischen Verbündeten unter großen Verlusten für den Gegner abgewiesen wurden.

Witterungsbedingt kam es nur zu vereinzelten Luftkämpfen.

Unsere Kampffliegerverbände nahmen ihre strategische Bomberoffensive im begrenzten Rahmen wieder auf. Es konnten bei einem konzentrischen Angriff auf die Infrastruktur des bolschewistischen Feindes erneut drei Lokomotiven mit zehn Waggons vernichtet werden.

Die Heeresgruppe E meldet verstärkte, durch Panzer und Artilleriefeuer unterstützte Angriffe alliierter Kräfte auf die Vorstädte Athens.

Fallschirmjägern der Division »Hermann Göring« gelang es, zwei feindliche Panzer des Typs Valentine zu vernichten und dem Feind blutige Verluste beizubringen.

Italienischen und bulgarischen Truppen gelang es zudem, mehrere Banden im Raum Nordgriechenland und Serbien zu zerschlagen und Gefangene einzubringen.

Britische Bomberverbände versuchten unsere Stellungen im Vorgelände von Athen anzugreifen. Deutschen Nachtjägerverbänden dabei gelang der Abschuss von 22 schweren Bombern der Typen Lancaster und Stirling. Weitere britische Bomber wurden teils schwer beschädigt und konnten zur Notlandung gezwungen werden.

Dennoch gelang es mehreren britischen Terrorbombern, Athen mit Spreng- und Brandbomben zu belegen. Zahlreiche Brände und Zerstörungen ziviler Einrichtungen sind die Folge.

Über Frankreich und dem Reichsgebiet kam es zum Einflug von mindestens 150 britischen Bombern der Typen Wellington, Blenheim und Hampden. Die Ziele waren Reims, Antwerpen und Düsseldorf. Durch französische Nachtjagdverbände und unsere deutsche Flakwaffe gelang der Abschuss von 15 feindlichen Terrorfliegern.

In der Schlacht im Atlantik …

02. Mai 1943

Morgens, südliche Vorstadt von Athen

»Esst und trinkt, Männer. Danach kümmert ihr euch um eure Waffen!«, brummt Mattstett.

Beinahe wortlos kommen die Fallschirmjäger der Aufforderung ihres Gruppenführers nach. Nervosität ist zu spüren. Die Landser packen die wichtigsten Sachen zusammen. Müller kontrolliert seinen Karabiner und lädt nach.

Das wummernde Geräusch der über sie hinwegsausenden Granaten hat sich geändert. Es sind Flugzeuge mehr zu hören, dafür jedoch das Donnern der Acht-Acht.

»Wer hat noch Handgranaten?«

Stüwe meldet sich als Einziger.

»Zwei Stück!«

»«Gib mir eine«, wird er von Mattstett aufgefordert.

Er lässt das Magazin in seine MP 40 einrasten, dann setzt er seinen Fallschirmjägerstahlhelm auf und zurrt den Lederriemen unterm Kinn fest.

»Wir bleiben so dicht wie möglich zusammen. Wenn wir in die Häuser gehen, müsst ihr auf Sprengfallen aufpassen.«

»Der Chef kommt«, unterbricht Stüwe.

Kaum hat er es ausgesprochen, hören die Männer von draußen ein lautes »Raus! Fertigmachen zum Angriff!«

Müllers Herz beginnt wieder zu trommeln. Seine Hände werden feucht und in seiner Magengegend breitet sich ein unbehagliches Gefühl aus. Die Fallschirmer verlassen den Keller. Mattstett begibt sich direkt zu Leutnant Westermann. Müller versteht nur ein paar Wortfetzen, aber es ist klar, dass sie stürmen und die Briten aus den Häusern drängen sollen.

»Nahkampf«, flüstert Stüwe, »ich hoffe, du hast deinen Spaten und das Kappmesser geschliffen!«

Müller graust es bei dem Gedanken an den Nahkampf. An der Ostfront hat er es mehrfach erlebt.

Aus den Nebenstraßen strömen Soldaten. Erste Maschinengewehrgarben flackern bereits auf.

»Die Tommys sind auch schon wach«, murmelt Stüwe.

Müller blickt auf seine Uhr. Sie zeigt zwei Minuten vor acht Uhr.

Granatwerfer und die MG 42 leiten den Angriff der Fallschirmjäger ein.

»Vorwääääärts!«, brüllt Leutnant Westermann.

Die Männer rennen los.

»Huraaaaa!«, erklingt es aus hunderten von deutschen Kehlen im gesamten Frontabschnitt. Fallschirmer erheben sich schier aus allen Löchern, Trümmerhaufen und Ruinen der durch Artillerie und Fliegerbomben verwüsteten Vorstadt.

Müller ist verblüfft, wie von ihm unbemerkt so viele Kameraden an die Front marschieren konnten.

Fallschirmspringerstiefel erklimmen Steinhaufen. Gegenfeuer keimt auf und wird sofort durch massives Sperrfeuer der deutschen MG und Granatwerfer bekämpft.

Müller glaubt schon an ein kleines Wunder, als sie sich beinahe ohne Verluste den zu erstürmenden Gebäuden nähern. Doch nur Sekunden später kracht und donnert es. Granaten fetzen zwischen die Fallschirmjäger – Schreie gellen auf.

Landser werfen sich in Deckung. Splitter surren umher.

Müller wirft sich hinter einen großen Betonblock und drückt sich an den kühlen Stein.

Etwas klatscht neben ihm auf das Geröll. Der Obergefreite erkennt die Überreste einer Hand. Die vier Finger sind blutig, aber unversehrt. Ab dem Daumen abwärts besteht die Hand jedoch nur noch aus einer roten, breiigen Masse. Müller dreht sich zur Seite und muss aufpassen, dass er sich nicht übergibt.

»Los! Vorwääääarts!«

Stüwe taucht hinter Müller auf, packt ihn am Kragen des Knochensacks und zieht ihn hoch.

»Lauf! Hier verreckst du sonst!«, brüllt er dem Kameraden ins Ohr und Müller folgt dem Hauptgefreiten.

Überall blitzt und kracht es. Projektile zischen nur knapp über die Köpfe der Fallschirmjäger. Einmal scharrt ein Splitter oder eine Kugel an Müllers Stahlhelm und reißt ein Loch in den Helmüberzug.

»Runter!«

Müller versteht nicht, was Stüwe ihm zuruft, doch er folgt dem Beispiel des Hauptgefreiten und wirft sich zu Boden. Stüwe legt den Lauf seines Karabiners auf den Geröllhaufen und drückt ab.

Nach ihnen erreichen Mattstett, Westermann und Jacobus diese Position. Müller schiebt nun ebenfalls den Karabiner nach vorn und feuert. Er erkennt nicht einmal, auf was er schießt, doch das Feuern beruhigt ihn.

»Nach fünf Schuss muss er das Magazin wechseln.

»Hoch! Lauf!«, schreit Westermann.

Im Augenwinkel erkennt Müller, wie Westermanns Nebenmann sich an die Brust greift und zusammensackt. Der Gruppenführer feuert aus der Hüfte und brüllt.

»Huraaaaa!«, stimmt auch Müller mit ein und stürmt nach vorn.

Die Rufe nach Sanitätern werden lauter, Handgranaten detonieren.

Aus einem Fenster sieht Müller den Lauf eines Gewehrs ragen. Er erkennt das Mündungsfeuer, bleibt stehen, hebt seinen Karabiner, zielt und schießt. Der Gewehrlauf wird zurückgezogen und der Obergefreite läuft weiter.

Endlich haben Müller und seine Kameraden ihr Ziel erreicht und drücken sich dicht an die Hauswand. Dort, wo sich einmal die Eingangstür befand, klafft nun ein breites Loch.

Granatvolltreffer, schätzt Müller.

02. Mai 1943

Mittags, Neue Reichskanzlei

Kaiser Louis Ferdinand I. blickt genervt in die Runde der Politiker, die sich in einer lautstarken Auseinandersetzung über Nebensächlichkeiten verlieren. Die Frage, wie hoch die zukünftige Vergütung von ausländischen Arbeitskräften sein solle, interessiert ihn zurzeit überhaupt nicht.

Schließlich reißt dem Monarchen der Geduldsfaden.

Er erhebt sich schlagartig und schlägt mit beiden Händen kräftig auf die Tischplatte, so dass die Tassen auf dem Tisch klirren.

»Genug! Es ist nicht zu fassen, dass meine Minister sich über derartige Themen streiten, während in Griechenland vielleicht das Schicksal unseres Vaterlandes entschieden wird!«

Die versammelten Minister schauen den Regenten erschrocken an; niemand sagt ein Wort.

»Die Sitzung ist beendet! Wenn Sie vernünftige Vorschläge haben, so lassen Sie mir diese zukommen. Ich wende mich mit den Herren von Witzleben, Westphal und Weichold nun den wichtigen Dingen zu. Guten Tag, meine Herren!«

Der eine oder andere Politiker will darauf zunächst etwas erwidern, doch erkennen sie am entschlossenen Gesichtsausdruck des Kaisers sehr schnell, dass Widersprüche nicht angebracht sind.

Louis Ferdinand I. blickt zu seinem Vater und erkennt, dass der Reichsmarschall ein zufriedenes Lächeln im Gesicht trägt.

Im Schein des auf seiner Brust glänzenden Eisernen Kreuzes Erste Klasse und des Schwarzen Adlerordens entzündet sich der Reichsmarschall erneut eine Zigarre.

»Gut, meine Herren. Nun, da die Politik für diesen Moment ausgesperrt ist, möchte ich Feldmarschall von Witzleben bitten, uns einen kurzen Überblick über die Lage in Griechenland zu verschaffen.«

Der Generalfeldmarschall erhebt sich, streicht seine Uniform glatt und beginnt: »Eure Majestät, Herr Reichsmarschall, unser Gegenangriff in den Athener Vorstädten dauert zur Stunde noch an und dank des entschlossenen Vorgehens der 2. Fallschirm-Jägerdivision melden deren Spitzen erste Bodengewinne. Voraussichtlich werden sie die Briten weiter zurückdrängen können. Das große Problem ist die totale Luftüberlegenheit der Alliierten am

Tage. Unsere Jagdwaffe musste über die gesamte Region aufgeteilt werden, da die Alliierten von ihren provisorischen Stützpunkten in Griechenland aus problemlos die kriegswichtigen Erdölgebiete in Rumänien und Ungarn angreifen könnten. Beide Verbündete verfügen zwar mittlerweile über Produktionsstraßen für die Me 109 G, doch sind die bereits produzierten Stückzahlen bei weitem noch zu gering, um Wirksamkeit zu entfalten. Aus diesem Grund haben wir über dem direkten Kampfraum zu wenig Jäger in der Luft, um unsere Truppe am Boden effektiv zu schützen.

Seit heute früh sind die Briten auch mit Bodentruppen auf Kreta gelandet. Vermutlich werden unsere dortigen Kräfte nicht lange standhalten können und somit hätten die Alliierten neben Rhodos einen zweiten Luftwaffenstützpunkt in unmittelbarer Nähe zum Festland.

Doch als am gefährlichsten erachten wir momentan den amerikanischen Vorstoß aus dem Brückenkopf Pefka heraus. Heute Morgen konnten die Anglo-Amerikaner Rapentosa einnehmen. Wenn sie nun nach Südwesten in Richtung Skaramangas einschwenken, könnten sie Athen einkesseln, denn ein Angriffskeil der Briten stößt auf Piräus vor!«

»Dann sollten wir einige der neuen Strahljäger nach Griechenland verlegen. Wenn sie nur halb so gut sind, wie man aus Luftwaffenkreisen hört, werden sie sehr schnell mit dem alliierten Pack fertig«, wirft der Reichsmarschall ein, während er eine blaugraue Qualmwolke ausstößt.

Der Kaiser blickt Feldmarschall von Witzleben fragend an. »Was meinen Sie dazu?«

»Diesen Gedanken haben wir bereits in meinem Stab erörtert, doch Generalfeldmarschall Kesselring hat sich strikt dagegen ausgesprochen. Das Geschwader ist noch nicht verwendungsfähig und er will es für einen konzentrierten Schlag gegen die 8. US Air Force einsetzen. Das Überraschungsmoment könnte dafür sorgen, dass wir dem Feind auf diese Weise einen Schlag versetzen, von dem er sich so schnell nicht erholt.«

»Also müssen wir Jäger von anderen Frontabschnitten abziehen?«, fragt der Kaiser.

»Schwierig, denn die Sowjets werden es wohl ausnutzen. Und im Westen haben wir schon jetzt nicht mehr viel und stützen uns mehr und mehr auf die Franzosen. Mein Kaiser, ich fürchte, wir stehen mit heruntergelassenen Hosen da.

Allerdings hat General Wlassow gemeldet, dass ein russisches Jagdgeschwader und ein Schlachtgeschwader einsatzbereit seien. Sie fliegen zwar mit einer Mischung von sowjetischen, französischen und sogar einigen britischen Beutemaschinen und Flugzeugen aus deutscher Produktion, doch wir sollten das Angebot annehmen und sie schnellstens ins Operationsgebiet verlegen. Mein Stab ist zuversichtlich, dass wir auf diese beiden Einheiten im Ostkrieg verzichten können, ohne unsere Bomberoffensive aufgeben zu müssen, denn diese zeitigt eine immer stärkere Wirkung.«

»Sehr gut ... wie sieht es mit unseren eigenen Truppenverstärkungen für Griechenland aus?«

»Nun, da muss ich melden, dass Verlegungen von Truppenteilen nur mit Verzögerungen möglich sind. Die Bandentätigkeiten nehmen immer mehr zu.«

»Konteradmiral Weichold, ich hoffe, dass Sie positivere Nachrichten für uns haben«, sagt der Kaiser mit einem Hauch von Verbitterung im Ton.

Der Chef des deutschen Marinekommandos in Italien kratzt sich verlegen am glattrasierten Kinn.

»Nun ja, Eure Majestät, die schweren Einheiten der Italiener und auch der Franzosen sind mittelfristig nicht einsatzbereit, jedenfalls der Großteil davon nicht.

Was jedoch einsatzbereit ist, sind die italienischen Kleinkampfverbände. Diese waren im Vorfeld von *Hannibal* ja bereits sehr erfolgreich und unsere italienischen Kameraden sind nunmehr drauf und dran, einen Plan auszuarbeiten, wie sie die alliierten Seestreitkräfte im Mittelmeer mit nadelstichartigen Attacken schwächen können. Doch dazu fragen sie auch unsere im Mittelmeer vorhandenen, einsatzbereiten Marineeinheiten mitsamt den Unterseebooten an.«

Louis Ferdinand I. taxiert den Marineoffizier skeptisch.

»Was halten Sie von der Sache, Weichold? Wie schätzen Sie die Erfolgschancen des italienischen Planes ein?«

»Ich denke, die Kameraden aus Italien haben eine Chance verdient. Doch muss ihr Operationsplan wohl um eine weitere Komponente ergänzt werden ...«

02. Mai 1943

Nachmittags, südliche Vorstadt von Athen

Stüwe zieht die Zündschnur einer Stielhandgranate und wirft sie in den nächsten Hauseingang.

Eine laute Detonation brüllt heraus.

»Rein!«

Die Fallschirmjäger stürmen ins Haus. Pulverschmauch und aufgewirbelter Staub liegen in der Luft. Die beiden Wohnungstüren im Erdgeschoss stehen offen.

»Zwei links, zwei rechts!«, ruft Mattstett.

Müller folgt Stüwe, der sich blitzschnell von Raum zu Raum vorarbeitet.

Mit geübtem Blick erkennt der Hauptgefreite, dass die Wohnung menschenleer ist. Wortlos eilt er wieder in den Hausflur. Sein Blick schweift durchs Treppenhaus.

»Rauf«, meint er geschäftsmäßig.

Sie stürmen die Treppe nach oben. Mündungsfeuerblitze aus dem oberen Stockwerk. Die Fallschirmjäger feuern zurück.

Die Projektile bohren sich in die Wand, ein oder zwei Querschläger prallen ab, fetzen umher, verletzen jedoch niemanden. Mattstett reißt seine MP hoch, Müller und Stüwe ihren Karabiner, und die drei feuern die Treppe hinauf.

Ein englischer Soldat wird tödlich getroffen und stürzt die Treppe herunter. Er bleibt in unnatürlicher Haltung vor den Deutschen liegen. Stüwe schnappt sich die Maschinenpistole des Briten und nimmt die dazugehörige Munition an sich.

Ein zweiter Engländer wird von mehreren Schüssen im Bauch getroffen. Er lässt augenblicklich seine Waffe fallen, fasst sich an die stakt blutenden Wunden und beginnt aufgrund der extremen Schmerzen laut zu schreien.

»Rauf! Schnell! Los, los, los!«, ruft Mattstett hastig und stürmt voraus.

Müller, hast du noch die Eierhandgranaten?«

Der Obergefreite reicht sie wortlos dem Oberjäger.

»Wir müssen die beiden Wohnungen im Obergeschoss kontrollieren!«

Schnell stürmen sie die Holztreppe bis ganz nach oben und Müller tritt die Tür der ersten Wohnung ein. Sofort wirft Mattstett eine der englischen Eierhandgranaten, die er einem getöteten Briten auf der Straße abgenommen hat, in die Wohnung.

Die Explosion dröhnt noch immer in Müllers Ohren, als der Gruppenführer schon in die Wohnung stürmt. Stüwe folgt ihm dichtauf.

»Zwei Mann in die andere Wohnung, der Rest wieder nach unten!«, ruft der Oberjäger seinen Männern noch zu.

Wieder ist es Müller, der gegen die Tür tritt. Dicht neben dem Schloss zersplittert das Holz, die Tür springt auf und der Obergefreite hechtet neben die Tür in Deckung. In der Zwischenzeit wirft Jacobus die Handgranate und geht dann ebenfalls in Deckung.

Wieder dröhnt die Detonation des Sprengkörpers.

Die beiden Fallschirmjäger stürzen in die Wohnung und durchsuchen Raum für Raum, doch finden sie niemanden.

Als sie schließlich wieder im Hausflur stehen, warten dort bereits Oberjäger Westermann und der Hauptgefreite Stüwe auf sie.

»Bei uns waren fünf Tommys in der Wohnung … jetzt ist sie frei. – Los, runter! Es geht weiter!«

ENDE

Die Veröffentlichung von Imperium Germanicum Band 6 ist für Winter 2024/2025 geplant.

IMPERIUM GERMANICUM
ALTERNATIVWELTGESCHICHTE ZWEITER WELTKRIEG
BAND 5
HERMANN WEINHAUER

Ihre Zufriedenheit ist unser Ziel!

Liebe Leser, liebe Leserinnen,

hat Ihnen unser Buch gefallen? Haben Sie Anmerkungen für uns? Kritik? Bitte zögern Sie nicht, uns zu schreiben. Wir werden jede Nachricht persönlich lesen und beantworten.

Schreiben Sie uns: info@ek2-publishing.com

Wussten Sie schon, dass Sie uns dabei unterstützen können, deutsche Militärliteratur sichtbarer zu machen? Bitte nehmen Sie sich einen Moment Zeit und bewerten Sie dieses Buch auf Amazon. Viele positive Rezensionen führen dazu, dass das Buch mehr Menschen angezeigt wird.

Sie können somit mit wenigen Minuten Zeitaufwand unserem kleinen Familienunternehmen einen großen Gefallen tun. Vielen Dank für Ihre Unterstützung!

PS: In seltenen Fällen kommt ein Buch beschädigt beim Kunden an. Bitte zögern Sie in diesem Fall nicht, uns zu kontaktieren. Selbstverständlich ersetzen wir Ihnen das Buch kostenlos.

Und so bahnt sich im Frontbogen von Kursk **die größte Panzerschlacht in der Geschichte der Menschheit** an … Können die deutschen Truppen durch einen vorgezogenen Angriff die sowjetischen Abwehrlinien überwinden?

Im Mittelpunkt dieser historisch detaillierten Alternativwelt-Serie stehen die lebendigen Figuren: Der Panzeroffizier Josef Engelmann, der Agent der Abwehr Thomas Taylor, der Infanterist Franz Berning. Über 12 Bände hinweg machen sie lebensverändernde Entwicklungen durch, während Deutschland, die Sowjetunion und die Westalliierten über die Vorherrschaft Europas ringen. Und über allem schwebt die spannende Frage: *Was wäre, wenn ...?*

***Deutschlands Rückkehr* – Alternativweltgeschichte vom Feinsten: Die Weimarer Republik im Zweiten Weltkrieg!**

Kennen Sie schon unsere Western?

Wandeln Sie auf den Spuren des berühmten wie berüchtigten Apachen-Kriegers Geronimo und lassen Sie sich von seiner wechselvollen Lebensgeschichte voller Höhen und Tiefen, Siege und Niederlagen inmitten der Indianerkriege mitreißen!

Der Wilde Westen bei EK-2 Militär!

DAS GAB ES NOCH NIE! Lesen Sie zum ersten Mal überhaupt die deutsche Übersetzung eines Western aus der Feder des legendären US-Autors C. Wayne Winkle! „Auf dem Weg nach Texas“ erzählt die beinharte Geschichte eines Siedlertrecks, der sich auf die gefahrvolle Reise gen Südwesten begibt.

Eine Veröffentlichung der EK-2 Publishing GmbH

Friedensstraße 12
47228 Duisburg
Registergericht: Duisburg
Handelsregisternummer: HRB 30321
Geschäftsführerin: Monika Münstermann

E-Mail: info@ek2-publishing.com
Website: www.ek2-publishing.com

Cover/Umschlag: Kayla Pelgrim
Autor: Hermann Weinhauer
Lektorat & Buchsatz: Jill Marc Münstermann

1. Auflage, März 2024

Printed in Poland
by Amazon Fulfillment
Poland Sp. z o.o., Wrocław
15 September 2024

fc0ef1f3-ce77-495b-abea-be3c19c7fca8R01